光文社文庫

長編推理小説

ユグノーの呪い

新井政彦

光　文　社

解説　西上《にしがみ》心太《しんた》

父へ——
あなたの住む黄泉《よみ》の国まで
この本が届けられんことを

ユグノーの呪い

プロローグ

吹き荒れていた風がピタリとやんだ。深い闇《やみ》のなかに古びた館が浮かび上がる。壁のところどころに獣の象眼《ぞうがん》があり、その周りを干からびた蔦《つた》が這《は》っている。ここだろう。気配でわかる。

腕にあるVPSを見る。エリアD8（00，00）。間違いない。番人はここにいる。

男が二度目にこのヴァーチャル記憶空間に入り込んでから、すでに数時間が経過していた。これからやろうとしていることは、男にとっても初めての試みだった。ヴァーチャル記憶療法士としての経験とヴァーチャル記憶空間の構造から推理して、シナリオはうまくいくはずだと信じていた。

目の前の館を見上げる。四階か五階か、もっとあるかもしれないがそこから上は闇のなかに消えている。一階のふたつの窓から弱い光が漏れてくるだけだった。

入口の木の扉に手を掛ける。ギギーという音を立てて開く。長い間使っていないようだ。男は足を踏み入れた。誰もいない。カビくさい臭《にお》いが鼻を突いた。部屋は広いが家具類は何もない。暖炉に火が燃えている。

左手にもうひとつ扉があった。男はゆっくり押し開けた。同じようにギギーという不気味な音。そこにも人の姿はなかった。暖炉だけが赤々と燃えている。

また別の扉が見えた。足早に歩いていった男は、苛立《いらだ》ったように一気に扉を押し開けた。

少しの間、男は目の前の光景に見入っていた。列車が部屋の床を走り回っている。二両編成で前の一両が動力車、後ろが客車。線路はなかった。床から十センチほどの空中を、列車はゆっくりと走っていた。

なかに人影が見えた。やがて列車は停まった。後部ドアが開き人影が降りてきた。暗くて全身がよく見えない。

「あなたが番人ですね」

と男は穏やかに聞いた。

人影の頭部が上下に動く。

「私が何のために来たか、わかりますか」

番人は同じ動作を繰り返した。

部屋には暖炉の光しかない。

「その椅子に、すわりなさい」

番人が口を開いた。目の前の二脚の椅子を目で示す。そのうちのひとつは、男のために用意されたことは明らかだった。

「おまえは、姿を変えて、いるな?」

と番人は言った。

「万が一ということがありますからね」

「しかし、心までは、変えられない。誰かは、想像がつく」

「いきなりブラフですか」

番人は一息で喋《しゃべ》れなかった。声も小さい。

やっとその姿を見ることができた。黒い厚手のガウンがその肢体を包んでいた。ガウンの上には小さな頭が乗っている。白くなった髪はほとんど抜け落ち、頭蓋骨の形がはっきりとわかった。

顔の中央には落ちくぼんだふたつの目があった。そこからかすかな光が漏れてくる。洞窟《どうくつ》の奥で揺れる火のようだ。

ガウンの下には二本の脚が突き出ていた。茶色に変色した皮が骨にへばりついている。それはどこから見ても、痩《や》せ衰えた老婆だった。だがこの番人はかつては若く完璧な美しさを備えていた。男にはそれが感じ取れた。

「かなり弱っているようですね」

「心配、するな。おまえの、相手くらいは、できる」

「無理しなくてもいいですよ。あなたがどういう状態か、私はよく知っています」

「そうかな」

「またブラフですか」

「なぜ列車に、乗っているかは、わかるまい」

「理由なんてどうでもいいんですよ。私はあなたを治療するために来たんじゃない」

「わかってる。さっき、そう言った、はずだ」

「だったら、バカなことは聞かないほうがいい」

男は言葉を荒げた。だが、すぐに穏やかな顔に戻った。男の予想したとおり番人は弱っていた。戦えば必ず勝てる。椅子を用意したのは何よりも番人に戦う意志がないことを表していた。

「あなたには、もう味方はいません。あなたに付き従っていた副人格は、みんなこの館から逃げ出してしまった」

この館へ来る途中、何人かの副人格に出会った。彼等は強い主人格に対しては極めて従順だが、弱いとみると途端にとって代わろうとする。彼等が館から逃げ出したということは、番人になるチャンスを窺《うかが》っていると考えていい。男はそのことを番人に告げた。

「あいつらには、人格を統御するなんて、とてもできない……」

「そのとおり、私も同感です。彼等は頭も悪いし、社会性もない。とてもあなたの代役は務まりません。でも、あなたが死ねば、彼等のなかの誰かに任せるしかなくなります」

番人はまた黙った。

今度の沈黙は長かった。男はじっと待った。

「話して、みてくれ」

男は頷《うなず》くと話し始めた。終わるまでに二十分ほどかかった。その間、番人は一言も口をはさまなかった。

「どうです、理解できましたか」

「よく、わかった」

「死を選ぶか、変身を選ぶかです」

「どっちも、イヤだと、言ったら？」

男は嗤《わら》って首を振った。

「そんなことはできません。あなたはどちらかを必ず選びます」

番人にまた沈黙が来た。男はその沈黙が、迷っているというよりは体力が続かないからではないかと思った。

番人は男の見ている前で目を閉じた。その目はなかなか開かなかった。死んでいないことを示す唯一のものは、呼吸のたびに上下する痩せた肩だった。

「さあ、答えてもらいましょう。このままでは、あなたは数日以内に副人格の誰かに間違いなく殺されます。私が、今ここで殺してやってもいい」

番人の目が弱々しく光った。

男は続けた。

「もう一度聞きます。死か、変身か」

「どっちを、選んでも、わたしは消滅する、そうだろう」

「よく理解していますね。でも、変身すれば、あなたは権力と美しさを取り戻すことができる」

「それは、本来の、わたしではない……」

「変わるんですよ。あなたは変わらなければならないのです」

「本人が、それを望んでいるとは、思えない」

「何を寝ぼけたことを。本人とは誰ですか。主人格である、あなたのことでしょう。あなたが変われば、本人も変わるのです」

男も必死だった。この番人の持っている人格が必要なのだ。これがなければ本人のアイデンティティは保てない。

「五分だけ、待ってくれ」

その声は、もうほとんど聞き取れなかった。

「待ってどうするんですか」

「心の、なかを、整理したい」

つまらぬ感傷だ、と思ったが男は待つことにした。

シナリオを思いついてからここに至るまでの時間に比べたら、五分なんて無に等しい。

男の見ている前で、番人はまた目を閉じた。ときどき眉間《みけん》に皺《しわ》が寄り、痩せた肩が大きく上下する。男は勝利を確信した。

「約束の五分です」

番人に返事はなかった。

力尽きたように椅子に倒れ込んだ。男は番人に近づいていく。番人の額に手を当てる。じっとそのままでいた。

男の見ている前で、番人の肢体はゆっくりと光り始めた。やがて目が見開かれる。その目は深く妖《あや》しい碧《みどり》をたたえていた。肢体は赤銅色《しゃくどういろ》に輝き出す。背中が異様に盛り上がってくる。若く美しい女だった。次の瞬間、女は宙に浮いていた。暗い部屋のなかに金色の双翼が開いていた。

再会

老朽化した木造アパートの二階からはまったく眺望はきかなかったが、それでも午後になると一時間ほどだが、太陽光線が差し込む構造にはなっている。

目の前の机の上に琥珀《こはく》色の液体が入ったグラスがあり、その隣には底に少しだけウイスキーが残っている瓶がある。ツマミなんて上等なものはない。

いつからこんな生活をするようになったのか思い出せない。五年前は間違いなくこんなことはしていなかった。しかし一年前は飲んでいた。この間のどこかに分岐点があるはずだが、思い出す気にもならない。いい気分だ。この気分は最高だ。金がないという事実も、女がいないという事実も忘れさせてくれる。

高見健吾《たかみけんご》はガランとした部屋のなかで椅子に座り、スクリーンセーバーのかかったパソコンのディスプレイを眺めながら足をスチール机の上に乗せた。だが、いい気分は長くは続かなかった。メールの着信音が鳴った。

仕事の依頼であってくれという願いと、仕事なんてクソくらえだという思いが同時に健吾を襲った。相手の名前を思い出すのに数秒かかった。緑に点灯した画像ボタンを押す。

「どういう風の吹き回しだ？」

礼子《れいこ》の動画に向かって健吾は言った。

健吾の顔と音声も同時に礼子に送られている。

「昼間からお酒が飲めるなんて、いいご身分ね」

口元に微笑みが浮かぶ。

誘っているようにも見えるし、拒んでいるようにも見える。

「二年ぶりか……」

「そんなもんじゃないわ」

「じゃ、三年」

「三年と七ヶ月」

少なくとも三年七ヶ月前のオレは、昼間から酒を飲んではいなかったようだ。

「相変わらずいい女だな、礼子」

「あなたのそういう陳腐な言い回しも、相変わらずよ」

「オレと寝たくてメールをよこしたわけじゃないだろう」

「仕事を紹介したいの」

「三年七ヶ月ぶりに？」

「そう、三年七ヶ月ぶりに」

健吾と礼子は互いに見つめ合う。

ふたりとも同時に肩をすくめた。

「どんな仕事か、想像はつくよ」と健吾は言った。「だが、今のオレを見りゃわかるだろう。悪いが他を当たってくれ」

礼子は以前より確実にスキルアップしている。顔つきからも言葉からも容易に想像がつく。反対に健吾のスキルダウンも――はっきりと落ちぶれ方もと言ったほうがいいかもしれない――礼子には見えているはずだ。

「どんな仕事だと思ってるの？」

「間違いなく危険な仕事だ。並の危険度じゃない。たぶん、何人も回収不能《ミッシング》になっている」

「いい勘してるじゃない」

「酔っぱらうと勘がよくなるんだ」

「それから？」

「おまえひとりじゃ無理な仕事だ。相棒が必要になったんだろう」

「それも当たり」

「そして、相棒をこうして探していることを考えると、おまえもオレと同じように、今ではフリーになっている」

「あら、それも当たり」

「何人目だ？」

「何が？」

「相棒探しのことさ。オレのことが頭に浮かぶ前に、いったい何人にメールを送ったんだ？」

「そこは保留にしとくわ。それから？」

「とりあえず、そんなところだ。どれを取っても、割のいい仕事じゃない」

「鈍ってるわ」

「うん？」

「あなたの勘はひどく鈍ってる」

「たった今、いい勘してるって褒《ほ》めなかったか？」

「酔っぱらいの空耳よ」

健吾は瓶の底に残っている僅《わず》かなウイスキーを、ゆっくりとグラスに注《つ》いだ。三分の一にも満たない。目の前にかざす。これが最後のアルコールだった。次を買う金はない。

「迷ってるの？」

「とんでもない、返事は決まってるさ」

「嬉しいわ」

「残念ながら、答えはノーだ」

「あら……」

「ミッシングを経験したヴァーチャル記憶療法士で、復帰した者は数えるほどしかいない。それに復帰しても……」

「復帰しても、まず使い物にならない。そう言いたいんでしょう。でも、それはただの統計よ。

根拠はないわ」

「この顔を見れば、根拠はあるということがわかるはずだ」

「十五分だけ待つわ」

「待っても同じだ」

「十五分後に、また連絡する」

「何で十五分後なんだ」

「緊急なの」

「もしオレが断ったら？」

「私もこの仕事を降りるわ」

オレの手を引っ張って立ち直らせようとしているのか。あいつは絶対にそんな女じゃない。

「わかった。話だけは聞く。受けるか断るかは、それから決めてもいいか」

礼子は直接会って話したいと言ってきた。健吾は同意した。今から八時間後、会う場所は礼子の部屋。住所も電話番号も変わってないという。

画像と音声を切断した。

手に持っているグラスを一気にあおる。

さっきまでの幸福感は跡形もなく消えていた。代わりに現れたのは分厚い雲のような黒く巨大な塊《かたまり》だった。それは胸のなかに突然湧《わ》いてきて、あっという間に全身を覆い尽くした。

気がつくと手が震えていた。

思わず携帯電話に手を伸ばす。

——悪いが、やっぱり降りるよ。

そう言っている自分が幻となって目の前に出現する。頭を振って追い払っても、すぐにまた現れる。

しかし、かろうじて思い留《とど》まった。目の前のディスプレイに、セミロングの茶髪と、尖《とが》った顎《あご》と、豊かな胸がまだ残っているような気がした。

*

十二年前、車の免許を取得すると同時に、このマツダRX－7を手に入れた。四年落ちの中古だったが、車体色は欲しかった赤で、今でも独特の快いエンジン音を響かせる。アパート代の半分もする屋根つき駐車場に停めてある。飲んだくれになった今でも、週一回の洗車とメンテナンスは欠かさない。

礼子のマンションには一時間で着いた。RX－7をすぐ近くのコインパーキングに入れると、目の前の灯のともった建物を見上げた。記憶があった。夜空は晴れわたり、めずらしくいくつかの星が見えた。冷たくなった風が鼻腔《びこう》から咽喉《のど》の奥に忍び込んでくる。

長谷川《はせがわ》礼子。二十八歳。健吾より二歳下だが、フリーになる前に勤務していた会社では同期だった。礼子と一緒に仕事をしていた頃の記憶が一瞬、健吾の脳裏をかすめた。

チャイムを鳴らすと、鍵は開いているという返事があった。ドアノブを回すときに気配を感じたが、構わずに押し開けた。

目の前に何かが飛んできた。とっさに左手でブロックしたときには、それがかかと落としであることがわかった。健吾は右脚で体重の乗った相手の左脚を払う。だが、倒れたのは健吾のほうだった。無理な体勢から蹴ったのでバランスを崩したのだ。

「紹介するわ、アシスタントの悠太《ゆうた》」

礼子は壁際のソファに座ったまま、絨毯《じゆうたん》の床に転がっている健吾に言った。健吾の目の前には若い男が立っていた。

「初めまして、飯島《いいじま》悠太です」

長身の若い男だった。少年といってもいいような顔。鞭《むち》のようなしなやかさを感じさせる。悠太は笑顔を見せ、長い手を差し伸べてきた。

健吾は笑顔でその手をとる。そうして体重を預けておき、一気に捻《ひね》った。だが、あっという間に捻り返された。身体《からだ》が一回転してまた床に転がる。

「わざと負けたんでしょう?」

「さすがに鋭いな」

「あなたは怖がっている。再びヴァーチャル記憶空間に入りたくない。だから、意図的に負けたのよ。違う?」

「素晴らしい心理学だ」

「そこに座って。コーヒーでも淹《い》れるわ」

数ヶ月ぶりに着たスーツも袖の辺りが破れてしまった。着古したスーツだが、スーツといえるものはこれ一着しか持っていない。健吾は立ち上がり、上着を脱いで悠太に放り投げた。

「それと同じサイズの新品を買ってくるか、元通りにするか、どっちかにしろ」

悠太は笑顔で頷くと別室に消えた。健吾は歩いていってソファに座る。幸い、身体に痛みはない。礼子はキッチンに入っていったかと思うと、すぐにコーヒーを持って戻ってきた。

コーヒーは苦い味がした。豆自体がそうなのか、別の理由があるのかは判断できなかった。

礼子は赤のスタンドカラーシャツに黒のレザーパンツ。

「いつからフリーになったんだ？」

「二年ほど前になるわ」

「アシスタントがいるなんて、聞いてなかった」

「それはほんの半年前から」

「専属か」

「そう」

「うらやましい限りだ」

フリーの療法士は、ほとんどの場合、期間限定でアシスタントを雇う。ヴァーチャル記憶療法士養成所の入学試験にパスすればアシスタントにはなれるので、養成所を中退したり療法士の資格試験に合格できなかったりした場合でも、アシスタントとして活動することは可能だ。

たいていの療法士は、こうした者たちを必要なときだけ雇用する。アシスタントは仕事のときだけいればいいわけで、専属になれば常に給与を支払わなければならない。

「おまえと同じ技を使ったな」

礼子はテコンドーを使う。

素手で闘えば健吾でも相手にならない。

「同じ道場で、十三年間一緒に稽古《けいこ》を積んできたの」

「ほう、なるほど」

「去年のテコンドーの学生チャンピオン」

「若いのが好きなのか」

「どういうこと？」

「いくら専属のアシスタントでも、こんな夜更けに若い女の部屋にはいない」

「変わってないわね、その発想の貧困さ」

「意外と当たるんだ」

「でも、嬉《うれ》しいわ。若い女だと言ってくれて」そう言ってから一呼吸置く。「義理の弟なの」

「義理の弟？」

「正確に言えば、亡くなった夫の弟」

健吾はコーヒーカップを手に持ったまま礼子を見つめる。

礼子が結婚していたことをオレは知らなかった。そして礼子はオレが飲んだくれになったことを知らなかった。三年七ヶ月というのは、それなりに長い時間だったようだ。

「年は十九歳。ここから大学に通ってるの。とっても気が利《き》くし仕事もできるわ」

「あれはおまえの指示か」

「かかと落としのこと？」

「そうだ」

「ちゃんと目が覚めてから話したかったの」

「あのかかと落としがオレの頭を直撃していたら、ずっと目が覚めないままだった」

「私のなかの高見健吾を信じていたの」

「そういう歯の浮くようなセリフを言える女じゃなかった」

「今回は、気の合う相棒がほしかったのよ」

「オレはひとり身だからな。失敗してミッシングになっても、誰も悲しむ者はいない」

「アントニオ・メディチという人が、クライアントなの」

「知らないな」

「メディチ家の末裔《まつえい》と言えばわかるかしら」

「メディチ家？　イタリアの？」

「そう。ルネサンス時代のフィレンツェの大富豪。その血を引く人物よ。患者はクライアントの長女ルチア、十四歳」

悠太は部屋を出て行ったきり戻ってこない。外出した形跡はないから、別室で破れ目を繕っているのだろう。

「その、メディチ家の末裔とやらも、大富豪なのか」

「当時のようにはいかないわよ。メディチ家の全財産は十八世紀の中頃、その相続人アンナ・マリア・ルイーザの遺言によってトスカーナ大公に譲渡されたから」

「トスカーナ大公って何だ」

「フィレンツェは当時、トスカーナ大公国と呼ばれる国のなかにあったのよ。要するにメディチ家の私有財産を、彼女はすべて国に譲渡したわけ」

「オレの記憶では、メディチ家というのはダ・ヴィンチやラファエロやミケランジェロなどのパトロンだったはずだ」

「そのとおりよ」

「私有財産というと、彼等が描いた絵や彫刻だろう？」

「それと、邸宅や城や礼拝堂や教会など。フィレンツェの街全体といってもいいわ」

「それらを全部、国に譲渡してしまったのか……とても正気とは思えん」

「メディチ家が収集した膨大な数の美術品が、海外に散逸するのを恐れたからだと言われているわ。遺言にも、譲渡する代わりにそれらを領地の外に持ち出してはならないとあったというから。現在のフィレンツェがあるのは、まさにアンナのお陰なのよ」

「金持ちのやることは、わからん」と健吾は首を横に振る。「そんなことより、報酬はどうなんだ」

「かなりの報酬だと思うわ」

「具体的に言ってくれ」

「総額二百万ユーロ」

「というと……」

「日本円に換算して約二億六千万円。その三分の一は前金。もちろん必要経費は別」

「相棒はオレひとりか」

「そうよ」

「オレはいくらもらえるんだ」

「山分けでいいわよ」

「あいつの分は?」

健吾は悠太が消えていったドアを目で示す。

「私の分から回すわ」

礼子はさらっと言ってのけた。二億六千万円の半分は一億三千万円。三回計算し直したが、間違いなかった。

この仕事は確かに実入りがいい。サラリーマンの平均年収を、たいてい一度の仕事で稼ぎ出す。だが、一億三千万円とは聞いたことがない。

それに、普通なら紹介者の礼子が六、健吾が四という割合だ。七、三になってもこの額では文句は言えない。健吾はヒューと口笛を吹こうとして、思い留まった。

「財産を譲渡してしまったメディチ家が、どうしてそんな大金を持っているんだ？」

「アントニオは、イタリア各地にホテルを経営しているの。試しに調べてみたんだけど、去年の世界の長者番付ベスト100に名前が載ってたわ。終わりのほうだったけど。取りっぱぐれることはないから、安心して」

「長者番付ベスト100に……」

「日本じゃないわよ。世界よ」

健吾は思い留まった口笛を思い切り吹いた。

だが、それは妙に掠《かす》れた音になった。

「乗る？」

「おまえの顔を立ててるよ」

「まだ詳しい話はしてないけど」

「オレはおまえを信じる」

「ありがたいお言葉」

「それで、いつイタリアへ発《た》つんだ？」

「イタリア？」

「だって、メディチ家の末裔なんだろう？」

「ルチアは日本にいるわ。アントニオも……ほんとに、頭が錆《さ》びついてるわ。イタリア在住の大富豪が、どうして日本の療法士に治療を依頼したりするわけ？」

やられた、と思った。先入観を利用してひっかけたのだ。だが以前のオレなら、やられなかっただろう。

「ホテルをアジアにも進出させたいということで、九年前に家族と一緒に来日したらしいわ。日本を拠点にして、今では香港やマニラやシンガポールにいくつものホテルを開業。日本にも三つあると言ってたわ。娘のルチアは都内にあるインターナショナルスクールに通っている。もっとも、今回のことで精神的に不安定になっていて、休学しているようだけど」

「どういう経路で、アントニオはおまえに依頼してきたんだ？」

「療法士から紹介されたらしいわ」

「名前は？」

「それはまだ聞いてない」

「それで、どの程度危険なんだ？」

肝心のことを、健吾は聞いた。

引き受けるとは言ったが、これがもっとも気になることだ。

「すでに四人の記憶療法士が、ルチアのヴァーチャル記憶空間に挑んでいるわ。初めのひとりは深手を負ってドクターストップ。その三日後、今度は三人の療法士が挑んだけれど、三人とも回収不能《ミッシング》になっている」

「ミッシング……今でもか？」

脚に震えがきた。

拳を押しつけて必死に抑えた。

「あれから二週間経つのに、未だに娑婆《しゃば》に戻ってないみたい」

娑婆に戻るとは、ヴァーチャル記憶空間から回収されることをいう。療法士は会話のなかでよくこの言葉を使う。

それにしても、二週間は長い。長すぎる。かつて健吾の経験したミッシングは五時間ほどだった。

「原因は何なんだ?」

「それが、まだつかめてないらしいのよ。わかっているのは、彼等がミッシングになった地点だけ」

「ブラックホールか、それとも検閲官にやられたのか」

「それもわかってない」と礼子は言ってから続ける。「大変なことはもうひとつあるわ。ルチアの様子が急変したの。最初の療法士がドクターストップになった翌日、ルチアは目が見えなくなり、口もきけなくなってしまったのよ」

「翌日か……その療法士からの報告書はないのか」

「クライアントの手元にあると思うけど、まだ見ていない」

「おまえ自身も、よく把握してないみたいだな」

「状況から見て、クライアントに会うと同時に契約を取り交わすような段取りでいかないと、今回は間に合わないわ。それで詳しい内容を後回しにして、あなたに連絡したの」

健吾は頷いた。

確かに、この状況なら焦らない親はいない。

「言い忘れたけど、ミッシングになった三人は望月記憶療法士センター所属のベテラン療法士よ」

望月記憶療法士センターは、健吾と礼子が五年前まで所属していた会社だった。業界最大手である。

礼子はミッシングになった療法士の名前を挙げた。三人とも知っている男だった。腕は決して悪くない。礼子が報酬を山分けでいいと言った理由が、今になって理解できた。

「天秤《てんびん》にかけてるわね。一億三千万円と、ミッシングと」

「バカ言え」

「イヤならキャンセルしてもいいわよ。私ひとりでもやるから」

「無茶するな。ミッシングになった三人だって、決して腕は……」

「そんなことは知ってる。でも、私はこういうことのためにフリーになったの」

恐怖がまた蘇《よみがえ》ってきた。ヴァーチャル記憶空間に入る、と思っただけで身体の奥から嘔《おう》吐《と》のように震えがこみ上げてくる。

しかし、ここはやるしかない。

健吾はおのれを叱咤《しった》した。

――ここで引いたら、もうオレは絶対に立ち直れないぞ。

会社は楽で金になる仕事しか引き受けない。仕事のたびに療法士がミッシングになっていたら誰も入社してこなくなる。治癒率が悪くなるからお客の信頼も失う。

望月記憶療法士センターは、そんな会社のなかでも良心的なほうだった。金と危険度の釣り合いがとれなくても、引き受けた例は何度かあった。だが、これらがほんの僅かだということを、入社して間もなく健吾は知った。

「スケジュールは？」

「明後日《あさって》から十日間、ワンダーランド社のスーパーコンピュータを借り切ってるわ」

「手回しがいいな。さては……」

「長いつき合いだもん」

「前金はいつもらえるんだ？」

「すぐにほしいの？」

「まあ、早いに越したことはないからな」

礼子はにっこりする。

クソッ、完全に悟られている。

健吾は銀行の預金口座番号を教えた。前金は四千万円強。健吾が初めて拝む大金である。考えただけで目眩《めまい》に襲われる。

さっそく打ち合わせに入った。礼子のほうですでに大筋は決めてあったようで、その予定と健吾の予定が合うかどうか確認する作業だけだった。当然だがバッティングする予定など健吾にはない。

一段落するとコーヒーの残りを飲んだ。冷たくなっていたが苦くは感じなかった。そのときになってようやく、キッチンの隣にあるドアから悠太が出てきた。

「お待たせ致しました」

と言って畳《たた》んだ上着を差し出す。

健吾はひったくるように受け取ると、袖の辺りを見た。破れ目は確かに繕われていた。だが、裏地を当ててスーツと同色の糸でミシンをかけただけの、雑な仕事だった。

元どおりになってないぞと言おうとしたが、一億三千万円のことが頭に浮かぶと、不思議におおらかな気持ちになった。

「確かに、仕事のできるアシスタントだ」

*

問題は頭と身体である。自分の心身がどれだけ鈍っているかは礼子と悠太に思い知らされた。健吾は壁際に立てかけてあるステッキを手にした。なにしろ一億三千万円がかかっているのだ。これだけの金があれば、オレなら二十年は遊んで暮らせる。

ステッキは仕込み杖《づえ》になっていた。なかに細身の日本刀が仕込んである。左手に持ち親指の当たる部分を軽く捻ると、一挙動で刀身を引き抜いた。しばらくその輝きを見つめる。今度はゆっくりした動作で剣を青眼《せいがん》に構えた。腕に心地よい重みが伝わってくる。上段に構えてゆっくりと振り下ろす。左右の袈裟懸《けさが》けも試してみた。

剣の稽古を積むのは仕事のためだった。健吾も礼子もヴァーチャル記憶療法士である。ヴァーチャル化した患者の記憶空間に入り込み、トラウマの原因となっている記憶を変える。簡単に言えばこれがヴァーチャル記憶療法士の仕事だった。

この療法は、精神医学と大脳生理学とヴァーチャル・リアリティの技術、この三者がみごとに合体したところに生まれた。すべては一九九八年に主立った大学の研究室に送られてきた、一通のEメールから始まったのだ。

〈ある日、何回かの学習の結果、迷路を迷わずに抜けられるようになったマウスの脳磁気を、迷路を経験したことのない別のマウスの脳に微小電極を使って繰り返し送り込んだところ、通常のマウスの約半分の時間で迷路を抜けられるようになった。十四のマウスで同じ実験を行ったところ、もっとも成績のいいマウスは二十八秒。悪いマウスでも二分三十八秒でクリア。脳磁気を送り込まないマウスの平均所要時間三分二秒より、はるかにいい成績だった。我々はこの実験を高等動物を対象にして行いたいと考えているが、微小電極は挿入することによってまわりの細胞組織を不可逆的に破壊してしまう。どうすれば細胞組織を破壊せずに、脳磁気を検出しそして送り込むことができるか。この難題をクリアできる方法を我々は探している〉（概要）

細分化された先端科学の分野では、専門の違いはまったく別の知識と経験を必要とする。こうした問い合わせや依頼のメールは、各研究室間で頻繁にやりとりされていた。ロシアの若い大脳生理学者が発信したこのＥメールを、アメリカの心療内科の権威がたまたま目にしたのである。これは彼に天啓をもたらした。

精神疾患の患者の治療法は、基本的にカウンセリングと薬物投与である。しかし、重度の精神疾患は治癒しないことが多い。治癒したように見えても再発する。

特に多重人格障害の患者の苦しみは大きかった。医師が心理テストやカウンセリングで理解できる部分はきわめて限られていた。優秀な医師ほど、この限界を強く感じていたのだ。

この実験は、記憶は脳磁気を発生させるが、逆に脳磁気も記憶を生むということを証明した。脳磁気をうまく操作すれば、記憶は意図的に作ったり変えたりできる。扇風機の羽根は風を起こすが、風もまた扇風機の羽根を回す。彼はここに、精神医学の進むべき道を見たのである。

目的を持つと技術の進歩は速かった。コンピュータ技術者がここに加わって三年。ＳＱＵＩＤ（超伝導量子干渉計）を組み込んだ高精度の脳磁気センサーが、ついに開発されたのだ。これを使えば頭皮の上から微細な脳磁気を検出できる。脳の細胞組織には何のダメージも与えない。ここで検出された脳磁気をコンピュータ処理してヴァーチャル記憶空間を創《つく》り上げるまでに、さらに二年しか要しなかった。

そしてそれから四年後の二〇〇七年、精神医学界が待望したヴァーチャル記憶療法が確立された。同時に、ヴァーチャル記憶療法士という職業が新しく生まれたのである。

ヴァーチャル記憶療法士になるには、全国に四ヶ所ある専門の養成所を卒業しなければならない。昼間部と夜間部があり、どちらも修業年限は四年。だが、他に通常の医師免許も必要なので、たいていは大学の医学部を卒業してから養成所に入学する。入学時の競争率は二百数十倍。卒業までに約三分の二が脱落する。日本のヴァーチャル記憶療法士は、それから十一年後の現在でもまだ百人に満たなかった。宇宙飛行士になるより易しいが、プロ野球選手になるより難しい。こんな感じで言うとわかりやすいかもしれない。健吾も礼子も、卒業した養成所は違っていたが、ヴァーチャル記憶療法士の記念すべき第一期生だった。

ステータスもある。実入りも多い。今では誰もがあこがれる職業のひとつになっていた。療法士の数が限られているので、クライアントは精神科医や心療内科医が手に負えないと判断した患者に限定するという基準があるが、実際にはそれなりの金が出せる患者が優先された。健吾はそんな現実に反発して一時期、ほとんど儲《もう》けのない仕事を選んでこなしたことがあった。

スーパーコンピュータ内部に作られた患者のヴァーチャル記憶空間に、療法士は入り込んでいくのである。自らの心身をヴァーチャル化して。

一度で記憶を作り変えることはできない。ヴァーチャル記憶空間内で小さな場面を何度もクリアし、その都度上書き保存して次へ進んでいく。そうして完成したヴァーチャル記憶を、最後に患者の脳本体にアップロードするのだ。新しい記憶には、トラウマの原因となった記憶はすでにない。

この療法は画期的な成果をあげた。今まで言葉でしかとらえられなかった患者の記憶世界を、ヴィジュアルに把握することができるようになったからだ。これは従来の精神分析療法や催眠療法より根源的であり、100%近い治癒率を上げていた。

だが、ひとつだけ問題があった。療法士に大きな危険が伴うことだ。ヴァーチャル記憶空間に入り込むためには、療法士の身体もヴァーチャル化しなければならない。このとき療法士の現実身体（オリジナル）と、ヴァーチャル化された仮想身体（コピー）はリンクさせる必要があった。コピーを回収するためである。しかし、コピーに万一の事態が発生した場合、このリンクは致命的になる。

トラウマは危険だった。それは記憶内に検閲を生み出す。検閲とは人間の記憶メカニズムのひとつである。願望や心の傷を巧妙に隠すシステムだといってもいい。その代表が夢である。我々が毎日のように見ている夢のほとんどは、奇妙で不自然なものだ。

この不自然さが〈検閲〉の仕業なのである。検閲は、その記憶を持っている本人にも、容易に見破ることはできない。それくらい巧妙にできている。

検閲の解釈は、精神分析学の権威である、あのジグムント・フロイトに負うところが大きい。健吾も、自分の夢を相手に、何回も解釈を試みた。夢はめったに覚えていない。自分の夢を正確に書き記すためには、みたときにすぐ跳ね起きてその場で書く。これしか方法がなかった。おかげで一時、極度の不眠症に悩まされた。

だがこの経験は、自己分析の能力を格段にアップさせた。検閲の内容を、短時間に解釈できるようになったのだ。

検閲はトラウマの正体を必死に隠そうとし、それを暴こうとする意識と葛藤する。これはヴァーチャル記憶空間内では、検閲官と療法士との戦いとなって出現する。戦いは時として療法士の敗北、悪くすると死に繋《つな》がることもある。

それだけではない。深刻なトラウマはヴァーチャル記憶空間を大きく歪《ゆが》ませる。それはあたかもブラックホールのように、患者のあらゆる心的活動を、強い力で自らの内へ引き寄せようとする。この渦の力が度を超して強いと療法士は巻き込まれ、飲み込まれてしまうことが稀《まれ》にだが起こる。

回収不能《ミッシング》である。こうなると、オリジナルは意識不明になって現実世界に置き去りにされることになる。患者のトラウマが解消されないかぎり、オリジナルは点滴で栄養補給をしてもらい植物人間のように生き続けるしかない……。

健吾は頭を振った。

――今さら何を迷っているんだ。

再び腰を落とすと、素早い一挙動で抜刀した。そして素早く収める。もう一度同じ動作を繰り返す。筋肉に違和感がある。遠ざかっていた証拠だ。健吾は同じ動作を何回も繰り返した。

ヴァーチャルとはいっても、ゲーム機のように指先だけで自分を操ることはできない。そこへ持っていけるのは、生身の肉体が持っている能力だけだ。

様々なケースに備えて、ヴァーチャル記憶療法士は銃や剣の扱いをひととおり心得ている。なかには複数の武器を携えて行くものもいるが、健吾は剣だけだった。

この仕込み杖は、ヴァーチャル記憶空間に入る前にデジタル化して武器アイテム群のなかに登録するようになっている。そうすれば何回でもコピーが可能だ。戦闘の最中に折れたり刃こぼれしたりしても、次回はまた無傷の仕込み杖が使える。

実際に剣を使えなければヴァーチャル記憶空間でも使えない。オリジナルの知力と体力が衰えれば、コピーも衰える。ヴァーチャル記憶空間はコピーにとっては現実になる。そこで受けた傷は、コピーが回収されオリジナルと合体した時点で現実の傷になる。コピーが死ねばオリジナルも死ぬのだ。礼子が健吾を試したのは、そういう理由からだった。

メディチ家か、と健吾は呟《つぶや》いた。ルネサンスは遠い過去の、遠い外国の物語である。

意識がふっと時を遡《さかのぼ》っていく。この感覚が好きだった。時のトンネルをくぐり抜けていくような、目眩と眺望。

——この感覚と引き替えなら、命を失ってもいい。

そうだ、オレはかつて、この感覚が好きでヴァーチャル記憶療法士を選んだのだ。

＊

アントニオ・メディチは四十代半ばの、がっしりとした体軀《たいく》の紳士だった。赤毛と白髪が交じった髪と、よく日焼けした肌と、癖のある独特の風貌を持っていた。額が極端に広く眉は薄かった。目は深い緑色。顎は四角く張っていて唇は厚い。鼻は大きく短かった。

アントニオは笑みを絶やさなかったが、その背後に不安と焦りを抱いていることは端《はた》から見てもわかった。不意に手を擦《こす》り合わせたり、空中に視線をさまよわせたり、唇を噛みしめたりする。

妻イザベラも一緒だった。思っていたより小柄な女性だ。百六十センチそこそこの礼子と変わらない。金髪を後ろで優雅に束ね、淡いグリーンのワンピースを着ている。

美人には違いないが別の要素が強い。ルネサンス絵画から抜け出てきたような、古典的で清楚なイメージの女性だった。

イザベラもまた緊張を隠そうとしなかった。日本語はよく理解できると言い、健吾たちを見つめて祈るような仕草をした。

ペルシャ風絨毯の上に、アンティークのソファとサイドテーブルが置かれている。楕円を半分にしたステンドガラスの窓。白い壁にはイエス・キリストの聖像画が架けられていた。

健吾と礼子と悠太の三人。挨拶《あいさつ》が済み、礼子が健吾の経歴と信頼性をメディチ夫妻に告げると、「あなたのことは信頼している」とアントニオは流暢《りゅうちょう》な日本語で言った。「あなたが選んだ健吾さんと悠太さんのことも」

「ありがとうございます」

「前金は受け取っていただきましたか」

「はい、確かに」

「えっ、はい」

と健吾。ここへ来る途中のコンビニで、試しに五万円引き出してみた。残高を見て目眩を感じた。

「明日から治療に入りますが、そのまえに二、三お伺いしたいことがあります」

と礼子は切り出した。

アントニオは黙って頷く。

「ご息女のルチアさんは最初の療法士が探査を取りやめた翌日、急に目と口が不自由になったということですが、その辺りをもう少し詳しく聞かせていただけませんか」

求めに応じてアントニオは語り始めた。

健吾は話の内容を頭のなかに叩き込んだ。いずれこの知識は治療過程でフルに活用しなければならない。


ルチアは二〇〇四年八月二十五日、フィレンツェに生まれる。現在十四歳。五歳のときに両親と一緒に来日する。だが来日して二ヶ月後のある日、母親のマリアンナは階段の二階から落ちて首の骨を折り、死亡する。母親の胎内には五ヶ月の胎児がいたが、同時に死亡。現在の母イザベラは、それから四年後にアントニオが再婚した相手である。

ルチアは来日するとすぐ広尾にある聖泉インターナショナルスクールに入学し、現在に至っている。母親の死までは陽気で活発な少女だったが、その後は目に見えて口数も少なくなり、笑顔もなくなった。心療内科の医院に通院したが思うように改善しない。そこで一週間ほど前、思い切ってヴァーチャル記憶療法士に依頼し、ルチアの記憶空間に入ってもらった。

だが、療法士はトラウマに達することはできなかった。初日に深手を負い、ドクターストップがかかった。その翌日、ルチアの様子は激変した。急に目が見えなくなり言葉が出なくなったのだ。

慌てた両親はすぐ病院に連れて行ったが、ルチアの目にも咽喉にも異常はないという診断結果が出た。精神的な問題ではないかと医者は言う。

深手を負った療法士は、その業界では最大手の望月記憶療法士センターをアントニオに紹介した。三日後には三人のベテラン療法士が探査に入った。だが彼等は一度も回収されないまま、数時間後にミッシングになる。途方に暮れたアントニオは再び最初の療法士に相談する。礼子の名前が挙がったのはそのときだった。

話し終わったアントニオはつけ加えた。

「母を失った悲しみがあの子を変えてしまった、と私は推測していたが、最初の療法士が見たものはまったく違うものだった」

「まったく違うもの？」

「兵士だ。それも大勢の」

「兵士……」

「旧式の銃と弓で武装した兵士だ。詳しくは、後で報告書をお見せするので、そちらを」

「わかりました。ところで、最初の療法士の名前を教えていただきたいのですが」

「カトウケイジさんだ」

「カトウケイジ……あの、その人は、プロレスラーみたいな身体をしていて……」

アントニオは、そうだと言った。

健吾は驚いた。プ、、、ロレスラーみたい、、、じゃなく、正真正銘、元プロレスラーである。

リングネームはベンケイ。加藤啓治。

プロレスラーでありながら医学部の学生でもあった。精悍《せいかん》なマスクと多彩な技を持つ人気レスラーだった加藤は、今から十五、六年前、突然リングを降りて敬虔《けいけん》なカトリックになった。そしてほどなくヴァーチャル記憶療法士の資格を取り、フリーで活動するようになったのである。

ヴァーチャル記憶療法士で、ベンケイの存在を知らない者はいない。経歴が珍しいからではない。リング上と同じく、ヴァーチャル記憶空間でも彼の活躍は勇猛果敢だったからだ。

そのベンケイが深手を負ったということは……健吾と礼子が言葉を失っていると、アントニオは続けた。

「加藤さんとは同じ教会で知り合った。もう、五年になる。ここへもときどき訪ねてくる」

「私は直接面識はありませんが、彼が敬虔なカトリックになったという話は聞いていました」

「加藤さんはあなたのことを、日本で最も信頼できるヴァーチャル記憶療法士だと言っていた」

礼子のこの間の活動歴を、健吾は知らない。だが、華々しいものであることは容易に想像がつく。

「加藤さんのご容体はどうなのですか」

「命に別状はない。左肩を剣で深くえぐられたようで、探査が続けられなくなっただけだ」

「兵士と戦ったのですか、それとも検閲官に？」

「兵士と戦ったようだ。それも、詳しくは報告書に」

礼子は、わかりましたと言ってから続けた。

「三人は一度も回収されなかった、と言われましたね。ということは、彼等がそこで何を見て、どんな状況でミッシングになったかわからないということですね」

「そうだ。一度も回収がなかったために記憶マッピングがまったくできていない。わかっているのはVPSのデータだけだ。彼等がミッシングになったとき、エリアB3を示していたそうだ」

腕時計には、ヴァーチャル記憶空間内測位システムという長い名前の装置が内蔵されているが、誰もそんな名前では呼ばない。このVPSで、ヴァーチャル記憶空間内にいるコピーも、現実世界にいるアシスタントも、コピーがどこにいるかリアルタイムで把握できるようになっている。

「一気にB３まで進んだのですか」

「ルチアは急激な変化にパニック状態だった。できるだけ早く原因を突き止めてほしいと、私がお願いした」

「回収装置はきちんと動作していたわけですね」

「もちろんだ。彼等のVPS信号を、望月では今でも受信していると聞いている」

エリアB３(-32, 42α)。ここでVPS信号は止まったままだという。これだけでは、ブラックホールに吸い込まれたか検閲官と戦って殺されたかは判別できない。

「わかりました。お引き受け致します」

と礼子は言った。

悠太が慌てて承諾の返事をする。

健吾の答えが最後だった。アントニオは健吾たちを順に見て、何度も目をしばたたいた。

「加藤さんからの報告書をお見せしよう」

アントニオは胸のポケットからモバイルボードを取り出す。健吾たちも自分のものを取り出した。すぐにベンケイの報告書が送信されてきた。

十分後、健吾の見ている前で礼子は契約書に電子印を捺《お》した。健吾も慌てて電子印を捺す。悠太も捺したようだ。

「ルチアさんにお目にかかることはできますか」

アントニオが頷くとイザベラは立ち上がった。

数分後に戻ってきたイザベラの背後に、ルチアは明るいブルーの目をぼんやり前方に投げたまま立っていた。

一日目

　ワンダーランド社は健吾も何回か利用したことがある。中央区月島の高台にそびえる地上三十五階、地下三階建ての白亜のビルである。ヴァーチャル記憶療法に必要な記憶容量と処理速度を備えた、日本でも三本の指に入るスーパーコンピュータを五基備えている。

　ヴァーチャル記憶療法が医療行為として国から認可されると、コンピュータ業界はにわかに活気づいた。一基数億円から数十億円もするスーパーコンピュータが、タイムシェアリングサービスで充分にもとがとれるようになったからだ。この手のサービスを実施している会社は、今では日本に五社あり、世界ではその十倍の数にまで増えていた。

「あなたのすぐ後ろにソファがあるわ。そこに座って」

　ルチアの目は焦点を結ばない。そのまま虚空を移動してまた虚空に止まった。手でソファの位置と高さを確かめると、ゆっくりと腰を下ろした。アントニオは仕事があるということで、イザベラだけが操作室の外で待機している。この部屋には、患者を除けば療法士とアシスタントしか入室できない。悠太はメインコンソールに着いている。

　礼子はルチアの手を握った。

「ヴァーチャル記憶療法を、あなたは二度経験している。でも、始める前にもう一度説明させて。規則で決められているの」

ルチアは大きな目を見開いたまま頷く。

耳だけはきちんと聞こえるということだ。

「あなたは、これから記憶サンプリングカプセルに入る。そこで三十分かけて、あなたの記憶はコピーされ、スーパーコンピュータ内部に保存される。その間に、あなた自身はどんな操作も変化も受けない。夢見心地で寝ているだけ。ここまではいい？」

ルチアは小さく頷く。

「夢から覚めたら、あなたはママと一緒に家に帰っていいわ。そこからは私たちの仕事よ。あなたの記憶コピーはふたつ作られる。ひとつはバックアップ用。これには絶対に手を加えない。もう一方が上書き保存用。これに、私たちは自分の心身をヴァーチャル化して入っていく。あなたの目を見えなくさせ、言葉を堰《せ》き止めているものが何であるかを突き止め、必要があればその一部を変える。ただし変えた記憶はすべてあなたと、あなたのご両親に報告し、承諾を得てから上書き保存する。念のため言っておくけど、私たちが上書きするのは、私たちが変えた部分だけ。それ以外は書き換えない。だから、私たちがヴァーチャル記憶空間内にいる間にあなたがボーイフレンドとキスした事実は、記憶から消えないから安心して。これも、理解できたかしら？」

礼子は笑みを浮かべる。

ルチアはまた小さく頷いた。

「上書き保存は何回かすると思うわ。ヴァーチャル記憶空間にいられる時間は、長くても数時間ほどだから。それ以上になると、緊張感が続かなくなり重大なミスに繋がりかねないからなの。そして上書き保存がすべて終了した時点で、もう一度すべての変化をあなたとご両親に報告し、承諾を得る。これが完了すると、あなたはまたこの場所に来て、記憶サンプリングカプセルに入る。私たちはその上書き保存された記憶を磁気化して、あなたの脳にアップロードする。これですべてが終わるの。どう、理解できたかしら。質問があったら言って」

ルチアの手が動いて、一連の日本語が健吾と礼子のモバイルボードに送られてきた。超小型の人工知能が搭載されていて、日、英、独、伊、露、仏、中の七つの言語間で相互翻訳が可能だ。相手が母国語で書き送ってきたものを、自分の好きな言語に翻訳して読むことができる。慣れない言語を使うときのスペルミスや語法のミスに神経を尖らせる必要がない。異種言語間のコミュニケーションは、今ではこの方法が一般的になっていた。

難しいといわれている日本語の漢字変換も、文脈から適切な漢字を拾ってくる技術が格段に向上した。目の見えないルチアが使ってもまず誤変換はなかった。モバイルボードだけでなく携帯電話にも、数年前からこの機能が付加されている。

——毎日、私に会いに来てください。

「もちろん、行くわ。さっきも言ったように、上書き保存の承認をもらわなければならないから」

と礼子は声で伝える。

――とっても、怖いの。

「心配いらないわ。私たちに任せて」

――加藤さんは兵士に剣で刺されたんでしょう。そんな兵士が私の頭のなかにいるの？

「これから見てみないと、何とも言えないわ」

昨日の事前ヒアリングで、ルチアには兵士が見えていないことが判明している。

――昨日の私と、今日の私は違うみたい。

「どういう意味かしら」

――毎日、自分が変わっていくみたいな気がするの。

「急に目が見えなくなり、言葉も出なくなった。そのことを言っているの？」

――ううん、違う。その後も、変化している気がする。

「たとえば、どんなふうに？」

ルチアはしばらく考えていたが、やがて、

――よくわからない。

と送ってきた。

どんなきっかけで目が見えなくなり、言葉が出なくなったのかと聞いたが、ルチアはそれもわからないという。

何の前兆もなく、翌朝目が覚めたときには、そうなっていたのだと繰り返すばかりだった。

器質的にはまったく問題がないと医者も認めている。精神的な何かに原因があると考えるしかないと。

「最後に聞きたいの。私たちを信頼してくれる?」

——はい、信頼します。

「ありがとう、ルチア。全力を尽くすわ」

ルチアはゆっくりとカプセルに横になった。ここからは悠太の仕事である。

「いいですね、おふたりは」

悠太は言った。記憶サンプリングは、自動にセットすれば黙ってみているだけでほとんどの作業は終わる。

「そんなに仲がよく見えるか」

「違いますよ。ヴァーチャル記憶空間に入れるからですよ」

「療法士になれば、イヤでも入るようになるさ」

「今すぐにでも入りたいです」

「無茶言うヤツだな」

「学科も実技もオールAでクリアしていますので、充分にお役に立てると思います」

健吾は笑って首を振る。

専門課程には模擬訓練も入っているので、ヴァーチャル記憶空間内で自分の腕がどの程度通用するかがわかる。ただ、この課程を修了したからといってすぐに仕事ができるわけではない。

これは車でいうところの仮免であり、本試験を通らなければならない。

無資格でヴァーチャル記憶空間に入ったことがわかると、その人間は一生ヴァーチャル記憶療法士の資格を取得できなくなる。入ることを許した療法士も、二年間の活動停止処分を受ける。

三十分後、記憶サンプリングは無事終了した。礼子は再びルチアの手を引いて部屋の外へ出た。イザベラが待っているはずだ。礼子はすぐに戻ってきた。

「さあ、始めるわよ。悠太、準備はいい？」

「オーケー、いつでもいいです」

「健吾、あなたは？」

「聞き忘れたことがあるんだが、いいか」

「どうぞ」

「おまえは兵士と戦ったこと、あるのか」

「ないけど、どうして？」

「いや、別に……それだけだ」

——いったいどうしたっていうんだ。

身体の震えが止まらない。全身から冷たい汗が噴き出る。息がつけなくなり、心臓が爆発するような音を立てる。

目の隅に礼子がデジタイザーに入っていく姿が映る。壁にかかった大型液晶モニタを見る。

AからDまでのエリアが四色に色分けされている。これがらせん状の平面図である。その隣に円形の断面図が映し出される。療法士がヴァーチャル記憶空間内に入ると、オレンジ色のVPS信号がその地点に点滅するのだ。

メインコンソールについている悠太を見る。悠太は目の前のサブモニタの十字ラインで照準を定め、転送地点にいつでも円形のゲートを開けられるようスタンバイしている。

どうにかデジタイザーの扉を開けた。逃げ出したかった。誰もこの場にいなかったら、間違いなく逃げていただろう。

震える足を靴から抜いて横たわる。ヘッドギアを装着する。このデジタイザーで療法士の心身はヴァーチャル化されるのだ。

「メインスイッチ、オン……ただ今からヴァーチャル記憶療法システムを起動します」

いつも思うのだが、デジタイザーの外観はグロテスクだ。MRIと似ているが、全身を覆うトンネルのなかはひどく暗い。尖った針があちこちに突き出ているし、ヘッドギアの動作音は小脳まで響いてくる。

顔の部分だけは強化ガラスでできていて外が見えるようになっているが、それが逆に棺桶《かんおけ》みたいだ。こいつを開発したヤツは、絶対に人間に恨みを持っている。

——一億三千万円、一億三千万円……。

健吾は呪文《じゅもん》のように繰り返した。

——神は乗り越えられない試練は与えない……。

ピンと来ない。

オレにはやっぱり、こっちの言葉のほうがいい。

――一億三千万円、一億三千万円……。

オリジナルとコピーをリンクさせなければ、怪我も死もミッシングも回避できる。そうなるのはコピーであり、オリジナルではないからである。

そうすることは技術的に可能だった。現に、ヴァーチャル記憶空間に犬や猫を持ち込む場合があるが、そのときにはリンクしない。

だが、これは療法士には許されなかった。リンクしなければ回収できないからだ。回収できなければ、娑婆に戻って検閲内容を検討したり、ヴァーチャル記憶空間内で起こった出来事を、クライアントに報告することができない。娑婆に戻って検閲内容を検討したり、必要なアイテムを装備することも当然不可能になる。要するに、リンクを外す行為は、治療行為そのものを放棄することになるのだ。

――記憶は人間の命である。我々ヴァーチャル記憶療法士は人間の命を預かる者なのだ。

この使命感はイヤというほど叩き込まれる。

「患者名ルチア・メディチ、十四歳。第1回目探査。2018/10/05/10:12。担当記憶療法士、長谷川礼子、高見健吾。転送地点エリアA1座標(99, 00α)。ゲートを中心に半径十メートル以内に障害物なし。生体反応なし」

自動音声がデジタイザーに組み込まれた三個のスピーカーから聞こえてくる。礼子にも同じアナウンスが流れているはずだ。

一度システムを起動すれば、あとは転送完了まですべてが自動で進んでいく。アシスタントがいなくてもこれは可能だ。だが、緊急時の対応ができないため、アシスタントを置くことは規則で定められていた。

半睡状態が訪れる。もう逃げられない。あと数分後にはオレの肉体も意識も、ヴァーチャル化されてしまう。首に縄を巻かれたまま暗い穴に放り込まれるのだ。

「システムの正常動作確認。ただ今から現実身体《オリジナル》のデジタル化を開始します……デジタル化10%完了……20%完了……」

ポツリ、ポツリと記憶の断片が脳裏に蘇ってくる。今まで思い出すこともなかった遠い過去。忘れ去ってしまった過去。どうしても思い出せなかった人の顔。それらがいくつもいくつも、まるで花火のように暗い脳裏に打ち上げられる。すると突然、大量の記憶が洪水のように押し寄せてくる。

この感覚は一度体験したら忘れられない。こんなに大量の記憶が脳内のいったいどこに埋まっていたのか、という畏怖《いふ》にも似た感覚を覚える。

——人間とは記憶である。

という命題が、宇宙の壮大な真理のように感じられるのはこんなときだ。

「デジタル化90%完了……１００%完了……仮想身体《コピー》を構築します……構築完了。外的変形なし。指示されたアイテムの装備を開始します……装備完了。オリジナルとコピーをリンクします……リンク完了。エリアＡ１座標（99，00α）にゲートを開きます」

アナウンスが頭の片隅で聞こえる。

「ゲートを開きました……転送準備完了。転送……」

目眩がして意識が遠のく。

——クソッタレ。どうにでもなれ……。

次の瞬間、健吾と礼子は綺麗に晴れわたった空の下にいた。

＊

閑静な住宅地の一角に鉄筋三階建ての建物がある。前庭に植え込みがあり、その奥にブルーの屋根のエントランスがある。

建物は灰褐色。何人かの生徒の後ろ姿が見える。男子も女子もいる。日本人だけではない。健吾はしばらくの間、目の前の光景を見つめていた。

——オレはすでにヴァーチャル記憶空間にいる。

足の震えは不思議に消えていた。

どうやらルチアが通っている聖泉インターナショナルスクールらしい。女子は白のブラウスと紺のブレザー。タータンチェックのスカート。男子は同じく白のワイシャツに紺のブレザー。紺のスラックス。男女とも胸に盾形のエンブレムをつけている。

白のＢＭＷが門の前に停まり、なかからルチアが出てきた。ルチアは足早に門から入って来る。茶のバッグを提げている。背後から声がかかる。ルチアは振り向く。同年代の女子生徒の笑顔がそこにあった。彼女もルチアと同じバッグを持っていた。挨拶を返すルチアの小さな声が聞こえる。ルチアの年格好は現在と変わらない。ごく最近の出来事と見ていいだろう。不登校になる直前の光景かもしれない。

デジタル化されたデータなので、コンピュータ内部でどのようにも加工できる。基本的にCG（コンピュータグラフィックス）と同じである。ただ、ヴァーチャル記憶空間内の仮想物体は、通常のCGよりはるかに膨大な情報量を持っている。見たり、聞いたり、触れたりという我々の五感を充分に満足させるレベルにある。同じCGという略語を使うが、サイバーグラフィックスとして前者と区別していた。

このサイバーグラフィックスの世界では、自分のコピーを老人や子供に変形させることができる。そのほうが有利であり危険が少ないと判断した場合はそうする。健吾も数回この手を使った。

だが、身長や体重が変わると、剣はうまく使えない。極めて危険であることがわかった。それ以来、健吾はコピーに外的変形を加えていない。ステッキを手にして、それを自然に見せるために左脚を少し引きずって歩く。これがヴァーチャル記憶空間内にいるときの健吾の姿だった。

そこはエリアA1（99，00α）。

ヴァーチャル記憶空間は外側から順に内側へ、エリアA、B、C、Dとらせん状（アルキメデスのらせん）に区分けされていて、最も内側がDである（左図参照）。ここは言ってみれば無意識の最深部であり、トラウマの原因は100％この区域に存在している。

この空間はアンモナイト化石を連想すると理解しやすい。それぞれのエリアは円筒形の巨大な空間になっている。円筒を形作っているのは強力な磁力壁である。療法士は磁力壁の内縁のどこかに転送される。だが療法士は、自分が曲がった壁に張りついているとは認識できない。地球上にいるときと同じように平らな地面にいると感じる。景色の見え方も地球上と同じである。空間そのものが強力な磁気によって意図的に曲げられているからだ。

重力も1Gを感じるようにできている。人間も事物もヴァーチャル化するときにはすべて負に帯電し、磁力壁は正に帯電する。両者の引き合う力が仮想重力になるのだ。

だから、一度この空間に入ると、直進することは曲がって進むことであり、エリアAからBへ、さらにC、Dへと進むためには、アルキメデスのらせんを回らなければならない。足下の磁力壁を突き抜けて他のエリアに行くことはできないのだ。これも地球上で生きる我々と同じである。日本からブラジルへ行く場合、その最短距離は地球の円周の半分になる。決して直径ではない。

ただ、転送するときにはどのエリアのどの地点にもゲートを開けることができるので、いきなりエリアDに入り込んで無意識の最深部にいる主人格と対決することもできる。トラウマの原因がしっかりと確定できていれば、それが最も効率がいい。だが、それで解決できるトラウマなら従来の精神分析療法で充分に対応できる。ヴァーチャル記憶療法が必要な患者は、その

「ヴァーチャル記憶空間」概念図

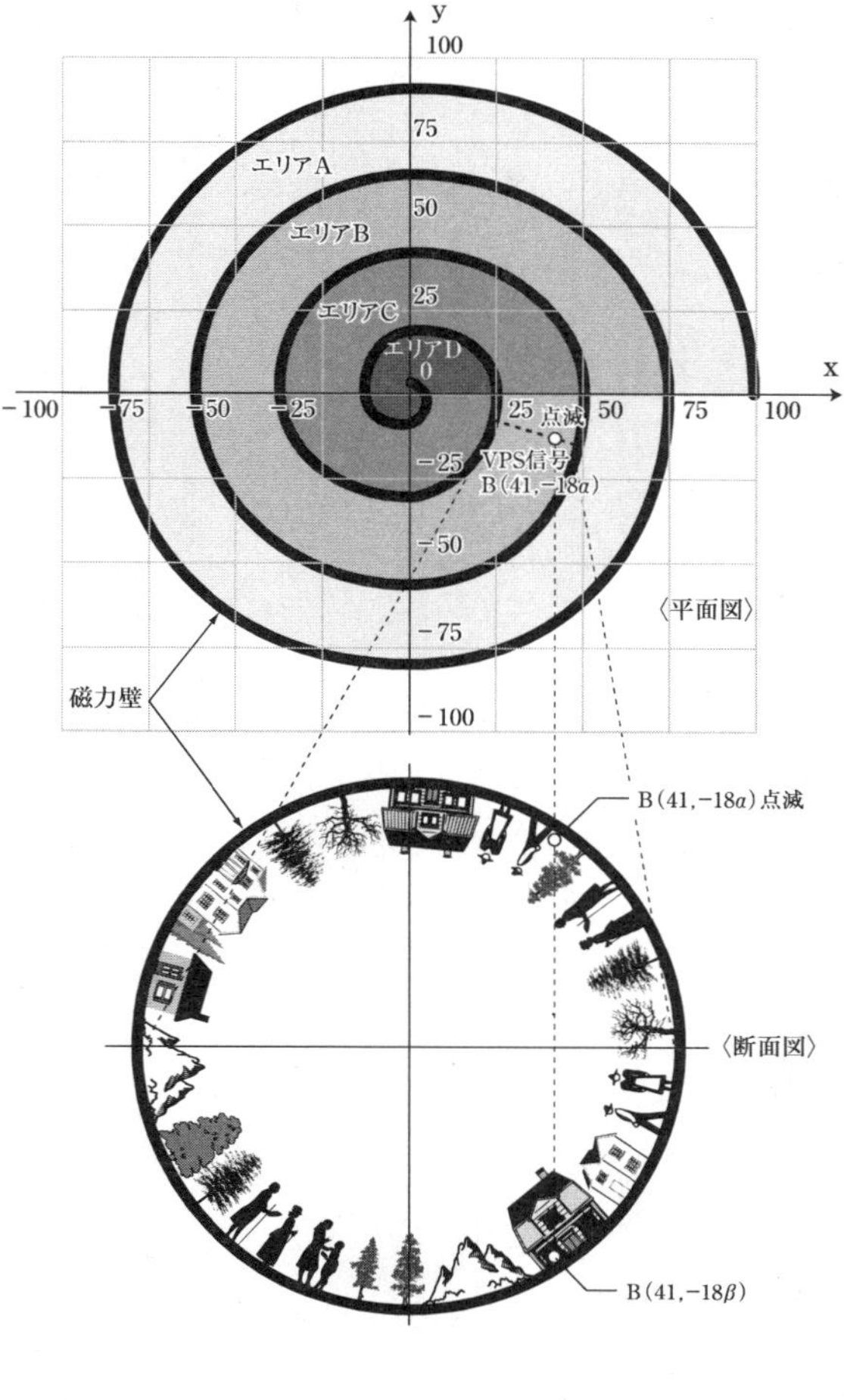

トラウマの原因が摑《つか》みきれないか、または摑みきれても外からは対処のしようがない場合がほとんどだ。

各エリアはさらに1から8までに細かく区分けされていて、地点をピンポイントで言いたい場合はX軸、Y軸を使った座標で表現する。ただ、ヴァーチャル記憶空間は三次元空間なので、二次元の同一座標が磁力壁の内縁にふたつ存在してしまう。これらを区別するために、液晶モニタに映し出されている円形の断面図の上部をα、下部をβとしている。

療法士はどのエリアにどんな記憶映像があるかを、回収されるたびに描き記しておくことになっている。記憶空間のマッピングである。これも重要な仕事のひとつだった。ちなみに、ベンケイが負傷した地点はエリアB4（-52, 11β）であることがわかっている。

各エリアにどんな記憶があり、どういう検閲が潜んでいるかを分析してからでないと、危険で先のエリアには行けない。三人もミッシングになっているのだ。慎重にならざるを得ない。

ルチアは校舎内に入っていく。広い階段にさしかかる。天井はガラス張りになっていて明るい光が差し込んでくる。周りから声が聞こえる。登校時の光景であることが想像できる。

映像のどこにも歪みはない。欠損も置き換えも見当たらない。それはこの記憶が検閲によって歪められていない証《あかし》である。健吾と礼子はそれだけ確認すると校舎から離れた。登校する生徒の流れに逆らって門の外へ出る。

礼子は紺の地味なスーツを着ている。健吾と同じく姿形を変形させていない。健吾は仕込み杖を持ち、グレーの地味な、というより一着しかないシングルスーツを着て歩いた。

袖の部分に下手なミシンがかかっているが、仕方ない。金が入ったので新調しようと思ったが、そうするとかえって今まで金がなかったことがバレる。いや、すでに礼子にはバレバレだろう。だからこそ、予想どおりにしたくなかった。


エリアA1は学校とその近辺の記憶映像で終わっていた。道の前方に下り坂があり、二十分ほど歩くと急に眺望が開けた。

赤煉瓦《あかれんが》の屋根が眼下に広がっている。ひときわ高い半円形のドームの屋根も煉瓦色だ。壁だけが白い。夕暮れが迫る街に、それは美しい一枚の絵のように広がっていた。聖泉インターナショナルスクールがあった空間とは、別の空間であることがわかった。

「どこかわかる?」

「A2に入ったところだ」

VPSを見ればわかるだろうと思ったが、礼子の言葉の不思議な響きにつられて答えた。

「この景色のことよ」

「ベンケイの報告書にはフィレンツェと書いてある」

それも礼子は読んで知っているはずだ。

街が一望のもとに見下ろせる広場に健吾と礼子は立っていた。

周りにはたくさんの男女がいる。観光客らしき人々の他に、物売りの少年や黒っぽい貫頭衣《かんとうい》を着た修道僧の姿も見られた。

「あの像、見たことあるな」

広場の中央にひときわ背の高い男の裸像がある。

「ダビデ像よ」

礼子は周りを見回しながら言う。

「そうだ、思い出した。ミケランジェロの最高傑作と言われている彫刻だろう……しかし、さすがはルネサンスの都だな。屋根もないところに有名な彫刻をさらしておくなんて」

「バカね、あれはコピーよ」

そう言いながらも、礼子はせわしなくあちこちに目を走らせている。

「何か変だわ」

礼子は空を見上げて言う。

「別に変わったものは見えないけどな」

健吾も空を見上げた。青い空と輝く太陽。地平線近くに薄い雲が見えるが、それ以外は明るいブルーに染まっている。

「街を見て」

健吾も、すぐに異変に気がついた。

「こんなの、初めてだわ……」

「オレも経験ない……」

ふたりとも、しばらく無言でいた。

空は昼間だが、街には夕暮れが迫っている。明らかに異様な光景だが、人々は特に慌てている素振りもない。何人かがときどき空を見上げて肩をすくめる程度だ。

「見ろ、あれがアントニオじゃないのか」

坂道を登ってくる親子連れが見えた。男は三十代半ば、女は二十代後半。中央に五歳くらいの美しい少女がいる。男の顔ははっきりと見分けることができた。

アントニオの癖のある独特の風貌は一度見たら忘れられない。そして少女の類い稀な美しさも、今と変わっていない。

「間違いなさそうね」

三人は健吾たちのほうへ歩いてくる。

ここが最も眺望のいい場所なのだろう。ルチアは楽しそうだ。弾むような歩き方をしている。

「あの女がアントニオの前妻だな」

「そうだと思うわ」

ベンケイの報告書にも、親子三人でこの場にいたと書いてあったから間違いないだろう。

マリアンナの顔を健吾は初めて見た。思わずイザベラと比較してしまった。イザベラが清楚な女だとすれば、マリアンナは優雅という言葉がぴったりに思われた。

マリアンナは表情も動作もどこかゆったりと感じられる。カールした長い金髪がゆったりした雰囲気に似合っていた。

もし現実世界に戻りたければ、腰の回収装置のデジタルロックを解除する。そうすれば数秒後には、コピーはヴァーチャル記憶空間から消滅しオリジナルと合体する。しかし、時間はまだ充分にある。

親子三人の楽しそうな光景をしばらく眺めてから、健吾と礼子はさっきルチアたちが登ってきた坂道を下り始めた。

下りきったところにバス停があった。黄色いミニバスが一台停車している。乗ってみることにした。ベンケイの報告書にはバスに乗ったとは書かれていない。彼は徒歩で探査している。バスには未知の部分があるかもしれない。

バスは間もなく出発した。夕暮れの街並をきびきびと走る。建物の長い影が道路に斑《まだら》模様を描く。太陽の位置とは相変わらず矛盾したままだ。乗客は五人ほどだった。マイクロバスより少し大きめのバスという感じだった。

途中でエリアA3に入ったことがVPSを見てわかった。AからDまでの区分けも、1から8までの区分けも、位置を測定するための便宜的なものであり、風景が切れているわけではない。

「この街並は、丘から見えたものだろう」

「あの半円形の屋根をした建物、覚えているわ」

てっぺんに尖塔《せんとう》があり、赤褐色の煉瓦屋根がお椀をかぶせたように覆っている。壁面は白っぽい装飾壁になっていて、近くで見ると不気味なほど巨大だった。ミニバスはその建物前で停まった。

通りは人で溢《あふ》れている。明らかに観光客だとわかるグループもいる。日本語を話す人々にも何組か出会った。しかし、建物の出入口付近にだけ、人がいなかった。通行人はいるが誰もなかに入っていかない。誰も出てこない。健吾と礼子は軽く頷き合うと、建物の重厚な扉を押し開けた。

なかにも人の姿は見えなかった。扉を閉めると騒音は消えた。聖像画が左手の壁に見えた。さらにその奥にはふたつの騎馬像。右手には誰かの胸像。奥へ向かってゆっくりと歩き始めた。巨大な柱に支えられた円蓋《えんがい》は、天井近くの採光窓から漏れてくる黄金色の光に満ちている。神にはまったく関心がない健吾にも、その光景が醸し出す敬虔な雰囲気を感じることはできた。

「なんで誰もいないんだ?」

「そうね……」

「通りには人がたくさんいた。どうしてこの建物にだけ、誰もいないんだ?」

健吾は周りを見ながら再び言う。

隣を歩く礼子が身震いするのが見えた。

「どうした?」

「感じない? 寒気がする……」

健吾には何の異変も感じ取れなかった。

「やっぱりだわ、あれを見て」

正面に祭壇らしきものがある。

健吾は下から眺め上げた。そこには細長い何本ものロウソクが立っている。かなり長いものだ。だが、その背後の十字架像を見て健吾は息を止めた。

磔刑《たっけい》にされたイエス・キリストには、首から上がなかった。

＊

頭部のないイエスの十字架像があった建物は、サンタ・マリア・デル・フィオーレ大聖堂、通称ドゥオーモであることがアントニオと話してわかった。

ちなみに健吾たちが立った広場はミケランジェロ広場であり、ルチアが四歳のときに家族三人で行ったことがあるという。そのとき一緒にいた女性は、やはりマリアンナだった。写真が残っているというので、アントニオに頼んで確認させてもらった。広場で見た女性に間違いなかった。

自分たちの見た建物や街区を確認するために、健吾と礼子はフィレンツェの観光案内書を買ってきて読んだ。メディチ家の歴史も簡単に記されていた。

フィレンツェの夕暮れと太陽の矛盾を指摘したときは黙って頷いただけのアントニオだったが、十字架像のイエスの首から上がなかったと報告すると、さっと顔から血の気が引いた。イザベラは目をみはり口に手を当てた。

「あり得ない……《ノン・エ・ポッスィービレ》」

とアントニオは呟いた。妻のイザベラだけが同席し、ルチアはこの段階では席を外している。

「何と言われました？」

と礼子。

「これは失礼した。あり得ない、と言ったのだ」

アントニオは日本語で言い直した。

健吾も礼子も日本語の他に英語とフランス語を理解できるがイタリア語はふたりともできなかった。

「あの十字架像には、間違いなく頭部がある。当時もあったし今もある。ということは、ルチア自身がイエス・キリストの首を刎《は》ねたことになる。何と恐ろしいことを……」

「いいえ、アントニオさん」と礼子は遮《さえぎ》った。「そんなふうに直線的に考えてはいけません。あれは検閲です。検閲というのは、ご存じですね」

「一応のことは知っている。しかし……」

「正反対の気持ちを表現している検閲もあります。私たちは愛する人の死を夢にみることがありますが、それは死を望んでいるのではなく、事故や健康に注意しなさいというメッセージなのです」

「では聞くが、主イエス・キリストの首を刎ねるのは、どういうメッセージなのだ」

「即答はできません。しかし、この表象の謎は、さらにエリアを探査すれば解く鍵が見つかると思っています。それより、ドゥオーモ内に誰もいなかったことのほうが、私には重要に思えます」

アントニオは厚い唇をきつく結んだままだ。

礼子は続けた。

「ドゥオーモはとても人気のある建物だ、と観光案内書に書いてありましたが」

「フィレンツェで最も人気があると言ってもいい」

「とすると、誰もいなかったのは偶然ではなく、そこにあるイエスの十字架像に頭部がないことを人々が知っているからだと考えられます。だから、恐ろしくて近寄らないのではないでしようか」

「そうだろうな」

「もうひとつ、陽は高いのにフィレンツェの街が夕暮れだったことについてです。このことに、人々はあまり驚いている様子はありません。この二点から、これらの異変はある程度の時間が経過していると判断できます」

「ある程度とは？」

「それが人々の間に確実に知れわたるだけの時間です。しかし、完全に慣れるまでにはなっていない。具体的には数日から十数日くらいだと」

「それがどうして重要なのだ？」

「異変の時期に関係してくるからです。ルチアさんの目と口が不自由になったのが今から五日前。おそらくここに関係していると思われます」

アントニオはまた唇を強く噛みしめた。

代わりにイザベラが言った。イントネーションに微かな違和感を覚えるが、それ以外は完璧な日本語だった。アントニオ以上にせっぱ詰まった声で言う。

「あなたがたのことは、主人同様、私も信じております。でも、それなりに訓練を積んだ療法士が、成功していない……」

さらに続けようとしたイザベラは、声を詰まらせた。顔を手で覆って泣き出す。

「私はフリーになってから、もっとも難しいとされている多重人格障害の患者を四人も完治させています。一度も失敗したことはありません。これはあなたを安心させる根拠にはなりませんか」

会わない間の礼子の活動歴については、悔しかったが昨夜ネットで調べてみた。思った以上に健吾のプライドは傷ついた。すでにふたりの差は歴然としていた。

健吾たちは立ち上がった。これから休憩を挟んで、今日中にもう一度探査に出かける予定になっている。

「ふたりとも、ずいぶん取り乱していたな」

と健吾は正面の礼子に言う。

「仕方ないと思うわ、この状況では」

「かなり難しい患者だ。おまえは不安じゃないのか」

「不安を感じない人間は失敗する。でも、感じすぎる人間も失敗する」

健吾は、ふんと鼻を鳴らす。模範解答だ。だが、不安を感じることと感じすぎることの境界がどこにあるかが問題なのだ。

「大学へは行かなくていいのか」

と今度は隣の悠太に聞く。

二回目の探査まであと一時間。三人はワンダーランド社最上階にあるレストランでサンドイッチをつまんでいた。

「たった十日間ですよ。この仕事が一段落したらまた行きます」

「礼子に仕事が入ったら、また休むわけだろう」

「まあ、そうですけど」

「暢気《のんき》な大学だな」

悠太は肩をすくめる。悠太は求められないかぎり口出ししなかった。黙って礼子の指示通り動いている。この態度だけは健吾も気に入っていた。

「おまえは、どうして記憶療法士になろうと思ったんだ？」

「道場で十三年間一緒でしたから、礼子さんの仕事についてはよく知ってました」

「答えになってない」

「礼子さんを見てますと、頭の使い方が普通の人と違っているのがわかります。僕も、そっちの使い方に近い人間だと」

「あら、それどういう意味かしら」

礼子が隣で顔を上げる。

口のなかにまだサンドイッチの塊がある。

「別に、意味と言われるようなあれは、ないですけど……」

「ねえ、悠太。あなたは自分が人と変わっているという事実を、私をダシにして誤魔化そうとしてない？」

「そんな……」

「いいこと、あなたが人と変わっているのは、あなた自身の問題なの。私にはまったく関係ない」

「何も、そんな意味じゃ……」

「ほら、うまく言葉が出てこないでしょう。ズバリ当てられたショックで、脳の言語中枢が一時的に麻痺《まひ》した証拠よ」

昼時のレストランは社員で混み合っている。社員専用のレストランだが、こうしてタイムシェアリングサービスで来たフリーの療法士も使っていいことになっていた。

「なあ、悠太」と健吾は言った。「普通の人と違うその頭で、ちょっと考えてくれ。今までのところで、何か気がついたことがあったら遠慮しないで言っていいぞ」

「ホントですか」

「成績がオールAなんだろう。ぜひ拝聴させてくれ」

「ありがとうございます。実は、ひとつだけ気になっていることがあります」

「何だ」

「先に入った加藤さんが深手を負ったのはB４でも、望月の三人がミッシングになったのは、エリアB３。ここがちょっと……」

「ちょっと何なんだ」

「三人が同時にミッシングになるくらいですから、そこにはかなり危険なものが存在したことになります。検閲官か、あるいはブラックホールかはわかりませんが」

「それで？」

「いずれにしても、加藤さんはそこを通ってB４まで行ったわけです。でも、それらしい記述が、報告書にはありませんでした」

礼子もサンドイッチを手に持ったまま、悠太を見ている。面と向かっては褒めないが、その代わりに何度も頷く。

「どうしてだと思う？」

と健吾は聞いた。

「報告漏れは、まず考えられません」

「だろうな」

「B３を飛ばすことも、ありえないと思います」

「当たり前だ」

どのエリアから入るのも自由だが、途中から入れば見落とす検閲が多くなる。検閲はトラウマを映す鏡だ。見落とせばトラウマの像が曖昧《あいまい》になるだけだ。

「考えられるとすれば、加藤さんが探査に入ったときには、B3のその地点にはまだ危険は存在しなかったということです」

「ベンケイが負傷した翌日に、ルチアは目と口が急に不自由になった。これがB3の変化に関係しているという推理だな」

「そういうことです」

望月の三人が探査に入ったのは、ルチアの急変後のことだ。つじつまは合っている。

「すると、オレたちが最も注意しなければならないエリアは、B4よりもむしろB3ということになるか」

「はい、そう思います」

「なかなかいい指摘よ、悠太」

と礼子が笑顔で言う。

健吾も感心していた。実際にエリアB3のその地点が危険であるかどうかは別にして、そこに着目したことは評価に値する。

「ありがとうございます」

「あなたをそこまで叩き上げた素晴らしい先輩に、感謝しなければならないわね」

健吾は笑えなかった。

こいつが言うと冗談に聞こえない。

＊

フィレンツェはエリアA5まで延びていた。ドゥオーモからバスと徒歩で二時間ほどかけて移動した健吾と礼子は、サン・マルコ美術館、スカルツォの回廊、フィレンツェ中央駅、サンタ・マリア・ノヴェラ教会などを探査してきた。どこも人で溢れていた。

「なあ、礼子」

と健吾が前を歩く礼子に声をかけた。

礼子は振り向く。

「イタリアの女の子って、こんなにも可愛かったか」

「そんなとこ見ても、検閲は探せないわよ」

「みんなきれいな脚をしてる。日本に来れば、トップモデルになれる子ばっかりだ」

「前を向いて」

「ちょっとナンパしてみてもいいか」

礼子は、信じられないといった顔で健吾を見る。

「そんなんじゃない。純粋な学術的興味だ。ここにいるのはみんなルチアが過去に見た人々だが、頭の中身はルチアの作り物だ。どう反応するかで、ルチアのトラウマの一端が理解できるかもしれないじゃないか」

　目で見て写し取れるのは外見だけだ。記憶のなかの人々の思考や感情は、ルチアが自分の想像力で作り上げたものだ。ルチアの分身だといってもいい。

「少しはベンケイを見習ったらどう？」

「ベンケイがどうしたんだ？」

「今まで、それらしき人影を見たことがある？」

　そう言えば、今までベンケイの姿を一度も見たことがない。彼はＢ４まで行っているのだ。望月の三人の姿は、上書き保存していないので、このヴァーチャル記憶空間には反映されていない。

「それだけ目立たないように行動していたってことよ。ナンパなんて、何考えてるの、まったく」

　礼子は前を向いて歩きだした。

　クソッタレが。相変わらず可愛げのない女だ。

　確かに、ヴァーチャル記憶空間内では、療法士は目立たないように行動するのがベストだ。記憶内の人々も療法士も、この空間内では仮想身体《コピー》であり区別はない。療法士に彼等が見えるのと同様、彼等にも療法士が見える。あまり派手に立ち回ると、上書きしたときにその記憶がプリンティングされてしまう。記憶の混乱が起こる可能性が出てくるのだ。

　だが、と健吾は心のなかで吐き捨てた。

――ナンパは特別のことじゃない。街角のあちこちで日常的に行われているんだ。記憶の混乱なんて起こるわけがない。

またミニバスに乗り込んだ。礼子と並んで座る。向かい側の座席に面白い光景が展開していた。今のルチアと同年、十四、五歳のふたりの少女が座っている。

「ダメ、何で折れちゃうの」

右側の少女が怒ったように言う。

会話は英語だった。

「ホントだ。変な鉛筆」

「ほら、書こうとすると、途中で折れちゃうの。頭に来る……」

「私にも貸して」

左手の少女は鉛筆を受け取る。そして膝の上のノートに書こうとするが、鉛筆は真ん中から折れた。芯が折れるならわかるが、鉛筆そのものが折れた。

「どうしたっていうの、どうして途中で折れちゃうの？」

その女の子も怒ったように言う。健吾は微笑した。この検閲には覚えがある。健吾は礼子を肘《ひじ》でつついた。

「ほら、見てみろよ」

「さっきから見てるわよ」

「そんなふうには見えないけどな」

「あなたみたいにジロジロ見ないだけよ」

これが性交にまつわる話題であることは間違いない。鉛筆は陰茎を象徴し、書こうとすると折れるとは勃起《ぼっき》が不充分で満足な性交ができなかったことを意味している。

フィレンツェ市内であるにもかかわらず、ふたりの女の子はエリアＡ１にあった聖泉インターナショナルスクールの女子生徒と同じ制服。また、イタリア語ではなく英語で会話していた。これは年頃の少女の正常な検閲であり、このまま通り過ぎても問題ない出来事だと判断した。

ミニバスを降りて歩いていると、周りに誰もいない建物をまた発見した。メディチ家礼拝堂だった。八角形の建物。健吾と礼子は顔を見合わせるとなかへ入っていった。誰もいない。

床は紋様の描かれた大理石でできていて、小さな窓から入ってくる午後の光を反射して湖面のように輝いている。その上は広大な空間だった。

壁面には様々な色の石が散りばめられている。天井にも色鮮やかな石はふんだんに使われ、聖像画と一体になって荘厳な空気を漂わせている。

――この異様な気配は何だ。

今度は感じ取れた。前を歩く礼子の首筋にさっと鳥肌が立つ。

メディチ家の紋章が目の前にあった。八角形の円蓋の下に、六個の丸薬と百合の花をデザインした紋章。その六個の丸薬から血が流れ出ていた。鮮血だった。血は細い糸のように流れ落ち、百合の花を真っ赤に染めた。

「血が流れているわ……」

「オレにも見える」

メディチ家の紋章は、アントニオの邸宅に挨拶に行ったときに見たので覚えていた。礼拝堂のなかには複数の紋章がある。それらが全部、血を流していた。

「この礼拝堂、私の記憶が正しければ、隣にはサン・ロレンツォ教会があったはずよ」

そこもメディチ家ゆかりの教会である。健吾と礼子は同時に走り出した。いったん外へ出てサン・ロレンツォ教会の入口に回る。やはりそこにも人影はなかった。大きな入口を入ると、広い空間が奥へ一直線に続いていた。天井と壁面を中心にメディチ家の紋章を探す。ときどき背筋に悪寒が走る。

「見つかったか」

「ううん、見つからない」

ふたりは正面にある主祭壇へ進んでいく。円形にくりぬかれた採光窓から入ってくる光は暗い。

「変だわ。背筋がゾクゾクするのに、何も見つからない」

「オレも感じる。どこかに異変があるはずだ」

自分と礼子を狙ったナイフが、すぐそばまで迫っているような恐怖を覚える。

礼子が短い悲鳴を上げた。

足元に血の海が広がっていた。その海の底に、様々な色の石で描かれたメディチ家の紋章があった。

＊

室内をいく人々の動きがピタリと止まった。建物全体が紙に描かれた絵のように薄っぺらに感じられる。遠くでプツンと何かが切れるような音が聞こえた。

来たな、と健吾は思った。それは間もなく地を震わすような音となって近づいてきた。

足元が揺れる。振動で頬がビリビリと震える。周囲の光景も揺れている。壁も絵も彫刻も、まるで生き物のように身震いし始めた。地を震わす音は巨大な風船のように膨れあがってくる。やがて周囲の事物はモザイクのように砕けた。破片は音を立てて宙に舞い、床に崩れ落ちるようにして消えた。周囲は漆黒の闇。主祭壇のあったところだけがかすかに明るい。

検閲官が出現したのだ。

いつもこの変化があった。患者が、どうしてもこれから先へ行って欲しくないと思うとき、検閲官が出現するのである。

ヴァーチャル記憶空間内の人間は、特殊な場合を除き傷つけたり殺したりしてはならない。特殊な場合とは、トラウマを消し去るためにどうしても必要だと判断した場合だ。襲われて恐怖の体験をした女性などは、このケースに該当する。

だが、検閲官は殺してもいい。というより、殺すか説得するかしないと次のステージへ進めない。検閲官は記憶内の人々とは本質的に違う。それは、ここから先へ行かせたくないという患者の意図が人間の形をとったにすぎないからだ。

それは、屈《かが》んだ巨人の背に乗った少年だった。巨人は半裸で見事な鬚《ひげ》を生やしていた。少年は両足をその巨人の背に乗せ、腕組みをして立っている。少年の背後には巨大な鋼鉄の門。

「よく来たね、退屈していたんだ」

日本語だった。

綺麗なソプラノである。十歳くらいか。

「その先へ行きたい。通してくれないか」

と健吾は言った。

「無理だね、ここから先へは誰も行けない」

「きみの名前は？」

「さあ、誰かな。当ててごらんよ」

少年は巨人の背中から宙へ飛ぶ。空中で一回転して健吾たちの前へ降りたった。巨人は動かない。石像であることがそのときわかった。

「まるで妖精だな」

「いい線いってる。でも、それは名前じゃない」

少年は小鳥がさえずるような声で笑った。

顔は日本人ではない。髪は金髪で、肌も白い。だが少年の使う日本語はネイティブだった。

健吾と礼子のほうへさらに近づいてくる。紺の短パン、白のワイシャツ、紺のブレザー、そして胸には盾形のエンブレム。見覚えがあった。

「質問してもいいかしら」

と今度は礼子が言う。

「いいさ。あなたは綺麗な人だ。日本人だね」

「そういうきみは？」

少年は答えずに、また小鳥がさえずるような声で笑う。

そして後方宙返りを二度して、また巨人の背中に乗った。

「その大男は誰なの？」

「アトラスさ」

「アトラス……」

「知ってるだろう？」

「もちろんよ。でも、アトラスの背には天球が乗っていたはず。どうしてきみが乗っているの？」

「そこが問題さ。さあ、この謎を解いてごらんよ。そうしたら、通してあげてもいい」

「時間をちょうだい。このオジサンと相談したいから」

オジサンはないだろう、と小声で言ったが礼子は無視。

少年は健吾を見て、また小鳥のさえずりのように軽やかに笑った。

回収装置のデジタルロックを解除すると、数秒後にはふたりともデジタイザーのなかで目覚めた。健吾は気づかれないように、小さな溜息をついた。いつやってもほっとする瞬間だ。

「悠太、あなたも協力して」デジタイザーから飛び出ると、礼子はサブモニタ前に座っている悠太に言う。「私がこれから二分間で言うことを、しっかりと理解すること。いい？」

礼子はきっかり二分かかって、少年が出現したときの状況、少年の様子、少年との会話を再現した。

「理解しました」

「ベンケイの報告書には、この少年のことは書かれてなかった。どうしてかわかる？」

「ルチアの急変がきっかけで、変化したところだと思います」

「健吾、あなたは？」

「普通じゃない人と同意見だ」

「悠太、あの少年、ずばり誰だと思う？」

「母親の胎内で死んだ、ルチアの弟だと思います」

「理由は？」

「十歳くらいだし、聖泉インターナショナルスクールの制服を着ていたからです。生きていれば、そうなっていたということで」

健吾は唸《うな》った。同じ見方だ。

「ネイティブな日本語を喋った理由は？」

「日本で生まれるわけですから、日本語が母国語になります」

ルチアの理解できる言語は、日本語、英語、フランス語、イタリア語だということがわかっている。口がきけないので実際に聞いてみたことはないが、アントニオの話ではどの言語もネイティブスピーカーと比べて遜色《そんしょく》ないという。

「いい推理だわ。私もそう思う。あなたは、念のため関連するイタリア語とフランス語の単語を洗い出してくれる？　英語と日本語はこっちでやるわ。それとアトラスはギリシャ神話に出てくる神のひとりよね。どんな神様なのか調べてみて」

検閲には、大きく分けて三つのパターンがある。

語呂合わせと、意味の類似と、形の類似である。たいていがこのどれかに当てはまる。

礼子は向き直ると無言で携帯メールを打った。誰に連絡しようとしているかは健吾にもわかった。すぐに返事が返ってくる。

「間違いないわ。胎児は男の子だった」

「残るは、なぜアトラスの背に乗っているかだな。だけど、アトラスって、天球じゃなく地球を背負っているんじゃなかったか」

「ひどい勘違いよ。ギリシャ神話を読まなくても、そんなの当たり前。当時は地球は平たいと思われていた。丸いのは天」

「しかし欧米では、地図帳のことをアトラスというだろう」

「そうだけど……調べてみるわね」

礼子はインターネットに接続して調べ始めた。健吾も同時に調べ始めたが、礼子のほうが早かった。

「あった、これね。十六世紀の地図学者メルカトルが、自分で描いた地図帳の巻頭に天球を支えるアトラスの姿を描いた」

「そうなのか……だけどやっぱり、地球と考えたほうがビンゴになると思うけどな」

「説明して」

「地球と子宮。語呂が似ているだろう」

少年は子宮にいるときに死んだ。検閲官が子宮を地球に置き換えたのだ。語呂が似ている単語に置き換えるのは、検閲官がもっとも多く用いる方法だった。

「少年は日本語を喋っていた。語呂合わせも日本語だと考えたほうが自然じゃないのか」

「ルチアも、天球と地球を勘違いしていたってこと？」

「そういうことだ。それに、地球は恥丘と発音が同じだ。形もそれなりに似ているし、子宮とも縁が深い」

「何のこと？」

礼子は健吾を見つめる。みるみる顔が赤くなった。次の瞬間には右足が高く上がっていた。

健吾はそのかかと落としを、みごとにブロックした。

「どうやら、身体はもとに戻ったようだ」

礼子は憤然として宙を睨《にら》む。

健吾は鼻歌を歌いながら悠太を見る。悠太はまだ調べ中だ。すでに五分が経過していた。

「天球は英語で言うとcelestial sphere。妊娠五ヶ月の胎児はfetus。語呂は似てないな。ところでアトラスは……」

健吾は呟きながらキーボードを叩く。アトラスは英語でAtlas、子宮はwombまたはuterus。Atlasとuterus……。

「よし、ビンゴだ」

礼子も顔を上げた。たぶん発見したのだろう。

「やっぱり子宮に関係していたな。オレが言ったとおりだ」

礼子は無視して悠太のほうを振り向く。

「悠太、そっちはどう、何か収穫あった？」

「まだです。フランス語は調べ終わりましたが、語呂が似ている単語はありません。アトラスについても調べは済んでいます。今イタリア語に移ったところです」

悠太は調べたイタリア語の単語をいくつか並べる。

子宮はutero、少年はragazzo、胎児はfeto、天球はsfera celeste。いずれもAtlasと語呂は似ていない。

ちなみにアトラスはティターン神族に属し、オケアノスの孫でプロメテウスの兄に当たる。ヘラクレスに騙《だま》されて、永遠に天球を支える羽目になった……。

「聞こえたでしょう。こっちは、たぶんビンゴだわ。そっちをやめて、こっちを手伝ってくれる？　ひとつだけ疑問があるの」

探し始めてから十分程度しかかかっていない。最初の推理で当たればこうなる。悠太は椅子を回転させて健吾たちに向き直った。

「ルチアの弟は、どうして検閲官になったと思う?」

無意識の森の奥には主人格が住んでいる。ヴァーチャル記憶療法士は敬意を表して、この主人格を〈番人〉と呼んでいる。トラウマとはこの番人が負った傷だと考えられる。ただの傷ではない。未だに血を流し続けている傷。そこに触れられると痛みで気が狂ってしまうほどの深い傷。

この傷を守っているのが検閲官である。傷を誰にも悟られないように、謎を抱えて療法士の前に立ちふさがる。この謎を解かない限り、どんな腕利きの療法士も先へ行くことはできない。

「私たちが今出した結論が正しければ、ルチアのトラウマは弟の死に関係しているということになるわ。どうして?」

「母親の死も、同時に暗示していると見たほうがいい」

と健吾。

「それは納得。でも……」

「母親の死は充分トラウマになる」

「それもわかるわ」

「あまりに早くわかりすぎるということか」

「というより、フィレンツェの街の異様さ、あれが説明できてないのよ。陽は高いのに街は夕暮れ。頭部のないイエスの十字架像。そして血を流すメディチ家の紋章。これらと少年の共通点は？」

「共通点を探す必要があるのか」

「別々の根拠があるということ？　かもしれないわね。悠太はどう思う？」

「別々の枝を下へずっと辿《たど》っていくと、やがて共通する幹にたどりつく。授業ではこんなふうに教わりましたが」

「その共通する幹を聞いているのよ」

「まだ、わかりません」

健吾はほっとする。

アシスタントより鈍いとなれば立つ瀬がない。

「とりあえず、共通点を無視してやってみる？」

礼子は腕組みしたまま健吾と悠太を見る。

腕の上に豊満な乳房が乗っている。ふたりとも同時にうなずく。

「謎解き終了まで三十分。まあまあね」

健吾の経験からすると最高に速い。

速さが要求される理由はふたつある。ひとつは現実のルチアを一刻も早く治してあげたいということ。もうひとつはヴァーチャル記憶空間内にも独自の時間が流れているということである。そこは静止した時空ではない。生きた世界であり、時とともに変化する流動的な世界なのだ。スーパーコンピュータ内部に保存してあるルチアのバックアップ記憶も例外ではない。要するに、もたもたしていると手遅れになる可能性があるのだ。

数分後、健吾と礼子は再び少年の前に立った。少年は二人が現れると、アトラスの背に乗ったまま笑った。

「また会えてうれしいよ。それで、謎は解けたかい?」

「この顔を見て、わからない?」

礼子は笑顔を見せる。

少年も笑顔で応えた。

「きみに名前はない」と礼子は続けた。「なぜなら、きみは生まれる前に死んだ子供だからよ」

少年の顔から笑みが消えた。

礼子はさらに言う。

「ちょうど九年前、きみは母親の胎内で死んだ。きみが十歳くらいの子供に見えるのは、そのためよ。またきみのその服は、ルチアが通っている聖泉インターナショナルスクールの制服。きみが生きていれば、たぶんそこに通っただろうということで、その制服を着ている。そして、きみは日本生まれになるから、ネイティブな日本語を喋る」

「僕がアトラスの背に乗っている意味が抜けてるよ」

「きみの住処《すみか》は子宮。それは英語でuterus。Atlasとは極めて発音が似ているわ」

「それは英語だね。日本語じゃない」

「聖泉インターナショナルスクールでは、英語が日常的に使われているの」

少年は黙った。

健吾は左手のステッキの柄に親指をかけた。だが、少年は襲いかかってこなかった。陽気な妖精のような姿が消え、小さく悲しげな少年がそこにいた。

少年の動きが止まった。少年の背後に聳《そび》えていた巨大な鋼鉄の門が、背後にゆっくりと開かれた。

「どうやら、当たりみたいね」

少年は何も言わない。

「約束どおり、通してもらうわ」

目の前には別の空間が開けていた。健吾は礼子の後に続いた。そばを通り過ぎるとき、アトラスの背に乗った少年を見上げた。少年はすでに石の彫像に変わっていた。

＊

もう、あの少年に会うことはない。少年はヴァーチャル記憶空間から消え、健吾たちはトラウマに一歩近づいたのだ。明日はエリアＡ６から始めることができる。

アントニオが仕事から帰るまで一時間ほど待った。この前と同じように最初はルチアを同席させないで報告した。アトラスに乗った少年の話とその解釈はふたりを充分に納得させた。しかしその後、メディチ家の紋章が血を流していたと言うと、ふたりとも身体をピクリとさせた。昨日と同様、顔からすっと血の気が引いていく。

「今度は、我がメディチ家の紋章が血を流している……」

アントニオの目は焦点が定まっていない。

隣にいるイザベラの顔も青ざめていた。

「それも、やはり検閲です」

「そんなことはわかっている。どういう意味の検閲なんだ」

「そこはまだ……」

「難しいからか」

「というより、今は手がかりが不足しています」

アントニオは強い視線を礼子に投げる。

イライラしているようだ。礼子は視線を逸《そ》らさなかった。少しして穏やかな口調で言う。

「奥様は、失礼ですが妊娠されて……」

アントニオは隣のイザベラを見る。

イザベラとアントニオはしばらく見つめ合っていた。

「ええ、四ヶ月目に入りました」

イザベラが答えた。

「それは、おめでとうございます」

礼子は微笑む。場の雰囲気が急に和んだ。アントニオの顔から険しさが消える。

「でも、礼子さん」とイザベラは言う。「このことは、まだルチアには内緒にしておいてほしいのです」

その言葉を受けてアントニオも続けた。

「わかっていると思うが、これはルチアにとって微妙な問題をはらんでいる。きちんと治癒したあとに、言いたいんだ」

礼子は笑みを浮かべたまま頷く。健吾は悠太の顔を見た。ぜんぜんわからなかったという表情だ。

「ルチアさんからも、上書きの承認を得たいのですが」

礼子が言うと、アントニオが部屋を出て行った。

間もなく、ジーンズに赤のトレーナー姿のルチアが、アントニオに連れられて現れた。黙ってソファに座り、宙を見つめる。礼子は静かに、ゆっくりと時間をかけてヴァーチャル記憶空間内での出来事を語った。

ルチアはすべてを知っても表情を変えなかった。じっと虚空を睨む青い目は、ときどき瞬《まばた》きするだけで何の感情も読みとれない。礼子は優しく聞いた。

「フィレンツェには、何回くらい帰ったの？」

――一年に一度は帰ってる。

とモバイルボードで返してきた。

「帰国したら真っ先に何をするの？」

——お友達に会いに行く。

「たくさんいるの？　お友達」

——そんなに多くないけど、とっても仲がいい友達がふたりいる。フィレンツェにいる間は、いつも一緒。

「会いたい？」

——もちろんよ。でも……。

礼子が黙っていると、ポツリと一文が流れてきた。

——今年は、帰ってもお友達には会わない。

ルチアは顔の表情を変えない。少しでも変えたら泣き出してしまう。そう思って堪《こら》えていることが健吾には感じ取れた。

「ドゥオーモのイエスの十字架像には、頭部がなかった。メディチ家の紋章は血を流していた。何か心当たりは？」

ルチアはモバイルボードには何も入力せずに、虚空を見たまま黙って首を横に振る。

「その記憶自体には、気がついていた？」

——ぜんぜん、知らない。だって、そんな恐ろしいこと……。

「見かけに騙されてはダメ。これは検閲なの。検閲は歪んだ鏡だと思っていいわ。美しいものでも醜く見せるのよ」

ルチアはしばらく考えていたが、

——やっぱり心当たりはありません。

と返してきた。

三人が西麻布にあるアントニオの邸宅を辞したのは、夜の十時を回っていた。健吾はRX-7をアイドリングしていた。ルチアはイザベラに手を引かれて歩いてくる。

「イザベラが妊娠しているって、よくわかったな」

と健吾は小声で言う。

「初めて会ったときから、気づいていたわ」

「女の勘か?」

「純粋な観察眼よ」

やっぱり、こいつはイヤミな女だ。

闇のなかにメディチ邸の洋館が浮かび上がる。フィレンツェで見た建物をそのまま写し取ったようだ。白い大理石の壁と赤煉瓦の丸屋根。蔦の茂る石塀の上に二階部分が見えた。大使館がいくつか近くにあり変わった建物は多いが、メディチ邸は時のトンネルに取り残されたようだった。

気がつくとルチアがそばにいた。アントニオとイザベラは礼子と悠太を相手に会話している。

「うるさいエンジン音だろう。これはオレの愛車だ。今では日本一の公害車だ」

ルチアの顔が動いて健吾の額の辺りを見ている。もちろん何も見えていないはずで、焦点は合っていない。

「車が好きなのか」

ルチアは頷く。

「今度、暇があったら乗せてやるよ」

ルチアはまた頷く。

アントニオとイザベラに挨拶すると三人は邸宅を離れた。礼子は悠太を自分の車に乗せて走り去った。メルセデス・ベンツS５００の新車だった。

アパートに着くと着替えの衣服の点検をした。明日はエリアBに入る。そこには兵士が待ち受けている可能性が高い。動きやすい服装のほうがいい。綿パンとポロシャツと薄手のブルゾンを用意した。履き物も、革靴をやめてウォーキングシューズにする。両腕と両脚には肌に直接革製の防具をつける。

検閲官も力の強いものが出現するかもしれない。アトラスの背に乗った少年は戦いを挑んでこなかったが、なかには謎を見抜かれても石に変貌しない検閲官もいる。そうした検閲官は例外なく襲いかかってくる。

簡単な救急用具を取り出し中身を調べる。回収装置をベルトに装着する。デジタルロックがあり、手順に従って解除しないと動作しない。ヴァーチャル記憶療法士は、瞬間的にこのロックを解除できるよう訓練を積んでいる。

ステッキの状態も調べる。親指に軽く力を入れて捻ると、すっと鞘《さや》と柄が離れる。素早い一挙動で抜刀してみた。昨日よりはるかに手に馴染《なじ》む。

最後に玄関にある姿見の前に立った。じっと自分を見る。かつてヴァーチャル記憶空間に入るときには、必ずこうして自分の姿を見つめた。姿見は自分の心のなかを映してくれる。

検閲官との戦いに敗れることはまずない。謎を解かれた時点でその力は激減するからだ。健吾はかつて一度も検閲官に敗れたことはなかった。

怖いのはやはりブラックホールだった。これだけは、どこにどういう形で存在しているかがわからない。強力な重力場のポケットがヴァーチャル記憶空間内には存在してしまう。

それはまさに、存在してしまうのだ。記憶とは決して均一の空間ではない。何でもない光景が、その背後に恐ろしいトラウマを隠している場合がある。

——テーブルに置いてあるコップ一杯の水。この何の変哲もない光景が、実は恐ろしい幻なのである。

この言葉を、療法士は常に念頭に置いて行動している。

だが、注意していても気がつかない場合がある。そこに近づきすぎると、療法士はあっという間に吸い寄せられ、飲み込まれてしまう。一度引き込まれると逃れられない。残念ながら、このブラックホールを感知するセンサーはまだ開発されていない。

健吾はかつての自分のミッシングを、よく覚えていない。恐怖心だけはありありと記憶にあるのに、その数時間に自分がどこでどうしていたかが思い出せない。

十八歳の、重度のアルコホリックの少女だった。彼女のヴァーチャル記憶空間に入ってから三日目、エリアCに達していた。検閲官も三人クリアし、トラウマまでもう少しのところに来ていた。健吾は単独でヴァーチャル記憶空間にいた。フリーになって、すでに十件を超える依頼を処理していた。

……夜の海だった。

海には小さな島が浮かんでいる。

島には建物があり、そこに灯がついていてふたりの男女がテーブルに座っている。それらが誰なのか、海岸から双眼鏡で眺めてみたが確認できなかった。舟でその島まで行ってみることにした。海岸にはボートが数艘繋留《すうそうけいりゅう》されている。そのうちの一艘に乗った。二本のオールで漕《こ》ぐボートだった。

島まではそう遠くない。手漕ぎボートで十五分もあれば着くように思えた。漕ぎながら、ときどき背後を振り返る。

なかなか島に近づかない。五分ほど漕いでまた振り返る。島が近くなったという印象はない。

小学生のころ、遠足で山登りをしたことを思い出した。

電車から降りると山はすぐ近くに見えた。これなら五分も歩けば麓《ふもと》へ着くだろうと思ったが、歩き始めてから十分しても、二十分しても麓に着かない。一時間近くかけてやっと登山口にたどりついた記憶がある。

十五分経った。出発した海岸は遥《はる》か遠くにある。もう着いてもいいはずだ。再び振り返って島を確認した。依然として近くなっていない。それどころか、むしろ遠ざかっている気配さえ……。

——まずい、あの島は幻だ！

腰の回収装置に手をかけたまでは覚えている。そこから先がわからない。記憶はそこで完全に途切れていた。

再び記憶が蘇るのはデジタイザーのなかだった。何が自分に起こったかわからない。それでいて、心の底から震えが来る。

健吾はアシスタントの機転によって五時間後に回収された、と後で聞かされた。ブラックホールに吸い込まれると、回収装置が正常に動作してもコピーは回収されない。強い重力場を脱出することができなくなるのだ。

アシスタントはすぐに知り合いのふたりのヴァーチャル記憶療法士に連絡を取った。ふたりは急いで記憶空間に入り、健吾が描いた記憶地図を頼りにどうにか番人のいる場所にたどり着いた。番人説得に成功すればブラックホールも消滅する。

早く幻だと気づけば自力で脱出できる。そう教わってきた。実際に脱出した療法士もいるにはいる。ブラックホールの重力場は中心に近くなれば強いが、周辺ではそれほどでもないからだ。

だが、たとえそうだとしても、幻だと気がつくかどうかは勘と経験に頼るしかない。その勘と経験も、絶対ではない。

二日目

様々な光景が現れては消え、消えては現れる。

一本の川が流れている。石橋を行き交う男女。またフィレンツェの街並。あちこちに見覚えのある建物が見える。成長したルチアの姿が川沿いの道に見えた。十歳くらいのふたりの少女と話しながら歩いている。帰国したときの記憶だろう。

ルチアは笑顔を見せている。フィレンツェには親しい友人がふたりいると言っていたから、たぶん彼女たちがそうなのだろう。

ヴァーチャル記憶空間には、このようにルチアは複数存在している。アントニオも、イザベラも、マリアンナも同じだ。ルチアのなかに多くの記憶を残している人物は、記憶空間のあちこちに姿を現すことになる。

健吾と礼子は先回りしてすれ違いながら、その光景を視野に収めた。健吾が動きやすい服装に替えたように、礼子も替えた。ジーンズにスニーカー、上はデニムシャツと薄手のニット。

ルチアたち三人は川沿いを歩いていき、ひとりが橋を渡り、ルチアともうひとりが連れ立ってさらに川沿いを歩いていく。やがてその姿は人混みのなかに消えた。

聖泉インターナショナルスクールの情景もまた出現した。

生徒全員が奇妙な格好をしていた。顔に色鮮やかなペインティングをしている少女、カボチャのマスクをつけた少年、カーニバルで踊る数人の少女たち。道化師、僧侶、野球選手、ディズニーのキャラクターなどもいた。全員が行列をなして校門から出て行く。道行く人々の好奇の目が集まる。拍手する人々もいる。子供たちはおもしろがって追いかけてくる。

これは検閲ではない。たぶんハロウィンパーティーだろう。ルチアの姿は確認できない。この行列のどこかにいるはずだが、顔と衣装が変わりすぎている。

日本の街が現れた。都庁の特徴ある建物の先端が見えるから、新宿だろう。人の群れと車の列と林立するビルディング。だが、看板は日本語ではなかった。これは検閲である。

「英語でもないな。イタリア語か?」

「たぶんね。あの看板、見える? grande magazzinoというのは百貨店という意味じゃない?」

大きな建物の壁面に、それはあった。

「libreriaは何となくわかる。書店だな」

健吾は左手にある見慣れた建物を見て言う。学生時代に何度か来て覚えていた。それは紛れもなく、その書店だった。

郷愁だな、と健吾は思った。日本にいてもルチアはフィレンツェが恋しいのだ。死んだ母とともに過ごしたフィレンツェが。

現在の家庭内の光景も出現した。ここにも検閲があった。アントニオとイザベラとルチアの三人が、居間でソファに座りテレビを観ている。

「トラが寝ている女の子に襲いかかろうとしているわ。救けてあげましょう」

とイザベラが日本語で言う。

「違うわ、ママ。あそこに注射器が見えるでしょう。トラは女の子を治療しようとしているのよ」

とルチアが日本語で反論する。

「注射器なんて、どこにも見えないわよ。ねえ、あなた」

しかし、アントニオは無言。黙って前方を見ている。

「パパ、見えるわよね。ほら、トラの頭の上にある注射器。パパにも見えるでしょう?」

やはりアントニオは答えない。

会話はそこで途切れた。鮮烈な光景だった。

「アントニオは不在がちなんだわ……」

と礼子が呟いた。

「話したいと思っても、いつもいないんだな」

と健吾も言った。アントニオは東南アジアに、月に何回かは行かなくてはならないと言っていた。普段から忙しい生活をしているのだろう。

「それと、ふたりとも日本語で話していたわね」

「イザベラに日本語を喋らせていることが問題だ」

「そうね、私もそう思う。で、解釈は？」

「たぶん、死んだ母マリアンナと区別するためだ。イザベラは日本語がかなり上手いが、マリアンナは日本に来てすぐ亡くなったから、日本語はあまりできないと考えられる。トラと注射器というふたつの表象をめぐる会話も、イザベラに対するルチアの精神的な隔たりを表している」

「ということは、ルチアはマリアンナに、今でも強い愛着を持っていると言えるわね。まあ、当たり前と言えば当たり前だけど」


数分歩くとエリアAが終わった。

突然、目の前に覚えのある兆候が現れた。

周囲を行く人々の動きがピタリと止まった。

風景全体が描かれた絵のように薄っぺらになる。そして地鳴りが足元から這い上がってくる。周囲の事物が音を立てて震え出す。やがてそれらはモザイクのような無数の小さな点になり地面に崩れる。その細かい砂を、強風がたちどころにどこかへ吹き飛ばしていく。

分厚い鉄の壁が背後の空間から出現してきた。薄暗い石造りの建物内部だった。陽はどこからも差さない。何本もの松明《たいまつ》が壁で燃えている。

建物は矩形《くけい》に仕切られていて、正面に鉄格子が嵌《はま》っている。どうやら牢獄《ろうごく》らしい。古めかしい造りだ。牢獄は健吾と礼子の周囲に十部屋ほど見える。どこかで子供の声が聞こえる。

「どうやら、またお出ましのようね」

礼子が前方に目を向けたまま微笑む。

守衛も門番も見えない。健吾と礼子は通路を奥へ歩いていく。牢のなかには誰もいない。子供の声は次第に大きくなる。いちばん奥の牢に声の主はいた。

五歳くらいの少女だった。顔を見るとルチアだった。黒っぽい服を着ている。そばに白い小型犬がいた。

奇妙なことに、そこだけ鉄格子がなかった。そのかわり巨大な鳥籠《とりかご》があった。下面が平らで円形をしていて、その上に釣り鐘状の籠が載っている。籠の扉にはカギがかかっていて、ルチアと犬はそのなかにいた。

健吾たちが近づくと、ルチアと犬は鳥籠内を駆け回り始めた。犬はルチアのあとをキャンキャン鳴きながら追いかけている。

ルチアは笑いながら走る。走りながら振り返り、背後の犬に何か言う。イタリア語のようで健吾には意味がわからない。牢内には他に誰も見当たらない。

ルチアの手にはリンゴが握られていた。犬はどうやらそのリンゴが欲しいようだ。ルチアは逃げ回る。犬は追いかける。

初めは笑いながら逃げ回っていたルチアも、いつまでも追いかけてくる犬に腹を立てたようだ。立ち止まって叱《しか》りつけた。その言葉も、やはりイタリア語のようで内容が理解できない。

だが、健吾はその様子から検閲内容を理解した。

隣の礼子を見る。そんなこと、私にもわかるわよという顔をしている。まあ、そうだろうなという顔を、健吾は返した。

「今回はオレにやらせてくれ」

「どうぞ、ご自由に」

その程度には信用してくれているようだ。

健吾は鳥籠の格子を挟んで、日本語で言った。

「こんにちは、ルチア」

少女は健吾のほうを振り向く。

白い犬も同時に振り向いた。

「オレの言葉がわかるのか」

少女は答えない。

「そうか、わかるんだな。オレはイタリア語が理解できない。きみが日本語で話してくれるとありがたいんだが」

少女は健吾の目のなかを覗《のぞ》きこんできた。

「いいわ、話してあげる。でも、私の名前はルチアじゃないわ」

ネイティブな日本語だった。

「誰も、きみがルチアだとは言ってない」

「今、言ったじゃない」

「オレは、犬に言ったのさ」

少女は不意に黙った。

どうやら、ずばりだったらしい。

「典型的な置き換えだ。きみは、本当はルチアの生みの親であるマリアンナ。犬がルチアなんだ」

少女は怖い顔をして健吾を睨んでいる。

犬が健吾を見て、ワンと一度吼《ほ》えた。今回は少女や犬や牢獄などの単語の語呂合わせではない、と健吾は直感していた。

「きみの姿はミケランジェロ広場で見たルチアにそっくりだ。でもそんな小細工は、オレたちには通用しない。解釈するから、当たっていたら何も言わずにここを通してくれないか」

「そんなことは、解けてから言って」

「隣にいる犬に聞きたい。オレがきみたちの謎を解いたら、ここを通してくれるか」

犬はじっと健吾を見つめる。

健吾は鳥籠の格子に近寄っていく。犬も近づく。健吾の差し出した手を、犬は格子のなかから舐《な》め始めた。

「どうやら、交渉成立のようだな」

健吾は犬の頭を撫《な》でると立ち上がった。

そして少女に言う。

「きみが持っているリンゴだが、犬はそれが欲しくてきみを追いかけていた。しかしきみは絶対に取られまいとしている。リンゴは一個。きみが食べたいわけじゃあるまい」

「そうね、私は食べたくないわ」

「リンゴは、初めは二個あったとオレは思っている」

「ふふ、どうかしら」

「一個目のリンゴは、ルチアが食べた。でも、ルチアは残りのもう一個も食べたいと言ってきかない。きみはダメだと言う。それはルチアにやるわけにはいかないのだと」

「どうして？」

「リンゴは母親の乳房だからさ。ルチアは、あるときまでそれを自分だけのものにしていた。ある時とは、弟がきみのお腹に宿ったときだ。そのときから母親はルチアだけのものではなくなった。弟と分けあうものになった。それがルチアには悲しかった。寂しかった。今までのように母親を自分だけのものにしたかった。残った一個のリンゴを、犬が執拗《しつよう》に追いかけるのはそのためだ」

「面白い推理ね」

「ルチアと犬が楽しそうに遊んでいるという光景のなかに、ルチアは死んだ母への愛を隠したのだとオレは見ている。置き換えとしては最高だ。両者は、どこからみても似ていないからな」

「どうして隠さなければならないの?」

「その愛は、禁じられているからだ」

「禁じられている? 誰に?」

「自分自身にさ」

「自分自身に?」

「父親と自分と新しい母。この三人が幸せになるためには、自分が新しい母親を好きになることが大切だと信じているからだ」

少女は黙った。次第に表情を変えていく。健吾たちの見ている前で、服を脱ぎ捨てるように変わり始めた。

目が深い緑色に変わった。

灰色の髪が逆立つ。黒い長衣のなかの身体が巨大にふくれあがった。どうやら、石像には変わらないようだ。

頬骨と顎が突き出ていた。緑色の目は空気を切り裂くように見開かれ、その下に真っ赤な大きな唇があった。両肩をつり上げ、その目をゆっくりと健吾に振り向けた。

「まだ解けてない」

太いアルトに変わっていた。

隣で礼子が身構えるのを、健吾は目の隅で捉えた。

「きみたちが鳥籠のなかにいる理由のことか」

健吾は瞬きをしない。

目を逸らせばこいつに殺《や》られる。

「そうだ、おまえに解けるか」

「きみたちが外に出られないようにさ」

「だったら、他の部屋と同様、鉄格子でいいはずだ」

健吾は言葉に詰まった。鳥籠とは、自由を奪われていることの表象としてよく出てくる。健吾も何回か経験していた。だが、女の言うことも一理ある。隣の礼子を見る。礼子は首を横に振る。時間が欲しいと言おうとした瞬間、女の身体がふっと沈んだ。

あっ、と思ったときには宙に舞っていた。大柄な身体からは想像もできないほど、軽やかな身のこなしだった。女の身体が鳥籠の細い格子の間をすり抜けた。

女は宙に浮いた。両腕を頭上高く掲げる。指の先端が光った。それは健吾の鼻先に迫る。二十センチほどもある鋼鉄の爪であることに、健吾は気づいた。女の口からシュー、シューという異様な息が漏れてくる。

女が腕を振ると同時に健吾は抜刀した。カーンという乾いた金属音が響き渡る。数本の爪が床に転がった。女はそれに構わず、シューッと長い息を吐くと独楽《こま》のように身体を回転させた。二度目の攻撃を健吾がかわすと、三度目に女は両手を同時に振ってきた。右手は頭に、左手は腰に狙いを定めて。健吾は頭を下げて間一髪でかわすと、左手の手首を狙って剣を振った。確かな手応えがあった。手首は石の床に落ち鈍い音を立てた。

女は低く呻《うめ》いただけだった。動きはまったく鈍らない。右手に一本の鉄の爪が残っていた。目を狙った素早い動きだった。剣を合わせている余裕はない。首を振ってかろうじて避《よ》けた。女は踏み込んできた。

そのとき、鋭い気合いが牢獄に反響した。礼子の後ろ回し蹴りが女の左肩にヒットしたのだ。女は顔を顰《しか》める。だが、それもほんの一瞬だった。女は宙に舞うと同時に、礼子の脳天に鉄の爪を振り下ろしてきた。礼子は後方宙返りを二回して避けた。

健吾が踏み込んだ。女の爪を横に払う。手応えはなかったが、女は慌てて手を引いた。健吾は追いつめていった。女は壁に背を打ちつけた。動きが止まる。健吾はその一瞬を逃さなかった。短く腰をひねると、女の首を狙って袈裟懸けに剣を振った。

斬った、と思ったが女はそこにいなかった。女は天井近くで宙に浮いていた。真っ赤な口が割れる。尖った歯が見えた。次の瞬間、目の前に銀色の雨が降り注いできた。

——吹き針だ！

正確に健吾の目を狙ってきた。左腕を目の前にかざす。革製の腕当てに数本が突き刺さる。女は礼子にも吹き針を飛ばした。礼子は素早く右にステップしてかわす。

二度、三度と女は吹き針を飛ばしてきた。だが、それらがすべてかわされたとわかると、地面に降り立った。緑色の目が憤怒に燃えている。健吾が前面に出た。

女の武器は一本残った鉄の爪。吹き針はたぶん使い果たしていると健吾は読んだ。健吾は抜刀したまま、女との距離をすり足で詰めていった。女も間合いを詰めてくる。シュー、シューという異様な息遣いが牢獄内に響き渡る。

女は健吾の剣の間の内に入る寸前に、すっと身を屈めた。健吾の剣が女の胴を払うのと、それは同時だった。女の姿は健吾の目の前から消えていた。

「健吾、後ろ！」

礼子が叫ぶ。健吾は跪《ひざまず》いたまま身体を回転させる。そのまま剣を横薙《よこな》ぎに払った。だが、女は消えていた。

周囲を慌てて見回す。礼子も腰を低くして捜している。鳥籠のなかを見る。犬しかいない。どこへ消えたのか……。

不意に殺気を感じた。気がつくと鋼鉄の爪が目の前に迫っていた。鎬《しのぎ》で払うのがやっとだった。そしてまた、女は消えた……。

「女はどこだ？」

「私にも見えない」

姿を隠せるほどの障害物はない。

今度は背後に殺気を感じた。

「キエーッ」

礼子の気合いが響いた。肉と肉がぶつかり合う音。だが、健吾が振り向いたときには、女は消えていた。そのとき、女の消えた先がわかった。

「礼子、保護色だ」

壁に消えていったとき、微かに壁の色が動いた。

礼子と背中合わせになった。これで三百六十度、どこから襲ってきても対応できる。今度こそ息の根を止めてやる。

「油断するな。絶対に近くにいるぞ」

殺気を感じる。

間違いなく近くにいる。

「天井！」

一本の鉄の爪が、健吾の脳天に突き刺さる寸前だった。

健吾は咄嗟《とっさ》に前へ走った。振り向きざま剣を横薙ぎにする。今度は確かな手応えがあった。剣は着地した女の首を払っていた。首は血飛沫《しぶき》を上げて宙に舞う。

胴体はそのまま歩いている。健吾のすぐ前で立ち止まり、両手を頭のあった辺りに持っていく。そして不意に、どうっと音を立てて床に倒れた。

女の首は石の天井に当たり健吾と礼子の足元に転がってきた。緑色の目が、じっと健吾たちに注がれている。

「おまえたちの負けだ」

首だけになった女が笑って言った。

「負け惜しみを言うな」

と健吾。

「鳥籠の意味を、これでおまえたちは聞けなくなった」

緑色の目から発する光が徐々に消えていく。それは針の先のような点になり、やがて完全に光を失った。

「危ないところだったわね」

「鳥籠の意味、わかるか」

「ううん、わからない」

「重要な意味があるのか、それともハッタリか……」

「今のところ、何とも言えないわ」

ハッタリとは、ニセの検閲のことである。一見すると検閲のように謎を含んで見える。この手も、療法士を混乱させるために番人がよく使う手だ。

「見てみろ」

顔が変化し始めていた。ゴツゴツした顔は角がとれて丸く、そして小さくなっていく。髪の色もブロンドに変わった。

少し離れたところに倒れている黒衣のなかの身体も、細く小さくなった。斬《き》られた手首も傷口も消えて、ほっそりした白い手が代わりに現れた。指には鉄の爪がなくなっている。

「やっぱりマリアンナだったわね」

目は閉じられているが、その顔がミケランジェロ広場で見たマリアンナに間違いないことを、健吾は確認した。

マリアンナは、謎を解かれてもなお正体を現さなかった。鉄の爪と吹き針で健吾たちを倒そうとした。ここまでするのは、ルチアのトラウマにとって、マリアンナが重要な役割を担っているからにほかならない。

牢内の犬にも変化が出てきた。犬は健吾たちの見ている前で、現在のルチアに変貌していった。赤のトレーナーにコーデュロイのタイトスカートという服装だった。

「さっき、きみの弟に会ってきた」

と健吾は言う。

ルチアの目が微かに動く。

「弟はアトラスの背に乗っていた。聖泉インターナショナルスクールの制服を着ていたよ」

「本当なの？」

ネイティブな日本語だった。

「目元がきみによく似ていた」

「何を話したの？」

「ナゾナゾ遊びさ。彼は検閲官だった。しかし、オレたちはその謎を解いた」

「戦ったの？」

健吾は首を横に振った。

「黙って通してくれたの？」

健吾は頷いてから、

「石像になった。今ではフィレンツェの街を飾っている」

ルチアは黙った。

健吾は続けた。

「今の戦いを見ていただろう」

「ええ、最初から最後まで」

「鳥籠の意味、わかるか」

ルチアは答えない。

健吾は同じ問いを繰り返した。

やっぱり答えはない。ルチアは石像と化していた。

「やればできるじゃない」

礼子はそう言って笑った。

意気揚々としていた健吾は、目を剝《む》いて天井を仰ぐ。

クソッタレが。可愛げがない上に、イヤミな女ときた。ここまでひどい女だったろうか……。

牢獄の奥の壁がすっと背後に引いていく。石が引きずられるような鈍い音が続く。壁は左右にゆっくりと開いた。

健吾と礼子は開いた壁の向こう側へ踏み出した。前方には深い闇が広がっている。悲鳴か喚《かん》声《せい》か判別のつかない声がそこから聞こえてくる。健吾の剣は無意識に反応していた。

*

デジタイザーのなかで目覚めたとき、自分が無事回収されたのだということをあらためて確認した。間一髪だった。

扉が開き半身《はんみ》を起こすと隣を見た。礼子のデジタイザーの扉も開いたところだった。礼子は健吾を見て笑みを浮かべた。

悠太が飛んできた。健吾と礼子の様子を見て何かを感じ取ったのだろう。

「お怪我はないですか」

「オレは大丈夫だ」

「私も、何ともないわ」

健吾と礼子はヘッドギアを外してデジタイザーから出る。飛んできた三本の矢を切り落としたときの感触が、健吾の手に生々しく残っていた。悠太が気を利かせてコーヒーを淹れてきた。

「検閲官と戦ったのですか」

「その直後だ。矢が飛んできた」

「矢が？」

「暗がりだったので相手の姿は見えない。だが、声を聞いた。かなりの数がいたような気がする。矢はそこから飛んできた。礼子、何が見えた？」

「私もよく見えなかった。喚声が聞こえてきたわ。悲鳴も。地の底から湧き出てくるような、何か恐ろしい声だった……」

「なるほど、そういうことか」健吾は不意に閃《ひらめ》いた。「望月の三人が回収できない理由だ。彼等も、いきなり矢で狙撃されたんじゃないのか」

鉄の爪を持った女にやられたとは考えにくい。回収装置のロックを解除する時間がなかったとは思えないからだ。矢で射られたとすればすべてが符合する。心臓を射抜かれれば瞬時に意識を失う。意識を失えば回収装置に手を伸ばす余裕すらない。

とすればコピーはすでに死んでいる。だから現実の側から回収装置を動作させても、オリジナルの意識は回復しないのだ。

「でも、彼等のミッシングはエリアB3。私たちが襲われたのはB1の入口よ」

「兵士が移動したと考えればいい。いや、あちこちにいると考えたほうがいいかもしれない」

「ベンケイがB4で兵士と戦ったという報告とも、そう考えると矛盾がなくなるわけね」

「B3が危ないと悠太は推理したが、これでいくとどこが危険か予測できない。あらゆる場所が危険になる」

悠太も隣で頷く。

「ごめん健吾、お礼を言うの忘れてた。完全復調したみたいじゃない？」

「おまえに褒められて嬉しいよ」

こいつは人を傷つけておいて、数分後には同じ人を褒めることができる。オレにはとてもできない。

「話を戻すけど、私は警告を聞いていない。いきなり襲われたような気がする。健吾はどう？」

「うん、オレも聞いてない」

「手を上げろとか、武器を捨てろとか、普通は言うんじゃない？」

「警告はあったが、喚声にかき消された可能性もある」

「悠太はどう思う？」

「警告の必要がなかったとも考えられます」

「というと？」

「おふたりが現れた場所は、攻撃のターゲットになっていたんじゃないでしょうか。そこから出てくる人々を、兵士は無条件に狙撃していたのです」

「ほう、ほう」

「具体的にどんな状況かはわかりません。戦争か内乱の真っ只中に紛れ込んだか……」

「なるほど、いろいろなケースが考えられるわね」礼子は言う。「このこと、ベンケイならどう言うかしら」

＊

ベンケイへの連絡はイザベラがとってくれた。礼子が頼んでから二時間後に、ベンケイは三人の前に姿を現した。ワンダーランド社まで来てくれたのだ。

「初めまして、加藤です」

と静かな口調で言い、右手を差し出してきた。

「長谷川礼子です。お目にかかれて光栄です」

最初に礼子が、次に健吾と悠太がベンケイと握手した。

ベンケイは半袖のダンガリーシャツに黒のスウェットパンツという格好だった。健吾の知っているプロレス現役時代のベンケイに比べ、身体全体が丸みを帯びたように感じられた。

その目からは鋭さが消え、代わりに静かな光が満ちていた。敬虔なカトリックになったという彼の経歴を、健吾は思い出した。左肩が盛り上がっている。包帯が巻かれているのだろう。

健吾たち三人ともベンケイに会うのは初めてだが、この業界は狭い。互いの名前と経歴はよく知っていた。

「お怪我のほうは、もういいんですか」

と礼子が笑顔で言う。

「私はいいと思っているのですが、医者は渋い顔をしています」ベンケイはそう言って続ける。

「クライアントからだいたいの事情は聞きました。私のほうから連絡しようと思っていたのです。座ってもいいですか」

ベンケイは矩形のテーブルを示して言う。

三人が座り悠太は操作室の外に出て行く。

「このワンダーランド社は、私もよく使います。とても使い勝手がいいですから」

「私もそう思っています」

「あのとき、私がルチアのヴァーチャル記憶空間に入ったのも、ここです。記憶サンプリングは三十分程度で済みますし、上書き保存も正確で速い。セキュリティ面でも安心です」

「そうですね」

「その割には、比較的低料金でタイムシェアリングができる。私は一日七十万円で借りることができましたが、あなたがたはいかがでした？」

「同じ額ですわ」

ここのセキュリティシステムは安心できるレベルにある。本人認証システムには指紋と虹彩をセットで使用しているので、まず誤認の恐れはない。

大事な他人の記憶を扱うヴァーチャル記憶療法士にとって、この部分のストレスから解放されるのはありがたい。

だがベンケイは、こんなことを言うためにここへ来たわけではあるまい。そう健吾が思っていると、視線が健吾に移ってきた。

「どうされているのか、心配してましたよ」

笑うと目尻に深い皺ができた。オレより年はかなり上だ。四十歳は過ぎているはずだと健吾は思った。

「オレのことをですか？」

「ここ数年、噂《うわさ》を聞かないものですから」

「その前はどんな噂が流れてました?」

「クライアントを選ばない療法士だと聞きました」

「依頼が少ないから、そうせざるをえなかっただけですよ」

ベンケイは微笑む。

また礼子に視線を合わせた。

「クライアントにあなたを紹介したのは、私です」

「そのことは、クライアントから直接聞きました」

「望月がダメとなれば、後はあなたしかいないでしょう」

礼子は黙ってベンケイを見る。

ベンケイは続けた。

「あなたに確かめてほしかったのです」

「確かめる?」

「私の見たものが何なのかを」

ドアが開き、悠太が銀のトレイに四つのコーヒーカップを載せて戻ってきた。

その場の雰囲気をいち早く感じ取ってか、悠太は何も言わずに三人の目の前のテーブルにコーヒーカップを置いた。黙ってソファの隅に腰を下ろす。

「矢を射かけられたそうですね」

コーヒーを飲んでからベンケイは礼子に言う。

「エリアB1。二回目の検閲官をクリアした直後でした」

「私は、矢を経験していません。検閲官を一度クリアしたあとエリアB4まで進んでいき、そこで兵士に出会いました。かなりの数の兵士です。彼等の肩には石弓と鉄砲がありました。石弓は初めて見ましたよ。鉄砲のほうはライフルでも機関銃でもない、まさに鉄砲としか表現できないような、かなり旧式の銃でした。それから、腰には長剣を吊っていたようにも」

「そのことは、あなたの報告書で知りました。でも、それ以上のことは書いてありませんね。戦いになってすぐ負傷したために、よく観察できなかったと」

「本当は違います」

「えっ……？」

「兵士たちはフランス語を喋っていました」

兵士がフランス語を喋るとどうなのか、とっさに健吾には理解できなかった。ルチアの記憶空間内の光景である。ルチアはフランス語を喋れるというから、登場する兵士がフランス語を喋っても、なにも不思議ではない。

「兵士たちは、フランス国王軍だと名乗ったのです」

「フランス国王軍？　フランスに国王はいないはずだけど？」

「現在はそうです。昔はいました」

「昔というと？」

「十六世紀です」

健吾も礼子も言葉を失った。

兵士の記憶自体は、特に珍しいことではない。戦争や内戦の記憶を持つ人間は大勢いる。しかし、十六世紀の記憶を持っている人間は、当然のことだがいない。

「フィレンツェにあるジョットの鐘楼《しょうろう》前の広場でした。ある女に会ったのです。それで時代がわかりました。きらびやかな服装の女性でした。患者の記憶空間内では傍観者でいるのがベストですが、女は五人の兵士に追われていました。三人の連れがいましたが、私の目の前で敵の兵士に剣で胸を突かれて倒れました。女は出現した私の姿を見て、いきなりすがりついてきたのです。救けざるをえませんでした。それだけならよかったのですが……」

薄いTシャツの下の胸の筋肉は鎧《よろい》を着せたように盛り上がっている。しばらく経ってからベンケイは続けた。

「私は兵士五人のうち三人を棍棒《こんぼう》で倒しました。なかのひとりはかなり剣の腕が立つ男でした。最後は相打ちのようになり、肩の傷はそのときやられたものです。残りのふたりが逃げ去ったとき、私もすぐにその場から立ち去ろうとしたのですが、女は私を引き留めて傷の状態を確かめた後、自分の名前を告げたのです」

「誰だったのですか」

「王妃カタリーナです」

「カタリーナ……？」

「カタリーナ・デ・メディチ」

「あっ、それって……」

＊

カタリーナの名前はフィレンツェの観光案内書にも載っていた。わずか十四歳でフランス王宮に嫁いだ少女である。確か、ルネサンス最大の悪女として名高いと記されていたはずだが、詳しいことは知らない。ベンケイはゆっくりと残りのコーヒーを飲み干すと、カタリーナについて語った。

メディチ家の娘に生まれながら、政略結婚でフランス国王の次男アンリに嫁いだが、不慮の事故で兄が死ぬと、弟はアンリ二世としてフランス国王の座についた。カタリーナも同時に、フランス王妃となったのである。だが、当時のフランス宮廷は魑魅魍魎《ちみもうりょう》の住処だった。うかつに心を許すとその夜には寝首を掻《か》かれる。

フィレンツェの薬屋の娘が、よりにもよってフランス王妃になったということで、貴族の侮《ぶ》蔑《べっ》と嫉妬《しっと》の対象になった。カタリーナはそんな宮廷を、おのれの才覚だけを頼りに生き抜いていく。

そのためには陰謀にも加担した。毒殺もした。メディチ家はもともとが薬屋なので毒薬は容易に手に入る。当時の宮廷は、この毒殺に戦々恐々となったという。夫アンリ二世が早々に世を去ると、息子シャルルをシャルル九世として国王にし、自分はその背後で絶大な権力を振るった。

そしてついにルネサンス最大の虐殺が、一五七二年八月二十四日に起こる。いわゆるサン・バルテルミーの虐殺である。サン・バルテルミーの祭日に集まったユグノー（カルヴァン派の新教徒）数百人を殺すよう、シャルル九世の指示が下ったのだ。そう進言したのはカタリーナであった。

だが、この虐殺は、とんでもなく広範囲に飛び火する。旧教徒であるフランス市民はこの数十年間、台頭するユグノーに手を焼いていたのだ。両者の衝突は過去に何度も繰り返されていた。その怒りがここで一気に爆発したのである。言われるところの『宗教戦争』である。もうカタリーナにも、誰にも止められなかった。旧教徒はフランス全土でユグノーを虐殺し始める。パリだけでも一万人、フランス全土では十万人を超えるユグノーがわずか一週間の間に虐殺されたのだ。

ちなみに、救けた女がカタリーナ本人であることは、今でも彼女の肖像画が残っているので確認してあります、とベンケイは最後につけ加えた。

「ねえ、加藤さん」

と礼子が言う。

「ベンケイでいいですよ。みんなそう呼んでますから」

「わかったわ、ベンケイ。喋り方も地でいいかしら」

ベンケイは笑って頷く。

「どうしてカタリーナは、サン・バルテルミーの祭日に集まったユグノーたちを殺そうとしたの？」

「ユグノーの指導者であるコリニー提督が、シャルル九世の暗殺を企てたからです」

「それなら正当防衛じゃない？」

「ところが、実際はそんな陰謀はなかった。カタリーナのでっち上げだというのが定説になっています。フランス王権をめぐる争いに勝とうとして企てた陰謀だと考えられています」

「オレも地でいっていいか」

と健吾が言う。

ベンケイは、またにこやかな顔で頷く。

「救けたカタリーナを、あんたはどうしたんだ？」

「間もなく味方の兵士が駆けつけてきましたので、彼等に託しました。彼等にも、傷の手当をするからと言って引き留められたのですが、荷物を取りに行くと言って建物の陰に入り、回収装置のロックを解除しました」

「会話は、国王軍兵士としたわけだな」

「そうです」

「あんたはどういう服装をしていたんだ？　Ｂ１まで一度も見たことがない」

「黒の長衣です」

「カトリックの僧侶か……」

なるほど、目立たなかったはずだ。

フィレンツェで何十人も見た。カタリーナは死んだのか」あのなかのどこかにベンケイがいたことになる。

「実際の宗教戦争で、カタリーナは死んだのか」

「いいえ、生き残ってます」

「あんたがたまたま現れなかったら、カタリーナは殺されていたと思うんだが」

ベンケイは黙って健吾を見る。

「史実によれば」とベンケイはやがて言った。「その宗教戦争でカタリーナがそこまで追いつめられたことはありません。旧教徒側の圧倒的勝利なのです」

「史実が間違っているということ？」

と礼子。

「それはあり得ません」

兵士はルチアの空想の産物だということになる。

空想や思いこみも、記憶内にさまざまな表象を作り上げる。

「しかし、十六世紀の兵士同士が戦っているだけなら、特に驚いたりはしませんでした。現代人が巻き込まれていたのです」

「どういうこと？」

「私がカタリーナを救けた同じ場所です。私はその少し前から、ジョットの鐘楼前広場にいたのです。道路には車がありました。人々も大勢いました。服装を見るかぎり全員が現代人でした。ユグノー軍兵士は、鐘楼前にいる観光客や通行人に次々に襲いかかっていったのです」

「何ですって……」

現代人というのは、ルチアが現実のなかで出会った人々だ。彼らに空想の兵士が襲いかかる……聞いたことがない。ベンケイはさらに続けた。

「人々のうちの何人かは逃げ、何人かは捕縛され、何人かはその場で殺されました」

「殺された……？」

「剣で突き刺され、弓で射殺《いころ》され、銃で撃たれました」

「どうして、そんなことが？」

「問題はそこです」

ベンケイは目をテーブルに落としたまま動かない。痺《しび》れを切らして健吾が口を開こうとしたとき、ベンケイは顔を上げた。

「ユグノーの呪《のろ》いです」

「呪い？」

「アントニオもイザベラも、たぶん気づいています。私に連絡してきたイザベラの口調でわかりました。頭部のないイエス・キリストの十字架像や、血を流すメディチ家の紋章。襲われたフィレンツェの人々。古い時代の兵士たち。条件は揃《そろ》っています」

「呪いだなんて今時……」

「私も信じません。でも、彼等は信じるでしょう。それほどユグノー虐殺は、彼等メディチ家にとって恐ろしい過去なのです。だから信頼のおけるあなたに確認してもらうまでは、クライアントに報告できなかったのです」

ベンケイが黙ると、後を続ける者はいなかった。

*

〈ユグノーの呪い〉については、カタリーナ・デ・メディチ関係の書物に記されていた。虐殺されるとき、ユグノーのひとりがこう言ったという記録が残されている。

『私はこの魂を悪魔に売り渡してもいい。私の魂が永遠に生きながらえ、あの憎きカタリーナの子孫を未来永劫《えいごう》呪い続けることができるなら』

ちなみに、頭部のないイエスの十字架像については、キリスト教の否定ではなく旧教の否定だとベンケイは言った。新教の使う十字架には、もともとイエスの像はないと。

彼等にとって、これは単に迷信という言葉では片づかない。かなり手こずるだろうとベンケイは再び言った。しかし、いつかは対決しなければならない。

上書き保存の承認を得てアントニオ邸を辞した後、少ししてルチアからメールが来た。健吾とルチア。モバイルボードと携帯電話の両方を使ったやりとりが始まる。

――健吾さんにお願いがあるの。車にはいつ乗せてくれる？

「オレの車が気に入ったのか」

――ええ、好き。

「八日後にこの仕事が終わるから、そしたらいつでもいいぞ」

――もっと早く乗りたい。

健吾はそばにいる礼子を見る。

礼子は黙って頷く。

「明日はどうだ。午前中なら空けられる」

――いいわ、家に来て。

「パパとママは承諾しているのか」

――もちろんよ。

「わかった。朝九時に行く」

いい機会だ。何か新しいことがわかるかもしれない。礼子とベンケイもその約束には賛成した。

その夜、健吾たちはクリアしたふたりの検閲官のことや、フィレンツェの街で見聞きしたこと、それまで断片的にしか言えなかったことなどを詳細にベンケイに伝えた。ベンケイもそれに応えて、自分の意見を述べた。話が終わったのは深夜だった。

「あなたは、私たちのお喋りにつき合うために、居残ってくれたわけじゃないわね」

ベンケイは肩をすくめる。

「どう、一緒にやらない？」

「よせよ、礼子」と健吾が言う。「ベンケイはドクターストップがかかってるんだぞ」

「私たちのこんな状況を聞いて、黙って引き下がるベンケイじゃないわ。じっとしているほうが、よほど身体に悪いはずよ」

「無茶言うなよ」

ベンケイはニヤニヤしながら聞いている。

礼子はさらに言う。

「正直な話、あなたの救けがほしいの。戦闘場面では、できるかぎりカバーするわ。知恵を借りたいの」

ベンケイは相変わらず柔和な笑みを浮かべている。厚い胸板の前で腕を組み礼子を見る。

「私も、ここにいる健吾もそうだけど、検閲官との戦闘は経験あるけど、兵士とはない」

「私も、あのときまではそうです」

「無茶言ってるってことは、自分でもわかってる。でも、もし私があなたなら、このタイミングでも引き受けたわ」

ベンケイは頷いた。

そして、実は自分もそのつもりで来たと言った。

「本気か……」

「医者は大袈裟《おおげさ》ですからね。この通り腕は動きます。足手まといにはなりませんから」

ベンケイは肩を上下させる。

礼子は手を叩《たた》いて喜んだ。

「最高だわ。一度あなたとペアを組みたかったの」

「それは私も同じです。あなたは勇敢な人だ」

「見境がないとも言えるわ」

「オレもそう思う」と健吾が横から言う。「命の恩人にかかと落としを見舞ったり、イヤミを言ったりする女だ。協力してくれるなら覚悟しておいたほうがいい」

「何、それ」

「怒りがすぐ顔に表れる。これも知っておいたほうがいい」

礼子は鼻の穴を大きく開いて健吾を睨む。

ベンケイの胸が波打った。ベンケイが笑う声を初めて聞いた。その身体に似合わず、軽やかな笑い声だった。

礼子はアントニオに連絡を取った。ベンケイに復帰の意思があることを告げると、それはありがたいと言って喜んでくれた。そばにイザベラもいるらしく、彼女も喜んでいると伝えてきた。

「どうしてプロレスラーをやめたの？」と礼子が聞いた。「私、あなたのファンだったのよ」

「光栄です」

「武道館まで試合を見に行ったことがあったわ」

「というと、ジャイアント関根さんとの試合ですね」

礼子は嬉しそうに頷く。

ファンというのは出任せではないようだ。

ジャイアント関根というプロレスラーのことは、健吾も知っていた。強い弱いは別にして、超有名レスラーだ。二メートルを超える巨軀と、それとアンバランスな独特の愛嬌ある風貌で、大人から子供まで人気があった。今でもよくマスコミに登場している。

「私が武道館で試合をしたのは、あれ一度きりでしたので今でもよく覚えています。彼はすでに五十歳に手が届く年齢でした。私は彼を二分でマットに沈める自信がありました」

「わかってたわ。あなたは、テコンドーの技を多く使っている。私はあのとき中学一年だったけど、テコンドーを習い始めて数年経っていたので、実力は肌で感じていた」

「でも、試合は一対一の引き分けでした」

「そうだったわ。私は悲しかった。歯ぎしりした」

「まあ、プロレスの試合とは、そういうものです。でも、シナリオの決まった試合を、云々《うんぬん》するつもりはありません。それでお金をもらっているわけですから。本気で戦ったら、怪我人が続出して試合が組めなくなります」

「そのくらいは、素人《しろうと》の私にもわかるわ」

「実は、その試合後、私は引退を決意したのです」

その場が、しんとした。

ベンケイは続ける。

「私はその試合で、一回転チョップなるものを初めて使いました。相手の胸に水平に手刀を当てるときに、身体を一回転させてから当てたのです」

「あれって、ひょっとして……」

「いいですよ、遠慮なく言って」

「ジャイアント関根さんの動作が、超トロかったから？」

その言葉を聞くと、ベンケイはまた笑い出した。分厚い胸の筋肉が激しく上下する。笑いはなかなか収まらなかった。

「やっぱり、そうだったのね。スポーツ新聞には、あなたが対ジャイアント関根用に開発した新技だと書いてあったけど」

「試合中に思いついたんですよ。技を掛けあっても、どうもタイミングが合わないんです。彼が私のスピードに合わせることはできませんから、私が咄嗟に工夫したわけです」

プロレスには興味がない健吾も、その記事には微かな記憶があった。華麗な後ろ回し蹴りが彼の人気技だったが、それ以来、一回転チョップも人気技に加わったのだ。

「ジャイアント関根さんは、偉大な人です。私は今でも尊敬しています。彼は自分が弱いということを知っていました。観客もそれを知っている、と自覚していました。それでも、リングに立つことができたのです。たぶんその自覚が、彼の人気の秘密だったと私は思っています」

ベンケイは口元に笑みを浮かべている。

礼子は瞬きを繰り返した。

「麒麟《きりん》も老いれば駑馬《どば》にも劣るとよく言われますが、ジャイアント関根さんだけは違っていた。私にはとても真似できません。多彩な技を持ち、俊敏で、向かうところ敵なし状態だった私にやがて訪れるのは、ただの老いであり、敗北です。そこにはどんな意味でも美しさはありません。それが、ジャイアント関根さんと私の決定的な違いだということが、わかったのです」

ベンケイはそれから半年後、二十六歳で引退した。あまりに早すぎた引退だった。

「悠太さん」

とベンケイは呼びかけた。

悠太はびっくりしてベンケイを見つめる。

「あなたはお幾つですか」

「十九です」

「じゃ、まだ資格試験は受けられませんね」

「二ヶ月後には二十歳になりますから、来年五月の試験を受けるつもりです」

「医師免許のほうは？」

「来年三月に、心療内科の医師免許を取得見込みです」

健吾は顔を上げて悠太を見た。

——こいつ、そんなに優秀だったのか……。

資格試験を受けるのは、もっと先だと思っていた。

日本では二〇〇九年に学校教育法が抜本改正され、すでにアメリカなどでは当たり前になっている飛び級、飛び入学がすべての学校あるいは学校間で可能になった。二十歳で医師免許を取得する学生は今ではそう珍しくはないが、同時にヴァーチャル記憶療法士の資格も取得するとなると、話は別である。

健吾は飛び級こそしなかったが、大学の医学部に通いながらヴァーチャル記憶療法士養成所の夜間部に通い、ストレートで療法士の資格試験にパスした。二十三歳のときである。

優秀だと自負していた。だが、礼子は大学の医学部で二年の飛び級。悠太はそれよりさらに一年早い。六年制の医学部を三年に縮めることは履修科目の関係で不可能だから、中学か高校で飛び級をしていることになる。いや、飛び級、飛び入学制度が施行されたのは九年前なので、中学と高校で合計三年間の飛び級か飛び入学をしていると考えたほうがいいかもしれない。いずれにしても、二十歳でヴァーチャル記憶療法士になった人間を健吾は知らない。

「どうしてヴァーチャル記憶療法士に？」

「礼子さんの影響だと思います。礼子さんとは、同じテコンドーの道場で一緒です。仕事のことはよく話してくれます。兄を礼子さんに紹介したのは私です。兄は半年前まで礼子さんの夫でした」

「夫でした？」

「交通事故で亡くなりました」

交通事故だったのか、と健吾は思った。

なんで交通事故なんかに……と思ったが、こういうことはなかなか聞きにくい。

「いい療法士になってください。陰ながら応援しています」

そう言ってベンケイは立ち上がった。外に出た。明日の時間を打ち合わせると、ベンケイはコインパーキングにある自分の車で去っていった。

ＲＸ－７の横で健吾は礼子に言った。悠太は自動販売機まで缶コーヒーを買いに行っている。

「おまえがベンケイのファンだったなんて、知らなかったよ」

礼子は、ふふっと笑った。

「ジャイアント関根の話は、面白かったな」

「そうね、ちょっとした感動ものね」

「ところで、ペイはどうなるんだ？」

「何のこと？」

「報酬のことだよ。ベンケイが新たに加わったんだろう」

報酬は総額が決められている。メンバーが増えればひとり分の分け前は少なくなる。

「まったく、あなたって人は……」

「何だよ」

「せっかくいい気分でいるのに」

「それとこれとは別だろう」

悠太が缶コーヒーを三つ買って戻ってきた。健吾と礼子に笑顔で差し出す。礼子はそれを受け取ると、健吾に挨拶もしないでメルセデス・ベンツＳ５００のなかに消えた。

三日目

「くれぐれも気をつけてください」

イザベラは健吾の手を握って目を潤ませている。

「任せてください。運転歴十二年。人身事故は一度も起こしていませんから」

車両事故なら何回かある。この微妙な言い回しに気がつかなければいいがと健吾は思ったが、幸いイザベラもアントニオも気づいていないようだ。

「歩くときには、絶対に手を離さないで」

「わかっています」

ルチアはもう助手席にいる。濃茶のカーディガンに花柄模様のフレアスカートといった格好だった。

「一時には戻ります」

イグニッションキーを捻ってエンジンをかける。タイムラグはない。一発で独特のサウンドを響かせる。

ボンネットが朝陽を反射した。出掛ける前に車体は一時間以上もかけてピカピカに磨き上げた。内部も掃除機をかけた。

　ドアの窓を開けてふたりに手を振る。イザベラが大きく手を振ってきた。健吾はわざとタイヤを軋《きし》ませて発進した。運転中はモバイルボードを見ることができないので、健吾が喋り、ときどきルチアの顔を見るしかない。

「これがどういう車か、知ってるのか」

　ルチアは頷く。

「このロータリーエンジンのサウンドは最高だろう。いいか、アクセルを踏み込んでみるぞ」

　信号待ちで先頭に立ったので、健吾は言った。二百メートルほど先まで車はない。

　ローからセカンドへ入れてアクセルを踏むと、低音から高音へと快い音が吹き上がってくる。音は途中で息切れしたりしない。リーンという快音となって高音部を限りなく駆け上がっていく。あっという間に二百メートルを詰めた。ブレーキを踏む。

「どうだ、快感だろう」

　ルチアは笑顔で頷く。

　スピードを怖がってはいないようだ。

「下手な音楽よりよっぽどいい。いや、オレにとっては、どんな音楽よりいい」

　コックピットには、ナビもオーディオもない。そんなものは快感の邪魔だ。

「今は後継車のRX－8、そしてその次のRX－9も走り回っているが、誰が見たって7のほうがいい」

ルチアはまた頷く。

「オレがきみと同じ年には、毎日車の雑誌ばかり読んでた。学校へ持っていって、授業中も読んでいた。車体の一部分を見れば、それがフロントやリアのほんのわずかな部分でも、何という名前の車かすぐにわかった。同じように車好きの友達がいたから、彼とよく腕を磨いたよ。テールランプだけが見えるように車の写真を並べ、車種を当てるゲームだ。いつもオレのほうが勝った」

考えることと言えば、車のことだけだった。免許を取れる十八歳になるのが、待ち遠しくて仕方なかった。

「それが、何をどう間違ったか、気がついてみたらヴァーチャル記憶療法士になっていたんだ。まあ、仕事としては嫌いじゃない。独特の達成感はある。だが、オレは今でもこいつが好きだ」

健吾はステアリングを両手で軽く叩く。

「ところで、どこへ行きたい？　オレが候補地を挙げるから、好きな場所で頷いてくれ。いいか」

ルチアは大きく頷く。

「レインボーブリッジ……横浜中華街……湘南……江ノ島……」

ルチアは頷かない。

視点を変えてみた。

「多摩動物園……森林公園……東武動物公園……」

まったく反応がない。

片道一時間半で行ける距離だ。往復三時間、現地で一時間。これでいっぱいいっぱいだ。

「原宿……六本木……渋谷……」

やっぱり反応がない。目が見えないのだからどこへ行っても同じだろうとは言えない。

「どういうところがいいんだ。何かヒントをくれ」

あと数分で首都高速のランプウェイにさしかかる。その前に決めたい。ルチアはステアリングを握っている健吾の手の甲に、指先を近づけてきた。

——しずかなところ
そう書かれた。

左車線にスポーツタイプのワゴン車が停まった。

四人の若い男が乗っている。信号が青になっても全員がルチアの顔を覗き込んでいた。

「海か……山か……」

山に反応した。

高速で行けるほうがいい。そうすると箱根か伊豆辺りが近い。北へ行けば栃木か群馬。

「栃木に行くぞ、いいか」

静かなところといえば、箱根か伊豆よりは栃木だ。

免許を取ったらＲＸ－７を買う。このことはずっと以前に決めてあった。そのために高校時代に二年間、コンビニでバイトした。ネットでいい店を探しておいた。免許を取った翌日には好みの7を手に入れていた。

首都高速を走り、川口JCから東北自動車道へ入った。ウイークディということもあり道路は空《す》いていた。健吾は追い越し車線を時速百五十キロで快調に飛ばした。

「山が好きなのか」

ルチアは頷く。

「見るのが好きなのか、登るのが好きなのか」

ルチアは指を一本立てた。答えは初めのほうだ。

「山道を走ればいいのか。それとも、適当なところで停まって、散歩でもするか」

ルチアは指を二本立てた。

「オーケー」

健吾はドライブコースを頭のなかで組み立てた。一時間ほど走ると左右に山が見えてきた。山は次第に近くなり、やがて山と山の間を走るようになった。運転席から見るボンネットの形が、7のいちばん気に入っているところだった。豊満な女の身体のようなボリュームがある一方で、豹《ひょう》のようなしなやかさもある。

助手席のルチアを見る。少し上向き加減の形のいい鼻。鋭いナイフでスパッと切り取られたような唇。それは鋭角的だが、同時に柔らかさも感じさせた。頬は透き通るようなオフホワイト。

高速を降りて少し走ると、車は山道に入っていった。景色には見覚えがなかったが走る感覚には記憶があった。ステアリングを回す感覚が不意に過去の記憶を蘇らせる。目的地を太平山《おおひらさん》にした。

そうだった。この車を買って初めて高速に乗ったとき、この栃木まで来たのだ。この坂だ。このコーナーへ進入するときの感覚に記憶がある。ほぼ直角に曲がっている。半径は小さい。ガードレールに触れそうになる寸前で素早くステアリングを切ると、車はきれいにコーナーを回った。あのときのままだった。

太平山の頂上に着いた。頂上といってもかなり広い。風はほとんどなかった。明るい朝の光が辺り一面に降り注いでいる。土産物屋が五軒ほど並び、民宿も二軒あった。人通りはあまりない。駐車場には車が三台しかなかった。

「何か食べるか。ソバと、うどんと、おでんと、アメリカンドッグと……」

隣を歩くルチアが健吾の腕を揺する。

何もいらないという合図だとわかる。土産物屋の店先にいた中年の女が、こっちをじっと見ている。

「空気が澄んでいるのがわかるか」

ルチアは頷く。

「鳥も鳴いてる」

ルチアはまた頷く。

「透明な秋の日差しだ。感じるか」

ルチアは立ち止まって天を指さす。

それは一直線に太陽を指し示していた。また歩き出す。

「日差しは、ときどきサクラの木に遮られる。サクラの木を通過したら、立ち止まってごらん」

ルチアは三歩歩いて立ち止まった。

ルチアの顔にサクラの木の枝が影を落としていた。

「少し座ろう」

健吾は眼下が見下ろせるベンチにルチアを座らせた。ルチアは手元のミニボストンからモバイルボードを取り出した。健吾も薄手のブルゾンの内ポケットから同じものを取り出す。

――周りに人がいるの？

「観光客が数人と、土産物屋のオバサンが三人か四人いる」

健吾はモニタを見るだけで、答えは声に出した。

――誰もいないところがいい。

「それは難しいな。山奥へ行かない限り、人はいる」

――山奥へ行きたい。

「今からじゃ、時間が足りない……どうして人がいないほうがいいんだ？」

――誰にも見られたくないの。自分の姿を。

下界が見えた。建物と車が小さく見える。人の姿も見える。かなり距離があるはずだが、手を伸ばせば取れるようだ。

——私、どうなってしまうの？

モニタに文字が映し出されていた。

「心配するな。オレたちはすでにふたりの検閲官をクリアした。今日で三日目だがエリアＢ１まで来ている。順調に行けば、予定どおりトラウマを治癒できる」

——順調に行けば？

「言い方が悪かった。順調に行く。間違いない」

——ミッシングになった三人も、私にそう言ったわ。

「オレたちは失敗したことがない」

——どうして三人はミッシングになったの？

「それはわからない」

——本当のことを言って。

「本当に知らないんだ。たぶん、誰にもわからないだろう。一度も回収されてないから、何も情報を残していないんだ」

——加藤さんは負傷したわ。兵士に剣でやられたと言った。どうして、そんな悪い兵士が私のなかに？

「それも、まだわからない」

太陽はまだ昇りつめる途上にあった。日差しがルチアの顔に正面から当たる。睫毛《まつげ》に金色の光の粒が反射している。

「思い出したよ。誰もいないところがある」


二十分ほど走ると大中寺《だいちゅうじ》へ着いた。

かすかに見覚えがあった。山門へ続く長い階段を見上げたときにわかった。初めて来たのは十二年前の五月。参道にはあじさいが咲き誇っていた。

階段を並んでのぼりはじめた。ルチアは健吾の腕を摑む。健吾の足の運びをルチアはすぐに真似た。辺りには誰もいない。十一時十分。午後一時までにはルチアを家に送り届けなければならない。まだ時間はある。

古い大きな山門をくぐり抜ける。さらに同じ距離を登ると本堂に着いた。先客は誰もいなかった。

本堂は横に広い大きな建物だった。ガラス窓は閉まっていて内部は見えない。庭にまがりくねった木がある。

「ここはお寺だ。お寺がどういうところか、わかるか」

ルチアは頷く。

「きみの故郷フィレンツェにも、古い建物がたくさんあるな。きみのヴァーチャル記憶空間で見た」

ルチアはモバイルボードを取り出そうとはしなかった。その代わりに、辺りを耳で探っているような仕草をする。

「誰もいないよ。近くにもいないし、遠くにも見えない」

ウイークデイのこの時間に古刹《こさつ》巡りをしている観光客は、そうざらにはいない。

「ここへ、オレは十二年前に来たことがあるんだ」

ルチアは黙って前方を見ている。

健吾は続けた。

「車の免許を取ってすぐだ。RX‐7で」

参道の記憶の他に竹林の記憶も蘇った。風が強い日だった。竹林がザワザワと鳴っていた。

「再びここへ来てみると、十二年という時間は無と同じだ。どこにもそんな時間があったとは思えない。でも、十二年前には、きみはまだ二歳。フィレンツェにいたんだな」

健吾はルチアの手を取り本堂前の長椅子に導いた。ルチアは手を健吾の腕に巻きつけてきた。乳房が健吾の腕に押しつけられる。ちょっとまずい状況だなと思ったが、振りほどく理由はない。

ルチアは長椅子に座ってからも健吾の腕を離さなかった。乳房は礼子のものよりデカイだろう。頬も肩に押しつけられる。

——バカだ、何を考えているんだオレは……。

別のことを考えようとした。

十二年前の記憶をもっと探ってみる。本堂の右手の井戸。そのそばにある立て札……かすかに覚えている。

突然、ルチアの身体がブルブルと震えだした。

健吾のほうへ手が差し出される。その手は夢遊病者のように健吾の目の前でふらふらとさまよった。右手が健吾の首に触れると、そのまま張りついた。そして左手も。

「どうした、ルチア……」

あっ、と思ったときには遅かった。首にルチアの指が食い込んできた。すうっと気が遠くなる。どこかで経験したことがある。

そうだ、柔道の絞め技がこれと同じだ。決まると一瞬で意識を失う。そうわかったとき、健吾の落ちていく意識は最後で踏みとどまった。両の掌《てのひら》を思い切り前へ突きだした。ルチアの顎を打つ。うっ、という呻き声が聞こえる。普通はこれで脳震盪《のうしんとう》を起こすはずだが、指の力は弱まらなかった。

――なぜルチアはオレを……。

健吾の身体は押し倒された。ルチアは馬乗りになってきた。歯が剝き出しになっている。低い唸り声を発している。ルチアは腕に体重を乗せようとして腰を浮かせた。

その瞬間を健吾は逃さなかった。可哀想だと思うから、どうしても力を加減してしまう。だが、今度は容赦しなかった。健吾は右膝を上に蹴り上げた。ルチアの身体は見事に宙に浮いた。指が首から離れる。バネを利かせて跳ね起きると、ルチアも地面から起きあがったところだった。だが健吾のほうが速かった。ルチアは目が見えなかったからだ。ルチアの右腕を掴むと、背中のほうへ捻った。相手にどんなに力があっても、この関節技は外せない。ルチアは地面に顔から倒れ込んだ。咽喉の奥から苦しそうな呻きを発している。

「何の真似だ、ルチア」

答えられないのはわかっていたが、少なくともこっちの意思は伝えたかった。

「オレが何か、気に障《さわ》ることでも言ったか……」

指は地面の土をかきむしっている。かなり痛いに違いない。顔は右半分が地面に擦りつけられている。きっと、傷だらけだろう。帰ったらアントニオとイザベラにどう言い訳すればいいか。

「人気《ひとけ》のないところで健吾さんに襲われたの」

なんて言われた日には、反論の余地がない。

健吾は少しずつ力を緩めた。不意を突かれなければ、目の見えないルチアに再び首を絞められることもないだろう。

手を放すとルチアはそのまま地面でじっとしていた。ローファーが片方脱げ、指先から血が流れていた。右の頬には赤い筋が幾本も引かれていて、膝には血が滲《にじ》んでいる。濃茶のカーディガンと花柄模様のフレアスカートは、泥だらけだった。

やがてルチアの身体が小刻みに震えだした。さっきの震えとは違う。どこにも力は入っていない。ルチアは泣いていた。

思いがけない事態になった。帰ったらすぐにヴァーチャル記憶空間に入っていく予定だったが、今回の事件はそのままにしておくことはできない。

＊

モバイルボードで礼子に連絡した。話したいことがある、今ひとりかと送信すると、ちょうどワンダーランド社に着いたばかり、ちょっと待ってという返事があった。三分後に礼子からオーケーの連絡が入った。健吾と礼子は声でやりとりした。それでも、ルチアのとった行動を説明するのに、五分を費やした。

「誓って言うが、変なまねはしていない」

「私にはわからないわ。現場を見てないから」

「おい、礼子。そんな言い方はないだろう。ルチアは目が見えないんだ。オレが手を離したら転んでしまう」

「どっちにしても、事実をそのまま言うのはまずいわね。今日の予定変更。大至急、ルチアを送っていって」

どっちにしても、とはひどい言い方だ。

だが、どうにか堪《た》えた。

「どう言い訳する？」

「山の斜面から滑り落ちたというのは？」

「どうして手をつないで歩かなかったのか、と責められる」

「たまたま離した瞬間にそうなった、とするしかないわ」

「わかった。ベンケイと悠太には？」

「ルチアを救けるときに足を挫《くじ》いた。治療のためにそのまま病院に行く。今日の予定は明日に変更。こんな感じでどうかしら。私から伝えておくわ」

「ふたりにも、すぐには真相を言わないわけだな」

「クライアントからベンケイに連絡が入る可能性があるわ。話を合わせておかないと」

　わかった、と健吾は言った。

「ルチアはどうしているの？」

「ここにいる。もう元に戻っている」

「じゃ、この提案を受け入れるかどうか、聞いてみて」

　健吾はルチアに向き直る。

「さっきのことを、きみのパパとママに言うべきかどうか迷っている。きみの気持ちはどうなんだ？」

　――言わないで。

　とモバイルボードで返してきた。

「わかった。オレだって言いたくないけど……」

——言わないで。

再びルチアは返してきた。

「わかったよ。言わないと約束する。でも、それなりの言い訳はしなければならない」

——言い訳？

「きみは顔と手足を擦《す》りむいている。服も泥で汚れてしまった」

ルチアはおそるおそる顔に両手を持っていく。

涙で頬が濡れている。右の頬に触れたとき、顔をしかめた。手と肘の痛みにも気づいたようだ。ルチアは唇を嚙みしめた。

「きみはオレと山道を歩いていて、誤って斜面を滑落した。顔と手足の傷、そして衣服の汚れはそのときできたもの。オレも救けようとして滑落し、足を挫いたのでこれから医者に行く。こんな感じでどうだ」

——あなたが怒られるわ。どうして手を離したのかって。

「痴漢だと思われるよりはいい」

——本当のことを言えば、あなたは怒られない。

「その代わり、パパとママはきみをひどく心配する」

しばらく考えていたルチアだったが、やがて健吾の手を取り小さく頷いた。

健吾は、待たせている礼子にオーケーの返事をした。善後策は健吾のアパートで練ろうということになった。

——ごめんなさい。健吾さんは大丈夫？

「オレはこのとおりさ。といってもわからないだろうが、どこにも怪我はない」

——よかった。

「どうして、あんなことしたんだ？」

——わからないの。

「自分のことなのに？」

——でも、わからないの。ふと、そんな気持ちになったの。

これでは埒《らち》があかない。

ルチアを家に送り届けたとき、一時を少し回っていた。

健吾は途中のジーンズショップで、黒のタートルネックのTシャツを買った。首筋を隠すためだ。

試着室の鏡で見てみた。鬱血《うっけつ》したような痕《あと》が見える。左側は頸動脈《けいどうみゃく》辺りに黒ずんだ部分があり、右側は黒ずんだ位置が少しうなじのほうにずれていた。

山の斜面を滑落した、とすでにモバイルボードを使って両親には知らせておいた。到着すると、ルチアはどこも怪我はしていないわと言うように、軽い足取りで車から降りた。迎えに出たアントニオの腕に抱かれる。イザベラもその上から抱いた。

「私がついていながら、本当に申し訳ないことをしました」

健吾は深々と頭を下げた。イザベラはルチアを抱いたまま泣いている。アントニオは健吾に向き直った。

「山道で手を離したのか」

低く押してくるような声。

健吾はまた頭を下げた。

「はい、申し訳ありません」

「出かけるときに念を押さなかったか」

「押されました」

「それでも手を離したのか……」

アントニオの表情には有無を言わさぬ迫力がある。

イザベラの声が聞こえてきた。

「服も、こんなに汚れて……あら、これは……肘から血が出ているじゃないの。どうして放っておいたの、ねえ健吾さん、どうして途中で医者に寄ってくれなかったの？」

「いや、もう血は流れて……」

「いるわよ。見てごらんなさい、ほら」

それは流れているとは言わない、滲んでいるのだ。だが、健吾は何も言わずに黙って頭を下げた。

「何なの、これ……膝まで傷だらけ……かなり下まで落ちたんじゃないの。谷底まで落ちたんじゃないの？」

「いいえ、ほんの数メートルで……」

「ウソ言わないで。それなら、こんなに傷がつくわけない。いったいどこで、こんな傷、作ったの？」

イザベラは涙を流し、身体を震わせている。

健吾は、すみませんと繰り返すしかなかった。アントニオがイザベラの肩に手を置く。しばらくして、やっとイザベラの身体から震えが消えた。代わりに冷たい目が開いていた。

「ひとつ質問していいかしら？」

はい、と健吾は言った。

「ルチアがあなたの車で出かけることを私たちは許可しました。その意図が、あなたにわかるかしら」

「もちろん、わかっています」

「言ってみて？」

「ルチアさんは、かなり強い不安とストレスを感じていました。それを少しでも和らげてあげたいという意図からだ、と思います」

「それは実現できたの？」

健吾は黙った。

「山へ行きたい、とは誰が言い出したの？」

「ルチアさんです」

「栃木を選んだのは？」

「それは私です。以前、ドライブしたことがあったからです」

「ルチアが滑落した山道は知っていたのね」

「いいえ、そこは初めてでした」

「滑落するくらいだから、細くて危険な山道ではなかったの？」

「はい……」

「そこを実際に見ても、危険だということがあなたにはわからなかった。あるいはわかっていてそこへルチアを登らせた。どっちなのかしら？」

健吾は答えられなかった。

こうした責められかたをするとは思ってなかった。

アントニオはそばにいて何も言わない。ルチアは泣きそうな顔をしている。イザベラが続けた。

「今回は注意だけにしておくわ。あなたが盲人の扱いに慣れてなかったこともあるし、ルチアを救けようとした形跡もあるから。でも、二度とこんなミスを犯さないで」

健吾は、わかりましたと言って頭を下げた。

健吾の服の汚れにも、やっと目を向けてくれたようだ。タートルネックのTシャツに替わっていることを何か言われるかと思ったが、それはなかった。

健吾はRX‐7の狭いコクピットで、再びタートルネックに触れた。ピリピリした鋭い痛みが走る。

礼子は約束どおり三時に健吾のアパートへ来た。五年前に一度来たことがあったはずだが、どんな用事で何を話したかはまったく覚えていない。この部屋にいると酒瓶の底にいるようで、様々な記憶がドロドロに混じり合って区別がつかない。

「年を取るとモノが増えるって聞いたけど、あなたは逆ね」

「年を取っていない証拠さ」

「食事、まだなんじゃない？」

「よくわかったな」

「クライアントにひどく怒られて、食べ物が咽喉を通らなかったはずだから」

「イザベラにイエローカードを出されたよ。おまえの下手な言い訳のお陰だ」

「よかったじゃない、レッドカードじゃなくて」

オレの神経がミシン糸だとすると、こいつの神経は荒縄のように太いはずだ。礼子は紙袋から白い箱をふたつ取り出した。中身はフライドチキンだった。

「勝手に決めたこと、謝るわ」

「何のことだ？」

「ベンケイに仕事を依頼したことよ。報酬は三等分で我慢して。あなたも、ベンケイは役に立つと思うでしょう?」

「まあ、仕方ないさ」

望月記憶療法士センターにいるころから、こいつはスタンドプレイが目立った。決して群れない。だが、ときどき人の心を理解しているようなことを言うので、どうにか一緒にいられる。

「何か収穫があればと思っていたけど、とんでもないことになったわね」

「また秘密が増えてしまったな。これ以上増えると、クライアントに伝えるタイミングが難しくなる」

クライアントは〈ユグノーの呪い〉という不安を抱えている。これひとつでも重いのに、今回のことはそれに追い打ちをかけたことになる。

「見せて」

礼子が近づいてきた。

健吾はタートルネックシャツの首の部分を引き下げた。

「うわっ、ひどい……」

「どうなっている?」

「指の痕が黒く残ってる……」

「かなり強い力だった。あれは女の力じゃない」

礼子はなおも痣《あざ》の具合を見ている。

かすかに体臭が匂う。

「偶然なのかしらね」

「うん？」

「ルチアがあなたの車に乗りたいって言ったことよ。人気のないところへ行きたいと言ったのも、ルチアよね」

「ルチアは目立ちすぎるからな」

「さっきアントニオに確認したんだけど、今までルチアに車の趣味はなかったそうよ。あなたの車に乗りたいと急に言われたので、びっくりしたって言ってた」

「じゃ、オレを殺そうとしてオレの車に？　どこにオレを殺す理由があるんだ？」

「私たちを歓迎していないという意思表示だと思うけど。ヴァーチャル記憶空間に入ってきてほしくないのよ」

「それなら、ボスであるおまえを狙うはずじゃないのか」

あの日は礼子だって時間が空いていたのだ。それに乗り心地から言えばメルセデスのほうが百倍もいい。

「ルチアが書いていたわね。ワンダーランド社で記憶サンプリングをしたときよ。昨日の私と今日の私は違うみたいだって」

「覚えている」

「そして今回、突然あなたを襲った。ルチアの記憶内部で、何か大変なことが起ころうとしているのかもしれないわ」

こう判断を下した以上、ベンケイと悠太に黙っているわけにはいかない。その夜、健吾と礼子は手分けして報告書をまとめ上げ、メールにしてふたりに送った。ワンダーランド社へ出かける前に必ずメールを確認することになっているから、遅くても明日、仕事を始める前には伝わっているはずだ。

クライアントであるアントニオとイザベラには、まだこの段階では伏せておいたほうがいいと礼子は言った。特に、イザベラは要注意だ。伝え方によってはパニックを引き起こす可能性がある。お腹の子供のためにも、それだけは避けたい。

四日目

定刻にワンダーランド社に到着したベンケイも悠太も、事実を後になって知らせてきた礼子に何も文句を言わなかった。理由をきちんとわかってくれたようだ。

さっそく探査準備にとりかかった。

〈呪い〉なんてあるわけがないから、兵士はルチアの想像力の産物ということになる。想像力ならどこかに史実と違う点がある。カタリーナが殺されかけたという事実だけでは弱い。クライアントを説得するに足る証拠を見つけ出そうということになった。

だが、健吾たちを悩ましたのは、今から五百年前と思われるフランス——そこを短く『兵士の世界』と呼ぶことにした——にどういう方法で入っていくかという問題だった。

今までと同様の空間なら、観光客で済む。しかし兵士たちが現代人を捕らえたり殺したりしているとなると、この設定は変えざるを得ない。

兵士たちは自分自身をどう思っているのかが問題になった。五百年前の兵士を演じているのか、それとも五百年前の兵士だと思い込んでいるのか……。

後者に賭けることにした。理由は、カタリーナを追ってきた兵士が、ベンケイと命のやりとりをしたからだ。演じているだけならここまではしない。

どっちの兵士に変身しても戦いを余儀なくされる。当時の市民の服装をして潜り込んだとしても、市民もカトリック派とユグノー派に分かれて戦っていたと史実にあるので、やはり危険だ。老人や子供に変身する案も出たが、殺戮《さつりく》は無差別であり、それも決して安全ではない。

言葉の問題も大きかった。ヴァーチャル化するとき、顔形を西欧人らしく変えるのは問題なくできる。老人や子供に化けることも可能だ。だがフランス語だけはどうにもならない。

礼子も健吾もフランス語はネイティブではない。それに、現代のフランス語と五百年前のフランス語との違いもあるだろう。かえって怪しまれる。

だが、ここでベンケイが画期的な案を提示した。明《みん》の商人になる方法である。シルクロードはローマまで続いている。当時のフランスに、正確にはフランス王国に、明の商人が訪れ香辛料や墨絵や壺などを商った記録が僅かだがある。

明の商人ならフランス人に実態をあまり知られていない。それにカトリックでもユグノーでもない。現代人でもない。これなら比較的安全に通行できるのではないか、と提案したのだ。

明時代の商人の服装は、ヴァーチャル記憶療法に必要な装備アイテムとしてスーパーコンピュータ内のデータベースにある。服装だけでなく、他の生活用品や乗り物や武器や精密機器までデジタル化されて保存されている。馬や犬や猫などの動物もコピーが存在している。そこから必要に応じて取り出し、ヴァーチャル記憶空間に持ち込むことが可能だった。

モニタに映し出された服装は作務衣《さむえ》に似ていた。襟《えり》の辺りが少し狭くなっている以外は、ほとんど作務衣と変わらない。当時の四輪馬車も馬も商品もデータベースにあった。

最後に、兵士との戦いを余儀なくされた場合には殺害することもやむなし、との再確認をした。兵士がただ存在するだけなら、それがどんなに異質に見えても殺害はしない。だが、その兵士はルチアの記憶内の人々を殺害している。こうなると話は違う。

「鳥籠のこと、何かわかった？」

と礼子はベンケイに聞く。昨日、それがトラウマに関係しているのか、それともハッタリなのかベンケイに聞いたのだ。

「難しいですね、まだ私にもわかりません」

「ハッタリだと思う？」

「確信はありませんが、ここまで考えてわからないとなると、その可能性が大きいと思います」

健吾も再考してみた。手順どおり、語呂合わせと、形の類似と、意味の類似を調べていったが、当てはまるものはなかった。

「それじゃ、出発。本物の明の商人に出会わないことを、祈りましょう」

礼子が言うと、全員が笑った。

エリアA8の境界付近からB1を覗いてみた。静かだった。戦闘が行われている気配はない。念を入れて数分待ったが、音も人の声も聞こえてこなかった。

「見て、地面に何かが……」

礼子が闇のなかを指さす。何かがたくさん転がっている。三人は慎重にその辺りまで歩いていった。人間だった。

「死んでる……」

礼子が口を押さえて言う。

確かめる必要がないくらい、死体は悲惨な状態だった。頭のない死体、目を射貫かれた死体、胸に数本の矢が突き刺さった死体、長剣に背中を刺し貫かれた死体……。

「こんなことって……」

礼子は絶句する。

「みんな現代人だな」

「五十体はありますね」

ベンケイは辺りを見回して言う。男も女もいる。そこは広い道路だった。死体は健吾たちが出てきた建物の前に集中していた。

「オレたちが矢を射かけられた地点だ」

「間違いないわね」

「あちこちから逃げてきた人々が、この建物に立てこもったのかもしれません」

とベンケイも言う。

とすれば、警告なしの無差別攻撃だったことになる。三人はしばらくの間、闇のなかに横たわる死体の群れを見つめていた。

先へ進むことにした。三人は明代の衣装に身を包んでいる。辺りは暗い。ビルのどこからも灯は漏れていない。死体はもうどこにも見えない。夜空に煌々《こうこう》と輝く満月の光が、無人の道路を白く浮かび上がらせていた。

二頭の馬に四輪馬車を引かせた。手綱はベンケイが持った。馬車には墨絵の掛け軸と香辛料と干《ほ》し肉と塩などを積んでいる。

「これ、間違いなく日本ね」

と礼子が小声で言う。

「そして現代だ」

と健吾も応じる。

ごく最近フルモデルチェンジした車もあった。

数十階の矩形のビルがいくつも建ち並んでいる。窓にはまったく灯がない。人もいない。車も走っていない。まるで廃墟を歩いているようだ。

「変わっている……」ベンケイは立ち止まって周囲を見る。「風景が変わってしまっています。私が入ったときのB１はこんな風景じゃなかった。人がいました。車も走って……」

音もない。しんと静まりかえっている。アスファルト道路を行く馬車の音だけが異様に大きく響く。

「もう少し先へ行ってみましょう」

さらに三十分馬車を走らせたが、目の前に展開するのは無人の街ばかりだった。駐車してある車のなかにも誰もいない。

背後が光った。振り返ると空が燃え上がっている。強く圧倒的な光だ。煙が竜巻のようになって夜空に駆け上がっている。喚声も聞こえてきた。男の声も女の声も混じっている。パンパンと火薬が弾けるような音も聞こえた。

「A6かA5の方角じゃないのか」

「兵士は、そっちへ移動したのかも……でも、他の部隊がいるかもしれないわ。油断しないで」

電柱の地区名表示には広尾とある。聖泉インターナショナルスクールは広尾にあるので、帰宅途中の光景だと思われる。何かの用事で遅くなったときの記憶だろう。満月はまだ天頂まで上っていない。午後八時くらいか。

「みんな、どうしてしまったのかしら……」

ベンケイは腰に愛用の棍棒を提げている。初めて見たが、固くて重そうな木でできていた。これをまともに食らったらひとたまりもないだろう。健吾はいつものように細身の仕込み杖、礼子は何も持たない。

二十メートルほど先に三十数階建てのビルがあり、壁面に大きなアルファベットが見える。

「アントニオの経営するホテルですよ」

とベンケイが言う。ベンケイが描いた記憶地図にも記されていたので、健吾にもすぐにわかった。

敷地内にはよく手入れされた庭がある。門の奥に車寄せが見えたが、やはり人の気配はない。

馬車の音がビルにこだまする。前方に気配を感じた。

「待て、何者だ」

門の奥から五人の兵士がいきなり現れた。

フランス語だった。健吾たちは馬車から降りて頭を下げた。

「怪しいものではございません。明から来た商人でございます」

打ち合わせどおり一番フランス語ができるベンケイが答えた。

五人は近づいてくる。その背後に十数人が新たに姿を現した。門灯が彼等の姿を照らし出す。

全員が石弓と長剣と鉄砲で武装していることがわかった。

さあ、どう出るか。五人のなかから、背の高い若い男が進み出て健吾たちに順に視線を這わせた。

「わが王国の言葉が理解できるようだな」

「恐れ入ります」

「だが、ひどい訛《なまり》だ。誰に教わった？」

「アテネ・フランセの教師でございます」

「アテネ・フランセ？　それはどこにあるのだ？」

「東京でございます」

この会話は打ち合わせてなかったが、さすがにベンケイだ。いい答え方をしている。しかし、笑いを堪《こら》えるのに苦労した。

「トーキョー……聞いたことがない地名だな。まあ、いい。こんな時間に、何をしている」

「宿を探しております」

「宿を？」

「初めての旅のため、なかなか宿が見つからず、こんな時間になってしまいました。どこか泊まれるところを教えて頂ければ、ありがたいのですが」

「この辺りにはない」

「あの建物がそうかと思ったのですが……」

ベンケイは兵士たちの背後を見て言う。

「この辺りにはないと言ったはずだ」

「はっ、申し訳ありません。どこへ行けばあるのでしょうか」

ここまではいい調子で進んでいる。明の商人に化けたのは、ひとまず正解だったようだ。兵士は金属製の兜《かぶと》を被《かぶ》り、タイツを穿《は》いている。どうみても現代の兵士ではない。

若い男は、近くへ来るとベンケイの顔を覗き込んだ。背はベンケイのほうが少し高かった。

「明から来た商人だと言ったな」

「はい」

「荷は何だ」

「墨絵と香辛料と塩などでございます」

若い男の合図で、四人が健吾たちの背後へ回った。荷車のシートを剝ぎ、なかを調べ始める。

数分後に男たちは戻ってきて、若い男の前で首を縦に振った。

健吾は必死に槍《やり》を探した。史料によれば、カトリック軍とユグノー軍は槍の先につけた旗の色で見分けられるという。カトリックは赤、プロテスタントは白。しかし槍は一本も見当たらない。

「パリまで行かないと宿はない」

「パリですか」

「そうだ、パリだ。知っているか」

「はい、世界中で一番美しい街だと聞いております」

「よく見て、旅の土産にしろ」

「おっしゃるとおりにいたします。ところで、パリまでは馬車でどのくらいかかりますか」

「朝までかかる」

広尾とパリの距離が馬車で半日の距離にあったとしても、ヴァーチャル記憶空間のなかでは奇妙なことではない。

「それでしたら、今日はこの辺りに泊まらなければなりません。教会があれば、場所を教えていただけますか」

「教会へ行ってどうするんだ?」

「聞くところによりますと、教会の神父様はたいへん親切でいらっしゃって、旅の者に一夜の宿を提供してくださると……」

「何、神父？」

「えっ、はい……」

背後の男たちがどよめく。

何人かが抜刀し前へ進み出ようとした。

健吾は気づかれないように仕込み杖の柄を親指で捻った。若い男が背後の兵士たちを手で制した。

「そんなものは、ここにはいない。いずれパリにも、いや世界中から、いなくなる」

ベンケイは恐縮して頭を下げる。

健吾も礼子も慌てて頭を下げた。

「行け、パリはこの道を西へ行けば着く」

左の方角を指さす。

健吾と礼子は頭を下げて立ち去ろうとする。

「あのう、ひとつだけ教えていただけないでしょうか」

ベンケイはなおも聞いた。

ベンケイの合図で、礼子は香辛料を一袋、男の手に握らせた。

「何だ、早くしろ」

「今日は何月何日でしょうか」

「十月十二日だ」

「ありがとうございます。それと……」

「まだ何かあるのか」

「今年は、グレゴリオ暦で何年になりますか」

「そんなことも知らないのか」

「ずっと明の暦を使っていましたもので……」

「一五七二年だ」

三人は礼を言うと馬車を引いた。相変わらず日本の街。兵士が後を追ってくる気配はなかった。

「もう、喋ってもいい？」

と礼子が小声でベンケイに聞いた。

ベンケイは歩きながら頷く。礼子は興奮して言う。

「見たわ、十六世紀の西洋の兵士」

「オレも見た。防具も剣も銃も間違いなく古い」

実際に間近で見ると極めてリアルだった。映画のなかに入り込んだ気分だ。

「明の商人、正解だったみたいね。相手の兵士も、そのつもりになって言葉を返してくる」

「あいつらはユグノーか、それともカトリックか」

と健吾は聞く。

「ユグノーに間違いありません。私が神父（abbé）と言ったとき、思わず斬りかかろうとしたからです。ユグノーはプロテスタントですから牧師（pasteur）といいます」

「その区別、聞いたことがあるわ」

と礼子。

「槍が見つからなかったので、どっち側の兵士か特定するために言ってみました」

「さすがだわ、ベンケイ」

「どうして暦なんか聞いたんだ」

「それで面白いことがわかりましたよ、健吾さん。グレゴリオ暦のこと、知ってますよね」

「現代の暦の元になったやつだろう？」

「そうです。私は兵士に、今年はグレゴリオ暦で何年かと聞きました。兵士は一五七二年と答えましたね」

「覚えている」

「それはあり得ないのです」

「あり得ない？」

「フランスでグレゴリオ暦が採用されたのは、それから十年後の一五八二年だからです。それまではユリウス暦だったのです」

健吾は礼子を見た。

礼子も初めて知ったような顔をしている。

「それ、間違いない？」

「婆婆に戻ったら確認してください。間違いありません」

「ということは……」

「そうです。〈ユグノーの呪い〉なら、知識も当時のままのはずです。時代を間違えている怨《おん》霊《りょう》なんて、お笑いですからね」

「十年くらいの誤差なら、兵士の勘違いということも考えられるんじゃないのか。知識として持っていたかもしれないだろう？」

と健吾が反論する。

「当時、一介の兵士に暦の知識はありません。たまたま詳しい兵士だったとしても、それだけ知識のある人物なら、なおのこと両者を区別して考えていたはずです」

「うん、まあ、そういう理屈もあるが……」

「旗をつけた槍が見えなかったことはどう思う？」

「確信はありませんが、普段はつけなくて、戦いに出かけるときに目印としてつけたのではないでしょうか」

いずれわかることです、とベンケイはつけ加えた。

今度は礼子が聞いた。

「でも、ユグノー軍兵士が、どうしてアントニオの経営するホテルにいたの？　他の場所にはいなかったのに」

「占拠されたのではないかと、私は考えています」

「なぜ？」

「フィレンツェの街で、メディチ家に関係が深い建物に誰もいなかったでしょう。そしてメディチ家の紋章は血を流していました。メディチ家が狙われていると考えられます」

従業員たちはどうしたのか。建物内部で死んでいるのか。それともどこかへ逃げたのか。

「どうしますか、礼子さん。このままパリへ向かいますか」

「もちろんよ。エリアDはその方向にあるわけだから」

「朝まで馬車を走らせなければなりませんよ」

「それ以外に方法があって？」

かなりの距離を行くことになる。時間的にみて途中で一度娑婆に戻る必要がある。

VPSを見た。エリアB2に入っている。基本的にベンケイがマッピングした記憶地図に沿って進んでいくことにした。望月の三人がミッシングになったのがB3（−32, 42α）。兵士はそこから移動しているかもしれないが、安心はできない。

「おふたりとも乗ってください。私が御《ぎょ》しますから」

ベンケイが言い、健吾と礼子はまた馬車に乗った。

健吾は進行方向右側、礼子は左側を担当した。辺りに油断なく視線を走らせる。振動が柔らかくなった。アスファルト道路はいつの間にか土の道に変わっていた。広尾のエリアが終わる。

道の両側には雑木林が広がっている。

馬車には天蓋《てんがい》がない。頭の上には満月があった。満月の光がこんなに明るいものだということを、健吾は初めて知った。人工の灯がまったくないところで見る満月は、ほとんど太陽と同じくらい明るかった。

「もうすぐB3だ」

健吾は呟く。目と耳を研ぎ澄ませる。そうすると、普段は感じ取れないかすかな気配がわかる。

道路の両側には雑木が茂っていた。背の高い木々だった。風景は深い森へと変わっていった。どこの光景だろうか。日本ではないようだ。ルチアがヨーロッパのどこかを旅行したときに見た光景なのか。人も車も見えない。

朝までかかる、と若い兵士は言った。すでに十二時を回っているから、あと五、六時間というところか。

B3に入った。座標（00, 65α）。何の変化もない。緊張の糸が張りつめる。ステッキを握る左手が汗ばんでいた。ベンケイはそのまま馬車を走らせている。

「どう、どう」

というベンケイの声。

馬車は急に停まった。座標（-03, 61α）。健吾はすばやくステッキの柄に左手の親指を当てる。背後に礼子の緊張が感じ取れた。

ベンケイは、そのあと何の言葉も発しない。御者台で凍りついたように動かない。気づいたのは健吾だった。雑木の間に光るものがあった。数は四つ。

「誰かいるぞ」

健吾は小声で言う。

「どこ?」

と礼子。

「馬車の右手、雑木林のなかだ」

礼子が健吾の隣に来る。

「何人?」

「ふたりだ」

ふたたび雑木林に視線を移したとき、御者台にいるベンケイの声が闇に響き渡った。

「我々は兵士ではない。商人だ」

フランス語で声をかけた。

四つの目は動かない。

「我々は外国から来た商人で、これからパリへ行くところだ。馬車に乗ってもいいぞ。食べ物もある」

だが目は動かない。

ベンケイは背後にいる健吾と礼子に日本語で言った。

「ちらっと姿が見えました。子供です。干し肉をとってください」

礼子は麻袋のなかから干し肉を二片取り出して、ベンケイに手渡す。ベンケイは御者台から
それを放り投げる。四つの目がすばやく動いた。そして雑木林のなかに消えた。

「あの子供たち、さっきは雑木林のもっと手前にいました。私が馬車を停めたら、奥へひっこ
んでしまったのです」

「こんな真夜中に、どうして子供が……」

と礼子。

「罠《わな》かもしれないぞ。ここはB3だ」

と健吾が言う。黒光りする四つの目が、また左手の雑木林の奥に現れた。ベンケイもすぐに
気づいたようだ。

「危害は加えない。我々も困っているんだ。遠い外国から来て、パリへ行く道がわからなくな
ってしまった。教えてくれれば、もっと干し肉をやる。水もあるぞ」

ベンケイがまたフランス語で叫ぶ。

四つの目は動かない。言葉が通じないのか。日本の子供たちかもしれない、と健吾は思った。

ベンケイに小声で言う。

「日本語に変えたらどうだ」

「明の商人は日本語なんか知りません」

「そんなこと、子供にはわからないさ」

「ねえ、ベンケイ」と礼子が言う。「私が干し肉と水を持って行くと言って」

「危険だ、オレが行く」

「ゴツい男が出て行ったら、あの子たち、逃げてしまうわ」

「背後に兵士が待ち伏せているかもしれない」

「だとしたら、ここにいても同じよ」

強情さも相変わらずだ。おまけにイヤミで、可愛げがない。ベンケイの声が聞こえる。

「優しい女の人がここにいる。その人が干し肉と水を持っていくから、安心して受け取りなさい」

礼子が干し肉二片と竹筒に入れた水を持って、馬車の荷台に立ち上がる。幌《ほろ》がないので礼子の姿はよく見えるはずだ。

「ほら、優しそうな女性だろう。武器も何も持っていない。今からそっちへ行くぞ。心配するな、パリへ行く道を知らなければ、干し肉と水を持って、そのまま逃げてもいい」

「気をつけて行け」

健吾は背後から声を掛ける。

礼子は馬車から降りて歩きだした。

右手に水、左手に干し肉。笑顔をつくって進んでいく。四つの目は動かない。どこかへ消えてなくなることもない代わりに、近づいてもこない。

兵士の気配はない。礼子はゆっくりと前進していく。雑木林の手前で止まった。中へは入っていかない。そこでじっと待った。

「私が見える?」

礼子のフランス語が聞こえた。初めて聞いたが、健吾より少し上手い程度だ。

「私たちは遠い国から来たの。あなたたちの敵ではないわ」

数分経った。四つの目がわずかに動いた。次には、はっきりと移動するのが見えた。礼子のいる方向へ向かっている。

健吾は辺りに気を配った。子供に気を取られている隙《すき》に狙撃されれば命はない。ベンケイも御者台から降りて、腰の棍棒に手を置き低い姿勢になっている。

道路脇の木から顔が覗いた。ふたりの子供だった。ひとりは髪が長く背中の半ばまである。女の子らしい。もうひとりは短髪。男の子のようだ。ふたりとも衣服のあちこちが破れている。

「さあ、食べなさい。お腹《なか》が空いているんでしょう」

ふたりは顔を見合わせたかと思うと走り寄ってきた。礼子は動かなかった。ふたりの子供は礼子のそばまで来ると干し肉と水の入った竹筒を奪い取り、そのまま雑木林のなかへ消えた。

何も起こらなかった。兵士の姿はない。数分待ったが子供たちは戻ってこなかった。礼子は立ち上がると馬車に戻ってきた。

「かなり警戒してるわね」

「怖い目に遭ったんじゃないかな」

「仕方ないわ、出発しましょう」

馬車はまた動き始めた。少なくともあと数日は、ふたりともあの干し肉と水で生き延びられるだろう。

「乗せてよ」

いきなり声が聞こえた。

さっきの子供たちだった。いつの間に来たのか。馬車のすぐ横にいる。女の子が喋ったのはフランス語だった。

「ここへ乗りなさい」

礼子もフランス語で言った。

子供たちは身軽に飛び乗ってきた。前方に並んで座る。持っている竹筒を無言で礼子に差し出す。礼子は笑顔で受け取った。目の前で振ってみる。水は残っていないようだ。思ったとおり、大きなほうが女の子で小さなほうが男の子だった。

しかし、ふたりの格好を見た健吾と礼子は、しばらくの間どんな言葉をかけていいかわからなかった。衣服は破れていて、あちこちに焼けこげた痕があった。

顔も身体も傷だらけで、女の子は左肩の肉が大きくえぐり取られていた。血は乾いて固まっている。男の子は太股《ふともも》の肉が一部分盛り上がっていた。形状は梅干しのようだ。反対側にも同じような盛り上がりがある。銃弾が貫通したようだ。

ふたりとも、交互に健吾と礼子を見つめている。まだ恐怖が見え隠れしていた。ベンケイが御者台から降りてきた。

「健吾さん、御者できますか」

「やったことがない」

「礼子さんはどうですか」

「この程度の道なら、できると思うけど……」

「少しの間、代わってください。その子たちに、いろいろ聞きたいのです」

礼子は、わかったわと言ってすぐに御者台に座る。フランス語で何かを聞き出すとすれば、ベンケイが適任だ。

馬車は動き始めた。ベンケイは子供たちに向き直った。

「私の名前はベンケイだ。このオジサンはケンゴ、あの女性はレイコ。さっきも言ったように、遠い外国から来た商人だ」

ベンケイにオジサンと言われたくない。だが、そんな文句を言い出す雰囲気ではなかった。

少女と少年は顔を見合わせる。

「私はマリー・ラシェーズ。こっちは弟のジャンよ」

少女は言った。

ネイティブなフランス語に聞こえた。

「年はいくつだ?」

「私は八歳、弟は五歳」

「きみたちだけか?　両親や友達は?」

ふたりは首を横に振る。

「パリへ行く道を知っているか」

「よく知っているわ。何回も行ったから」

「それはありがたい。西の方向へ進むと朝には着く。途中でそう言われたんだが」

「そのとおりよ」

「怪我をしているようだ」

「平気。痛くない」

「僕も痛くない」

と少年が言った。

こっちもフランス語だった。綺麗なソプラノ。

それにしてもひどい怪我だ。痛くないはずはない。健吾は腰に巻いている物入れから、消毒液と塗り薬と包帯を取り出してベンケイに渡す。ベンケイは先に少年を診《み》た。

「誰にやられたんだ」

「名前は知らない。剣と銃と弓を持った兵士だった」

「どうして襲われたんだ」

「わからない。いきなり襲ってきたから」

「いつだ？」

「三日前の午後」

ベンケイはペンライトで少年の太股を照らした。銃弾が貫通した痕に間違いなかった。治療の間、少年は声を発しなかった。

「よし、これで三日か四日経てば、痛くなくなる。マリー、今度はきみだ。肩を見せてごらん」

マリーは左肩をベンケイの前に差し出す。

そこをまたペンライトで照らした。服がその部分破れていて、肉の表面が見えた。えぐり取られたように見えたのは、焼けた痕だった。ケロイド状になっている。高温の何かに触れたに違いない。

血は流れていない。ベンケイは消毒液をつけ包帯を巻いた。マリーも口をきつく結んでいるだけで、声は立てなかった。

「肉と水、ありがとう」

治療が終わるとマリーは健吾に言った。

「まだお腹空いてるだろう」

「うん、空いてる」

健吾は麻袋を開けてなかから干し肉を取り出す。

今度は三片ずつ手渡した。ふたりは健吾の手からそれらを奪い取ると、大きな口を開けて三つ一緒に口のなかに放り込んだ。

手も顔も髪も泥だらけだった。月明かりのなかに白い歯と黒光りする目だけが浮かび上がる。

食べ終わるまでに数分かかった。

健吾はそんなふたりを見ていた。

健吾の目に見覚えのあるものが映った。

「ベンケイ、ペンライトを貸してくれ」

それはジャンの左胸に僅かに残っていた。聖泉インターナショナルスクールで見た盾形のエンブレムだった。

＊

授業をしているときに突然兵士が乱入してきたのだ、とマリーは言った。兵士は逃げまどう生徒を次々に剣で突き刺していく。石弓で射られ、銃で撃たれる生徒もいた。

ふたりが救かったのは、用具室の跳び箱のなかに隠れたからだと言った。兵士は用具室に入ってきたが、なかに誰もいないことを確かめるとすぐに出て行った。跳び箱の細い隙間から兵士が見えたときは、思わず声を上げそうになった。

聞いているうちに、健吾の確信はますます強まった。兵士たちは記憶空間内の建物を次々と襲い、そこで生活している現代人を殺したり捕縛したりしているのだ。

それにしても、これだけ広いエリアから人の姿がないというのは異常である。数百人、あるいは千人を超す人々がいてもおかしくはない。見た死体は五十体ほど。残りの人々はどこへ消えたのか。腕にあるVPSを見る。エリアB3（-12, 58α）。

「お願いがあるんだ」とベンケイは言った。「オジサンたちを、学校まで連れて行ってほしいんだ」

ふたりの身体がビクッと震えた。

ベンケイは続ける。

「行きたくないのはわかる。でも、行かなければならないんだ」

「イヤ、怖い」

「僕もイヤだ」

「オジサンたちと一緒にいれば、大丈夫だ」

「兵士は何百人もいたんだよ。オジサンたちは、たった三人じゃないか。それに銃もないし」

ベンケイは礼子に声をかけた。馬車が停まる。ベンケイは数分かけて、礼子に子供たちとの話の内容を伝えた。

ベンケイと礼子が御者を交替した。今度は礼子が子供たちに笑顔で向き合った。マリーの顔を見て言う。

「日本語で話したいんだけど、できるでしょう？」

と礼子が言うと、できるという答えが返ってきた。

「名前からすると、あなたたちはフランス人ね」

「うん、そう。四年前に、お父さんの仕事の都合で、家族で日本に来たの」

「フランスのどこに住んでいたの？」

「モーよ」

「モー？」

「知らないの？」

「ごめんなさい」

「パリから東へ少し行ったところにある古い町。美味しいチーズで有名なんだけど……」

「ごめんね、チーズのこともよく知らないの」

「本当は、私もよく知らない……もう、日本にいるほうが長くなったわ。モーには一年に一度しか帰らないし」

「ルチア・メディチという子、知ってる？」

「うん、知ってる。私たち、同じクラスだもの」

「ジャン、あなたもルチアのこと、知ってる？」

「知ってるさ。ルチアの家に遊びに行ったこと、あるから」

「ルチアのこと、好き？」

「大好きさ」

「私も好き」

礼子はふたりを見て笑顔で頷く。

マリーは八歳。同じクラスだというと、これはルチアが八歳のときの記憶である。

「ルチアはどうなったの？」

マリーもジャンも急に口を噤《つぐ》んだ。

「ねえ、マリー。教室にルチアもいたんでしょう？」

マリーは俯《うつむ》いたままだ。

「私たちもルチアのお友達なの。ルチアがもし生きていたら、食べ物をあげて傷の手当てをしてあげたいの」

マリーの表情が動いた。

ジャンの目も揺れていた。

＊

さらに三時間経ったが姿婆には戻れない。子供たちがいるからだ。ここで姿を消したら子供たちは無防備になる。

十月十二日だとユグノー軍兵士は言った。カトリック軍の兵士には一度も出会っていない。サン・バルテルミーの虐殺から二ヶ月近く経っている。

史実ではユグノーはパリだけで一万人も殺されている。フランス全土では十万人とも言われている。殺されなかったユグノーは、その場で改宗するか外国へ逃れるかしている。そしてそれ以後、ユグノーが攻勢に転じたという事実は記されていない。やはりここは史実とはまったく違った世界なのだ。

子供たちの案内で三十分ほど馬車を走らせた。ベンケイの記憶地図には記されていない区域だった。森はまた東京に変わり、土の道もアスファルトに変わった。ここに来ても人の姿はない。あれから死体も見かけない。VPSの座標はB3（-26，47α）。

子供たちが身を固くした。

右手前方に目当ての建物が確認できた。エリアA1で見たことがあるので、すぐにわかった。少し手前で馬車を降りる。そこがどうなったのか、月明かりの下でも充分に確認できた。

校舎は崩れかけていた。壁にあちこち穴が開き、屋根の大半は剝がれ落ちていた。十字の尖塔は途中で折れている。

風に乗ってかすかに火の匂いが漂ってきた。子供たちは校門の前に立ちつくす。五人はしばらくの間、その光景に見入っていた。

「なかへ入りましょう」

マリーとジャンは動かない。だが、健吾たちが校内に足を踏み入れると、慌ててついてくる。

思ったとおりだった。校舎は焼き討ちにあったのだ。どこにも人影はない。前庭は狭い。三十メートルほど先に玄関がある。その付近に人影らしきものが転がっていた。三人か、四人か……。

ルチアの服装と髪型はマリーから聞いている。ベンケイを先頭に礼子、マリーとジャン、そして健吾。辺りに注意を払う。玄関前には四つの死体が転がっていた。矢で射られた死体、身体の数ヶ所から血を流している死体、頭がない死体。どれも、すでに息絶えているのは明らかだった。

マリーとジャンはそれらの死体を見たが、立ち止まらずについてくる。玄関から階段にいた
る廊下に中年女性の死体があった。背中から血を流している。そばには幼い少年の死体。

「ウィルソン先生……」

ジャンがそう言って立ちすくむ。

女性の上半身は、少年の身体の上に乗っている。たぶん、少年をかばおうとしたのだろう。

健吾はジャンの肩を抱き、その場から立ち去った。

廊下にも教室にも死体が転がっていた。特に教室のなかはひどかった。校庭側の窓の下に死体が重なっていた。逃げようとして殺されたに違いない。

ルチアの死体かどうかは、可哀想に思ったがマリーに聞くしかない。教室にはなかった。廊下にも玄関にもなかった。職員室にもトイレにもない。校舎内をひと巡りしたがどこにもなかった。

「兵士に連れていかれた生徒もいた、と言ったわね」

「教室の外へ連れ出されたの。そのあとは知らない……」

「屋上はあるの？」

「ううん、ない」

健吾は窓際に走った。三階の窓から下を見る。恐れていたとおりの光景が広がっていた。そ

こには広い校庭があった。

「そんな……」

隣に来た礼子の声が途切れた。

ベンケイと子供たちも駆け寄ってくる。あっ、という短い叫びをマリーが漏らした後は、誰の言葉もなかった。

五人がその場を離れたのは、しばらく経ってからだった。あのなかにルチアがいるかもしれない。いてほしくない、しかしこの惨状では、逃げきれた可能性は低い。マリーとジャンが助かったのは奇跡だったのだ。

校庭に降り立った。月明かりは目の前の光景を影絵のように映し出している。何本もの太い杭《くい》が校庭に林立していた。人間の背の二倍ほどの高さの杭。上半分が異様にふくらんでいる。

そのふくらみが何なのか、マリーもジャンもすでに理解しているようだ。だが、まっすぐ前を向いて必死についてくる。

ここは現実空間ではない。ヴァーチャル記憶空間なのだ。そうわかっていても目の前の光景から目が離せない。ベンケイも礼子も一言も喋らない。

杭のところまで行った。縄で杭に縛り付けられた人間は、全員が上半身裸だった。男も女も区別はない。胸の二ヶ所から血を流しているのも、全部の死体に共通していた。

左右から槍で突かれたのだろう。校舎内にあった死体と同様、すでに全員が息絶えていた。

マリーとジャンの足が止まった。

じっと一本の杭を眺めている。

ひとりの少女が磔《はりつけ》にされていた。月明かりの下でその少女は微動だにしなかった。顔は腫《は》れ上がり歪んでいて、誰なのか判別できない。

やがてマリーは振り向いて礼子を見た。その目に涙はない。異様に澄みきった目だった。

「この子がルチアなのね」

礼子が念を押した。マリーは怖い目をしたまま頷く。ジャンにも確認した。ジャンも無言で頷く。

「ありがとう。よく頑張ったわね」

マリーとジャンは、その声が聞こえなかったかのように呆然《ぼうぜん》と立ちつくしていた。

*

「どう、私たちと一緒にパリへ行く?」

聖泉インターナショナルスクールを後にして少し行くと、礼子はふたりに声を掛けた。御者はベンケイがしている。礼子の子供の扱いには感心する。

「うん、行く」

マリーもジャンも異口同音に言った。

「でも、その前に家に帰りたい」

とマリーが言った。

「どこにあるの?」

「ルチアの家の近くよ」

「西麻布の?」

「そう。この道を右に曲がるとある」

「時間はどれくらいかかる?」

「歩いて二時間くらい」

「パパとママンに会いたい」

ジャンも訴えてくる。

「跳び箱に隠れているとき、パパとママンの携帯にメールしてみたの。でも返事がなかった。電話しても出なかった」

携帯電話はまもなくバッテリーが切れたので捨てた、とマリーはつけ加えた。礼子は健吾を見る。健吾も礼子の目をじっと見た。

「家の特徴を言って。見つけたら起こしてあげる」

「行ってくれるのね」

「だからそれまで寝ていて」

「ううん、私、起きてる」

「僕も起きてる」

「ダメよ。眠らなければ傷は治らないわ」

「イヤだ。パパとママンに会えるまで起きてる」

ジャンは口を尖らせる。

「わかったわ。三十分だけね。パパとママンがここにいたら、きっと同じことを言うと思うわ」

淡いグリーンの四角い建物で三十階建てだ、とマリーは言う。屋上にスヌーピーのアドバルーンがあるから、とジャンも言う。礼子は笑って頷いた。空は暗いが、そんな大きなものならどうにか確認できるだろう。

月は大きく西の空に傾いていた。腕時計で確認した。もう二時間は進んでいる。VPSを見た。ベンケイが記した記憶地図と照合すると、また元の道に戻ったことが確認できた。

「あれを見て……」

礼子が指さす方角に何かの塊がある。

山のようになっているのが月明かりに映し出されている。マリーとジャンも身を乗り出してくる。

「死体のようですね」

御者台からベンケイが言う。

馬車は停まった。近くまで行ってみようということになり、また馬車は動き出した。

異臭が鼻を突く。死体に間違いなかった。風が正面から吹いてくるせいか、異臭をもろにかぶった。袖で鼻を覆う。

「兵士の死体もあるわ」

現代人に交じって、兵士の死体も何体かあった。小さな死体もある。合わせて二十体ほど。子供は、服装からして聖泉インターナショナルスクールの生徒だ。男はスーツにネクタイ、女はスーツやワンピース姿が多い。ホテルの従業員らしい服装をした若い男女の死体もいくつかあった。

「見て、この兵士はカトリック軍よ」

礼子が叫ぶ。健吾とベンケイが駆け寄る。死体のひとりが槍を持っていた。穂先に赤い布が結びつけられている。

「五人いるわね」

ある者は矢で射られ、他の者は銃で撃たれていた。

銃が一丁、草むらに落ちていた。健吾が拾ってきて礼子とベンケイに見せる。

「火縄銃だわ、すごく重い……」

礼子が両手で持って言う。

長さは一メートル以上ある。

「この時代のフランスで、火縄銃は使われていたの？」

「スペインで発明されたのが一四五〇年です。十六世紀には西欧のどこの国でも盛んに使われていました」

とベンケイ。

「史実と食い違ってはいないわけね」

「はい。それと、知っていると思いますが、火縄銃は一度撃つと数分は使用不能です。弓も使われているのはそのためでしょう」

どこかでまたユグノー軍兵士に出くわすだろう。健吾たちは明の商人で通るとしても、マリーとジャンはそうはいくまい。何か策を練る必要があった。

「きみたちはカトリックだな」

とベンケイが聞いた。

「そうよ」

という答えがマリーから返ってきた。

「きみたちと出会う前に、オジサンたちは兵士の一団に会った。その兵士はユグノーだった。ユグノーとはカルヴァン派のプロテスタントのことだ」

「カルヴァンて?」

「人の名前だ。とりあえず、そういう人がいたと思ってくれ」

「いいわ、それで?」

「オジサンの勘だが、この道を進んでいくと、またユグノー軍兵士に出会う可能性が高い。オジサンたちは明の商人だからいいが、きみたちまでそうだとは言いにくい」

「さっきからミン、ミンて言ってるけど、それって国の名前?」

「そうだ」

「知らないわ」

もうすぐ学校で習う、と言いかけてやめた。ふたりの通っていた聖泉インターナショナルスクールはもうないのだ。

「これから言うことは、オジサンたちの案だ。よく聞いて、できるようならそう言ってほしい」

ふたりが頷くとベンケイは話し始めた。

ベンケイはふたりが英語を喋れることに着目して、イングランドから来たことにしようと言い出した。イングランドはプロテスタントの国である。国民の大多数はプロテスタントである。十六世紀にはすでにそうだった。

ふたりは二週間前にフランスへ来たばかりなので、フランス語はわからない。一緒に来た両親はカトリックの兵士に殺され、自分たちは必死に逃げた。三日目に運よくベンケイたちに救けられた。

「こんな感じでどうだ。理解できるか」

「できるわ」

「僕だって、わかるさ。ウソついて、だますわけだろう？」

健吾は苦笑する。

確かによく理解している。

「よし、頭のいい子だ。次は質問された場合だ。兵士はきみたちに直接何かを質問してくるかもしれない。だが、質問されても何も言うな。言葉がわからないんだから答えようがない。そういう顔をしていなさい。受け答えはオジサンたちがやる。難しい芝居じゃないだろう」

「英語で聞いてきたら?」

とマリー。

「それはまずないだろう。もし聞いてきても、何も喋るな。両親を虐殺されたショックで、兵士を見るとひどく怖がるんだとオジサンが言う」

「じゃ、カトリック兵士に出会ったら?」

「そのときは本当のことを言う」

「今度はフランス語で喋っていいのね」

「そういうことだ。カトリック兵かユグノー兵か見分けるのは、オジサンたちがやるから心配しなくていい」

マリーは頷く。

よく飲み込んでくれたようだ。ジャンも頷いている。

「オジサンたちは、パリへ何しにいくの?」

とジャンが聞いてきた。

健吾を見ている。

「そりゃ、物を売りにいくのさ。商人だからな」

「さっきのペンライトとか？」

「あれは売らない。ひとつしかないんだ」

「物を売ったら、その後はどうするの？」

「売ったお金で、パリでいろいろな物を買う。それを持って、明へ帰る」

「それを、また明で売るんだね」

「そうだ、おまえは頭がいい」

　この先にパリがあるとすれば、間違いなくエリアＣに入り込むだろう。兵士の世界はどこまで広がっているのか。

　もう、そろそろ三十分だ。健吾がそう思ったときには、マリーもジャンも眠りについていた。そしていよいよＢ３（-32，42α）が目の前に迫っていた。この道を数十メートル進めばその地点に到達する。三人は馬車を建物の陰に停めてしばらく様子をうかがった。

　三十分ほどそうしていたが、危険な気配は感じ取れない。だが慎重を期した。闇のなかで大勢に狙撃されたらまず命はない。

　礼子が健吾とベンケイに合図した。ふたりは頷く。ここまで待って何も起こらなければ、出発するしかない。かつてＢ４まで行ったベンケイに念のため確認した。

「ここも変わってしまいました。あのときは、明るい陽に照らされ、多くの人々が歩き回っていたのです」

　という答えが返ってきた。

そうなるとこれはヴァーチャル記憶空間内の、独自の変化だということになる。兵士の世界は大きく動いているのだ。急がなければならない。

B3（-32, 42α）に達した。前方に死体のかたまりがある。さっきは二十数体だったが今度は百体を超えている。女も子供もいたが兵士の死体は少なかった。二体しかない。槍の先には赤い旗。いずれもカトリック軍兵士だった。

目をくり抜かれたり、内臓が飛び出ている死体も多くあった。思わず目を背ける。数本の矢を受けた死体。身体のあちこちに鉄砲の弾が貫通した痕がある死体。様々な死体が転がっている。

この場所で望月の三人はミッシングになった。状況から考えて兵士に殺されたのだ。ブラックホールではない。

もちろん、このヴァーチャル記憶空間に彼等三人はいない。一度も上書き保存していないので反映されていないのだ。しかし、状況はわかる。

至近距離から集中砲火を浴びたに違いない。これでは瞬間的に意識を失う。デジタルロックを解除する時間はない。

十数分歩くと目当てのビルを見つけた。淡いグリーンのビル。屋上にスヌーピーのアドバルーン。

ビルのエントランスには死体が溢れていた。全員が道路に頭を向けて死んでいる。外へ逃げようとして殺されたのだろう。ということは内部の惨状は充分に想像できる……。

腐臭は馬車まで届いた。さっきの死体も臭ったが、ここの臭いはひどい。まともに息がつけない。馬車は停まった。ベンケイが振り向き、三人は見つめ合う。

「オレが行く」

健吾が言った。馬車はそのままにしてビルまで歩いた。死体を踏まなければ内部に入れなかった。玄関にも非常階段にも、死体が転がっている。日本人より外国人が多かった。

集合ポストを見た。ラシェーズという姓を探す。六階、602号室。エレベーターは停止している。階段を上っていく。そこもまた死体があちこちに転がっていた。602号室の入口に立った。表札にはラシェーズと確かにある。

入口がかすかに開いている。健吾はなかへ入っていった。異様な臭気だ。広い玄関を上がって少し行くとドアが開け放たれていた。部屋のなかがどうなっているか、見るまでもなかった。中年の男と女が頭を撃ち貫かれて死んでいた。真っ赤な脳漿《のうしょう》が白い壁に飛び散り、床は血の海だった。死体の傷みが激しい。

周りを見回した。テーブルの上の携帯電話が目に留まった。メールと電話の着信表示がある。確認するとマリーからだった。健吾はその携帯電話を持つと馬車へ戻った。

「兵士はただ移動しているんじゃない。ＢからＡへ勢力範囲を拡大しているんだ」

「何、どういうこと？」

「死体を見てきた。さっき見たものより傷みが激しい。こっちのほうが時間的に古い証拠だ」

なるほど、と言って礼子は頷いた。

「いい意見ですね」とベンケイも言う。「私がエリアB４で兵士に遭遇し、あとから入った望月の三人はB３でミッシング、健吾さんたちはB１で兵士に矢で狙撃された。この違いも不自然でなくなります」

このままいくとエリアAの人々も危ない。いや、オレたちがB１で振り返ったとき、A６かA５辺りで銃砲と喚声が聞こえた。もうすでに兵士たちによる虐殺は始まっている……。

健吾は商人服の懐から携帯電話を取りだした。着信表示を礼子に見せる。

「あっ……」

礼子の悲鳴が凍りついた。

ベンケイも覗き込んで息を止めた。礼子が口を開いた。

「死んでたの？」

「ふたりともだ」

「どうするつもり？」

「おまえならどうする？」

「ダメよ、そんなこと。とても言えないわ」

「おまえがボスだろう」

「関係ないわよ」

礼子と健吾は睨み合う。

健吾が何か言いかけたときベンケイが言った。

「ふたりをここに置いていく、という選択肢もあります」

健吾と礼子が驚いてベンケイを見ると、

「ここはヴァーチャル記憶空間です。できる限り危険を避けて先を急がなければなりません。目的はルチアの治癒です。番人のいるところへ、一刻も早く到達することです」

「意外に残酷なんだな」

「ルチアの治癒を遅らせることのほうが、よほど残酷です」

「遅れると決まったわけじゃない。このふたりは、パリへ行く道をよく知ってるんだ。これから役に立つ」

「足手まといになる可能性のほうが大きいと思います」

「なんでそんなことがわかる？」

健吾とベンケイは睨み合う。

「はい、はい、そこまで」礼子が割って入った。「私なら、まだ一緒にいるわ。可哀想だからじゃない。何となく引っかかるのよ。あの子たちだけ生き残ったことが」

健吾もベンケイも黙って礼子を見る。

礼子は続けた。

「マリーはルチアと同じクラスだって言ったわね。そのマリーが生き残ったのは、偶然かしら。弟のジャンも生き残っている。ふたりは学年が違うから、クラスが別々のはず。逃げ回っているうちに偶然出会って用具室に逃げ込んだというけど、あの状況でふたりとも生き残るなんて

「……」

「偶然とはもともと、そういうものです」

「偶然ならね」

「私たち三人がここまで生き延びてこられた理由は、礼子さんにもわかっているはずです」

「明の商人に化けたからでしょう？」

「そうです。現代人の多くが虐殺されています。これ以上の接触は極めて危険です」

ベンケイにはめずらしく反論してきた。

礼子は何度か頷いたが、それでもきっぱりと言った。

「難しいところだけど、ここは私の勘を信じてくれない？　もちろん危険であることは承知している。でも、ふたりが生き残ったのは偶然じゃない。何かが背後にある。これが極めて重要なファクターに思えて仕方ないの」

健吾もベンケイもすぐには答えない。健吾が先にオーケーの返事をした。少ししてベンケイも同意した。

最後に火器のことを話した。護身用に本当は持っていたい。しかしどっちの兵士に見つかっても、荷物を調べられて小型の銃が見つかったら、言い訳はない。いくら十六世紀の兵士でも、その形状をみれば新型の銃だと判断するだろうからだ。それに、銃で戦えば、数の少ない三人に勝ち目はない。

商人に徹したほうがかえって安全だ。礼子は得意のナイフを用意し、健吾とベンケイは今まで同じものにした。

話が終わると礼子だけ一時的に娑婆に戻ることになった。今までの報告と、滞在が長引くことを悠太に伝えるためである。

礼子が消えると、健吾は荷台に腰掛けて西の空に傾いた月を眺めた。人間の記憶のなかの月。現実世界で見る月と何も変わらないように見える。ここにもし月ロケットがあるとして、それを飛ばせばあの月に行けるのだろうか……。

「礼子さんとは長いんですか」

ベンケイの声が聞こえた。

「望月で一緒だった。かれこれ七年になるかな」

「すばらしい女性ですね。ヴァーチャル記憶療法士としても超一流だし、女性としても魅力的です」

「そう思うんなら、遠慮なくかっさらってくれていい。オレにはまったく関係ない」

ベンケイは軽やかな声で笑った。

広い胸腔《きょうこう》が波打つ。

「すっかり元にもどりましたね」

「オレのことか」

「一度ミッシングを経験した療法士は使い物にならない。そう言われてますけど、さすがは健吾さんです」

悪い気はしない。ミッシングを経験したヴァーチャル記憶療法士で、その後も第一線で活躍している人間を知らない。たいていはヴァーチャル記憶療法士養成所で教鞭《きょうべん》を執るか、事務方になる。

「何人殺しました？」

「正確には覚えてないが、二十人は下らないと思う」

「私も覚えていません。十人までは確実に覚えてました。日記につけていましたから。でも、いつか日記自体を止めました」

オレも療法士になってから二年くらいは日記をつけていた、と健吾は言った。人を殺した日は特に念入りに書いた記憶がある。もちろん、患者のトラウマの原因になっている人間しか殺していない。

「人を殺すと、確実に心が変わりますね。それが患者を救うためだとわかっていても」

健吾は何度も頷く。

ベンケイは続けた。

「健吾さんは、なぜ日記を止めたのですか」

「もともとが三日坊主だからな」

「変わり終えたからではないでしょうか」

「変わり終えた？」

「殺人に慣れたということです。初めはなかなか慣れないので、自分の心を見つめる必要があった。日記を書くことによって。でも人はやがて慣れます。たぶん、何にでも慣れると思います」

ふたりとも月を見上げてしばらく無言でいた。静かな夜だ。どこからも銃声や悲鳴が聞こえない。

礼子が戻ったのは一時間後だった。いきなり出現してきた。健吾とベンケイの顔を交互に見て、意味ありげに肩をすくめる。

「今、バリヤーを感じたわ」

「鋭いな」

「私の奪い合いをしてたんでしょう?」

「さすがだ」

「どっちが勝ったの?」

「オレだ。ただし、奪い合いじゃない。譲り合いだ」

礼子が目を剝く。

「何だ、それ」

「十六世紀の子供服よ。悠太の発案」

データベースにあったという。

健吾は、あっと声を上げた。ベンケイも驚いたようだ。危ないところだった。あのままの服装では茶番になるところだった。

礼子は二着の服を広げて見せる。今でいう女性のワンピースにとてもよく似ていた。違いといえばウエスト部分がくびれていないところか。色はマリーが赤、ジャンがブルー。この二色が一般的だということだ。

「ひどい見落としをしていたもんだな」

「危ないところだったわ、本当に」

「あのふたり、何て言うかな」

マリーはいいとして、ジャンは嫌がるんじゃないかと健吾は思った。しかし、ここは着てもらうしかない。

「望月の本部にも連絡してきたわ。ミッシングになった現場の状況を報告したら、ありがたいって感謝してた。救出するために、その後ふたりが探査に入ったんだけど、そのふたりがまたミッシング。探査は取りやめたらしいの」

健吾は黙って頷いた。

ベンケイは目をつむり小さく十字を切った。

馬車はパリへ向けてまた進み始めた。月は馬車が進んでいく西の方向に沈もうとしていた。太陽が昇ってくるまで辺りはまた闇の世界に戻る。この闇が消えてなくなったとき、朝が訪れるのだ。

ベンケイがカタリーナ・デ・メディチを救けたというB４（−52, 11β）に近づいたときには念を入れて戦闘態勢をとったが、兵士も現代人もいる気配がない。

目の前には、暗い夜空にのびた四角い建物がある。ジョットの鐘楼であることがわかった。

「ここで虐殺があったんだな」

と健吾はベンケイに聞いた。

ベンケイは呆然として鐘楼を見上げている。

「死体がないわ」

礼子は辺りを見回している。

鐘楼前の広場に死体はひとつもない。

「ここは兵士たちが行軍する経路なのかもしれないわね。あるいは集合場所になっているかも。どっちにしても、邪魔だから片づけたんじゃないかしら」

礼子が言う。三人はしばらく、闇のなかに消えている鐘楼の先端を見つめていた。

途中、いくつかの街を通過した。日本の街並もあれば、西洋の都市もあった。南方の海岸と思《おぼ》しき風景もあった。だが、人の姿がまったくないという点では共通していた。兵士もいない。ビルにも街路にもまったく灯はない。

予想どおり、エリアBが過ぎてCに入った。子供たちが目を覚ましたのは東の空が白み始めたときだった。

「おはよう、マリー。おはよう、ジャン」

と礼子が笑顔で言う。

「おはよう、礼子さん……」

と言ったかと思うと、マリーは荷台から跳ね起きた。

「礼子さん、もう朝じゃない?」

その声に隣のジャンも跳ね起きた。

「まだマンションに着かないの?」

ジャンが叫ぶ。

ふたりは礼子と周りの景色を交互に見ている。

「マンションには着いたわ。淡いグリーンのビル。屋上にスヌーピーのアドバルーンがあった」

「どうして起こしてくれなかったの?」

「起こしたわ。でも、起きなかった。あなたたちはとってもよく眠っていたの」

「覚えていないわ……」

「僕も覚えてないよ……」

礼子は黙る。

その沈黙がふたりに何かを感じさせたようだ。

「起こしてくれなかったのね」

礼子は黙っている。

「どうして? 約束したじゃない。マンションに着いたら、起こしてくれるって」

「パパもママンも死んでいた」

と健吾が言った。

うん、何か言った？　という表情でふたりは健吾を見る。

「オレがこの目で確かめてきた」

「ウソ、あなたはパパとママンの顔、知らないくせに」

「部屋はわかった。６０２号室だろう？」

マリーとジャンが、ごくりと唾《つば》を飲み込んだ。健吾は懐から携帯電話を取りだして、マリーの前に差し出す。マリーは健吾の顔をしばらく見つめていたが、やがて受け取った。震える手で何回かボタンを押す。着信履歴を確認しているのだろう。

つらい時間だった。

礼子はマリーを、健吾はジャンを抱きしめた。ふたりは泣いた。涙を見せるのは初めてだった。

長い時間が過ぎた。気がついたときには、空には明るい太陽が輝いていた。

五日目

朝になってもパリは見えない。辺りが完全に明るくなったとき、遠くに城壁と思える建造物が見えてきた。高さは五メートルくらいか。ところどころに円柱の塔もある。それが左右に果てもなく延びていた。

エリアC1（36，04β）。すでにベンケイがマッピングした記憶地図にはない未知の区域だ。城壁の奥に尖塔がひとつ見えた。針のように尖った塔だった。先の部分だけが見えている。

マリーとジャンの立ち直りは早かった。学校での虐殺。誰もいない日本の街並。道ばたにうち捨てられた死体。それらを見て、子供心に覚悟していたに違いない。

持ってきた衣服を、十六世紀の子供服だと礼子が言うと、ふたりとも何も文句を言わずに着替えた。

衣服を脱いだとき傷口を確認した。包帯を解《ほど》いてみる。乾いて新しい皮膚ができつつあった。化膿《かのう》はしていない。これなら数日で治る。新しい衣服は少し破れ目を作り、適当に汚した。

「おかしいわ、この辺がパリだったのに……」

とマリーが言う。

ジャンも周囲を見回して言う。

「この道、覚えているよ。家族で来たことがあるから」

「どのくらい前だ？」

「夏に帰ったから、三ヶ月前だよ」

健吾もパリは一度訪れたことがある。城壁に囲まれていない。肩車して、とジャンが言うので肩に乗せた。

「うわぁ、よく見える」

ジャンが久しぶりに笑顔を見せた。

「私にも」

とマリーが言うので、礼子が頷いた。

ふたりとも笑顔を見せている。

「針みたいな塔が見えるだろう」

と健吾が聞く。

「うん、見える」

とジャン。

「見覚えがないか」

「あるような気もするけど……」

ふたりは肩の上で黙って前方を見つめている。やがて、

「あっ、誰かいるよ」

とジャンが言った。

ジャンは健吾の肩の上で前方を指さす。

「城壁の近くに見える。何人かいる。ほら、こっちを指差して何か言ってる」

健吾はその方向を見てみた。遠すぎて判別できない。ベンケイは御者台から見ているが、何も言わない。

「目がいいのね、ジャン。何人いるかわかる？」

と礼子が聞く。

「十人くらいかな」

「服装は？」

「頭に帽子みたいなものを被っている……馬も見える」

「兵士？」

「たぶん」

「城壁の近くなのね」

「うん、すぐ近く。そばに大きな門がある」

そして、すぐに続けた。

「あっ、こっちへ向かって三人が馬で来る」

健吾はジャンを肩から下ろした。

ベンケイは御者台から飛び降りて荷台に来た。マリーとジャンにシナリオを再確認すると健吾に向き直った。

「兵士だったら、カトリックなのかユグノーなのかは、前のように私が判別します。そうしたら、後はシナリオどおりに」

やがて健吾にも三頭の馬が確認できた。乗っているのは兵士に間違いなかった。健吾たちは馬車を降りたままの格好で待った。馬車の前まで来ると、先頭のひとりが片手を上げて馬を停めた。

「どこへ行く」

フランス語だった。ベンケイが膝を折り地面に叩頭《こうとう》して答えた。健吾と礼子も叩頭する。

「パリへ行くところでございます」

「どこから来た」

「明国でございます」

「初めてだな、明国の人間に会うのは」

「私たちも、パリは初めてでございます。明国では、パリは美しい都として知られています。一度、訪れてみたかったのです」

健吾と礼子は顔を上げた。

三人の兵士は、馬に乗ったまま荷台の横に来た。頭には羽根飾りのついた兜がある。銀色に輝く鋼鉄の胸当てをつけ、腰には長剣を帯びていた。石弓と銃は三人とも持っている。

もし戦いになったら何処《どこ》を狙えばいいか、健吾はすばやく観察した。兜と胸当て。手と脚にも鋼鉄の防具がある。斬れるところは防具の隙間、例えば首や手首くらいしかない。

健吾は長槍を見つけようとした。誰も持っていない。遠くにいる七、八名の兵士を見た。今度は長槍が見えた。よし、あれだ。

遠いがどうにか確認できた。先端には白の旗。ということはユグノー軍兵士だ。

――ベンケイが気づけばいいが……。

三人の兵士は荷台のなかのマリーとジャンに注意を向けた。子供たちは身体を寄せ合う。さっきの男がまた聞いてきた。

「夜通し馬車を走らせてきたのか」

「はい。この先の街で、パリへ行かなければ泊まるところはないと言われたものですから」

「商人か」

「さようでございます。これらの荷をパリで売り、売ったお金でパリの工芸品や美術品を買って帰ります」

「このふたりは？」

兵士は剣を突きつける。

切っ先が健吾と礼子に向けられていた。

「女のほうは私の妻。男は召使いでございます」

妻だ？　この野郎……。

召使いというのも、打ち合わせになかったぞ。

「明国では足の悪い男を召使いに使うのか」

「知恵は、人より勝っております」

まあ、それならいい。

しかし、あまりいい気分ではない。

「そこのふたりの子供は？」

「ここへ来る道で、救けました。イングランドから家族ではるばる出てきたそうですが、パリへ行く途中、カトリック兵の待ち伏せに遭いました。両親は死に、彼等だけが生き残りました」

「イングランドはパリの北西にある。こことは反対方向だ」

「あちこち逃げ回ったそうです。我々が救けたときには、飢えと寒さで死に瀕《ひん》しておりました」

「よし、ついてこい」

兵士は馬の首を回した。三人の兵士に先導されるかたちで、馬車はパリの城門へ通じる道をまた走り始めた。

「停まれ」

という声が前方から聞こえた。

そこには八人の兵士の一団がいた。健吾は長槍の先を再度確認した。それは三本あった。どれも間違いなく白だった。ユグノーの軍隊。ベンケイにも確認できたはずだ。

ベンケイは御者台から降りて荷台の前に来た。兵士は、先導役の三人と合わせて十一人。八人のなかのひとりに先導役の男がなにやら言っている。

聞き終わった男は、背後に兵士を付き従えて荷台まで来た。全員が銃を携えていた。火縄銃だった。十丁の銃がぴたりと健吾たちに照準を合わせている。

「子供たちはイングランドから来たと言ったな」

太い声だった。胸当ての上からでも男の分厚い胸がわかった。ベンケイと比べてもひけをとらない。

「はい」

ベンケイは短く答えた。

「おまえに聞いているのではない。子供たちに聞いているのだ」

「子供たちは、フランス王国の言葉を理解できません。イングランドから出てきて、二週間足らずなのです」

「どうして、おまえにそのことがわかる？」

「はあ……」

「子供たちは明の言葉で伝えたのか」

「いいえ、イングランドの言葉ですが……」

「明国の商人に、イングランドの言葉がわかるのか」

ベンケイが一瞬言葉に詰まった。

だが、感づかれるほど不自然ではなかった。

「私どもは商売柄、様々な国の方とお取引をいたします。言葉は命です。パリは初めてですが、このとおりどうにかフランス王国の言葉を使うことができます。イングランドの言葉も同じです」

男は黙った。

健吾たち三人に、順に鋭い視線を這わせる。

「子供たちは、本当にプロテスタントなのか」

「間違いありません。カトリック兵士の攻撃を受けた、とこの耳で聞きましたから」

「そんなことは証拠にならん」

「イングランドはプロテスタントの国だと聞いております。イングランドの言葉を喋れるということは……」

「スコットランドはカトリックの国だ」

「はあ……」

「スコットランド人も、イングランド人と同じ言葉を話す」

ベンケイが言葉に詰まった。

今度は何も言い返さない。そこまで知らなかったのか。

男は子供たちを見ている。たぶん、この小隊の長だろう。子供たちの身体が凍りつくのがわかる。

「おまえたち、名前は何という」

英語だった。

子供たちは答えない。

「どうした、これはイングランドの言葉だ」

子供たちは身を固くしたまま、じっと男を見つめている。背後の兵士たちが銃を構え直した。

男はしばらく黙っていたが、やがて笑顔になった。冷たい、ぞっとするような笑顔だった。

子供たちの顔を覗き込みながら言う。

「今ここで、主に祈りを捧げてみろ」

ベンケイの身体がピクリと動いたのが、健吾に感じ取れた。手元の仕込み杖を健吾は左手でそっと握りしめた。

「どうした、おまえたちの年なら、毎日やっているはずだ」

子供たちはベンケイを見る。やってもいいのか、答えを欲しがっている顔だ。ベンケイは何も言わない。

やがてふたりは、両手を胸の前で組み合わせた。目を閉じて祈り始めた。英語の低い呟《つぶや》きがふたつの口から漏れる。

マリーは目を開くと、握った手をそのまま離した。ジャンも握った手を離すまでは同じだった。ジャンの右手がすっと動いて、十字を切った。

「こいつらを捕らえろ」

しかし、そのときすでに、健吾たち三人は男に向かって跳躍していた。

「撃てば、この男の命はないわ」

礼子が叫んだ。

ベンケイは背後から男を羽交い締めにし、健吾は男の咽喉に剣の切っ先を突きつけた。兵士たちの動きが止まった。だが、十個の銃口は依然として健吾たちに向けられている。

「天に向かって撃ちなさい」

礼子は再び叫んだ。

「全員よ。銃を天に向けて撃ちなさい」

火縄銃は一度撃ってしまえば、数分間は役に立たない。兵士たちは明らかに慌てていた。

「今から三つ数える。三と言ったら終わりよ。この男の咽喉に剣を突き刺すわ」

男は身動きが取れない。ベンケイと身体つきは変わらないが、ベンケイは男の両腕の関節を決めていた。
一、二、と礼子が言う。
「天に向けて撃て」

と男が呻くように言う。誰かが引き金を引いた。その行為は次々に伝わっていった。兵士たちは銃を地面に投げ捨てた。

「早く、門から中へ入りなさい」

礼子は荷台にいる子供たちに言った。

見たところ、門の奥には誰もいない。

内部がどうなっているかわからない。そこでもやはりユグノー軍兵士による虐殺が行われているかもしれない。だが、この場に残せば間違いなく殺される。

内部の光景が見えた。川が流れていて、遠くに橋も見える。岸には何艘もの小舟が繋留されていた。

城壁の上に突き出て見えた尖塔の、下の部分も見えた。低い尖塔が三つと、葉の形をした入口が二ヶ所。子供たちは一目散に門の中へと消えていった。

「後ろを向きなさい」

十人の兵士は従った。これで誰も見ていない。今度は羽交い締めされている男に言う。

「私がいいと言うまで、絶対に振り向いてはならない。振り向いた瞬間に、剣がおまえを串刺しにする」

健吾は男の咽喉に剣先を突きつけたまま背後へ回る。礼子もそうした。ベンケイはゆっくりと男を自由にした。

「動くな。誰も振り向くな」

男も兵士たちも動かない。健吾は再び門のなかを確認した。子供たちが捕まった様子はない。

内部の様子がまた見えた。橋は石でできているように見える。川面《かわも》の遠くには橋桁《はしげた》がいくつも並んで立っている。岸には小舟がいくつも並んでいる。

礼子が合図する。健吾は腰の回収装置に手を伸ばした。だが、その瞬間、あっというベンケイの叫び声を聞いた。

＊

ここまできたら、クライアントに言わざるを得ない。

見たまま、経験したままを語り、彼等が恐れおののいているであろう〈ユグノーの呪い〉と全面対決しなければならない。

案の定、兵士の世界は彼等に大きな衝撃を与えた。虐殺された聖泉インターナショナルスクールの生徒たち。磔にされた八歳のルチア。カトリック兵士の死体と現代人の死体。そして無人と化した街。さらに城壁を巡らせたパリ……。

あれは紛れもないパリだった。城壁の上に尖塔が見えた建物、それはノートルダム大聖堂だったのだ。回収されてからデータベースで確認したが、東側の外観と一致した。健吾たちがすぐにわからなかったのは、西側からの外観しか知らなかったからだ。西側には有名な四角い双塔がある。セーヌ川にあるシテ島を、健吾たちは南東の方角から見ていたのだ。

だが、現代のパリは城壁に囲まれていない。

ということは……。

カタリーナ・デ・メディチが生きていた時代は十六世紀。その時代にはユグノーとカトリックの宗教戦争があった。ユグノー軍兵士が現在は一五七二年だと言ったことも根拠になる。そして十六世紀のパリは間違いなく城壁に囲まれていた。ノートルダム大聖堂は十六世紀にも存在していた。

想像空間には史実との食い違いがある。そう思って兵士の世界を旅してきたが、パリの城壁とノートルダム大聖堂を見て、健吾は逆にその想像世界のみごとさに圧倒された。

――これほどリアルな想像世界を、ルチアはどのようにして創り上げたのか……。

ちなみに、マリーとジャンのことをルチアは記憶していた。今はフランスに帰っているという。マリーとは十歳の年まで聖泉インターナショナルスクールで一緒だった。

すべてを聞き終わると、アントニオはいきなりソファから立ち上がった。冷静になろうと努めていたアントニオだったが、ついに堪えきれなくなったようだ。拳を握りしめて部屋を歩き回り、イタリア語で何かしきりに呟いている。

イザベラは目を閉じ、両手を組み合わせている。ルチアは顔を覆って泣き出した。健吾はその様子に注意を払った。

アントニオに事前に聞いた限りでは、あの後ルチアに目立った変化はないという。

健吾が見ても特に変化は見られない。ルチアの内面に大きな変化が起きているのではないかと仮説を立てたが、少なくともそれは外からはわからない。

アントニオの指示でルチアは席を外した。腕と脚に包帯を巻いている。顔には擦り傷がまだ残っていた。ルチアはイザベラに手を引かれて出て行き、イザベラだけが戻ってきた。

「間違いない。それは〈ユグノーの呪い〉だ……」

アントニオは呆然として言う。

ベンケイはゆっくりと首を横に振る。

「いいえ、アントニオさん。呪いなんてものは、この世に存在しません」

「あなたは私と同じカトリックだ。つき合いも長い。そんな当たり前の言い方はしないでくれ」

「わかっています。メディチ家にとって〈ユグノーの呪い〉は決して迷信では済まされない。それほどユグノー虐殺は凄惨《せいさん》であり汚点であることも。でも、やはり呪いは存在しない。私はそう確信しています」

「我がメディチの家系に生まれたものはみな、一度はユグノー虐殺に心を痛める。ユグノーの呪いに恐怖を抱くのだ。夜、ふと目が覚めると、ベッドのそばに誰かいる気配がする。目には見えないが確かに感じる。それが虐殺されたユグノーの亡霊でないと、きみは断言できるのか」

「サン・バルテルミーの虐殺のことは、私もよく知っています。虐殺されたユグノーが言い残したといわれる呪詛《じゅそ》の言葉も。でも、それははるか過去のことです。アントニオさんに責任はない。ルチアさんにもありません」

「責任の問題じゃない。血だ。カタリーナ・デ・メディチの血と同じ血が私に、そしてルチアに流れているのだ」

「どうしてルチアさんなのですか？」

「どうして？」

「カタリーナ・デ・メディチと同じ血が流れているのは、ルチアさんだけですか。違いますね。アントニオさんもそのご兄弟も、そしてお父様も、もっと遡ることも可能です。その方たちは、ユグノーの呪いに憑《つ》かれましたか」

「いや、それは……しかし、当時はヴァーチャル記憶療法が存在しなかった。あれば……」

「いいえ、アントニオさん。思い悩むことと、呪われることとは違います」

アントニオはしばらくベンケイを見つめていたが、やがて何も言わずに首を振った。代わりにイザベラが礼子に言った。イザベラも泣きそうな顔をしている。

「呪いではないとすると、どう解釈すればいいのですか」

「ルチアさんの想像の産物だ、と私たちは思っています。想像もまた事実の記憶と同じように、ヴァーチャル記憶空間内に具体的な表象を創り上げます。これはご存じだと思いますが」

「ええ、その程度なら」

「しかし想像世界は、事実の記憶と違って細部に矛盾が生じやすいのです。実体験なしに表象を創り上げるわけですから、記憶のあちこちからパーツを拾い集めてこなければなりません。そこにどうしても組み合わせのミスが発生しやすくなるのです」

「それも理解しているつもりです」

「今までの段階では、事物の表象にはミスを発見できませんでしたが、ユグノー軍兵士の知識に誤りを見つけました。これもご存じだと思いますが、ヴァーチャル記憶空間内の人々の知識と思考は、その記憶の持ち主、この場合はルチアさんの創作です」

「ええ、知っています」

「ユグノー軍兵士は暦を間違えました。一五七二年当時のフランスでは、まだユリウス暦が使われていたのです。グレゴリオ暦が使われるのは十年先です。もし彼等が虐殺されたユグノー軍兵士の亡霊なら、こんな間違いはしないはずです」

「わかります」

「間違いが発生した理由はひとつ、ルチアさんが暦のことをよく知らなかったからです。だからルチアさんが創り上げたユグノー軍兵士も間違えたのです」

イザベラは何度も頷く。

素人なのでよくわからないのだが、と前置きしてから言う。

「兵士の服装や武器も、当時のままだったと言われましたね」

「私たちが見た限りでは」

「ユグノー軍とカトリック軍を見分ける槍の穂先についた旗も、火縄銃も、石弓も、実際に見たわけですね」

「火縄銃は実際に手にとってみました。ずっしり重く、間違いなく本物だと思います」

「ルチアに、そんな緻密な想像ができるのですか」

「実は、それをこれからお話ししたいと思っていたのです」

ここへ来る前に四人で打ち合わせたことだった。兵士の世界はよくできている。できすぎているると言ってもいい。さらに記憶のかなり広い部分を占拠している。この理由は、ルチアの過去に隠されているはずだ。

「ルチアさんは、日頃からメディチ家の歴史に、あるいはカタリーナ・デ・メディチにかなり関心があったのではないですか」

「もちろん関心はあっただろう」とアントニオ。「だが、それは当たり前のことだ。メディチ家に生まれた者は、十二、三歳頃までにはその栄光と悲劇の歴史を知り尽くしている、それに……」

「かなり悩んでいたと思います」

とイザベラが遮った。

全員がイザベラを見る。

「小学校六年生のときです。ルチアが不登校になったときがありましたね」

「あったが、あれは学校でイジメが……」

とアントニオ。

「本当は違うのです。誰にも言わないでってルチアに釘を刺されていましたが、でも、こんな状況になったら……」

イザベラはルチアとの会話を再現してみせた。

「ねえ、ママ、教えて。パパに聞きたくないの。聞いちゃいけないような気がして……」

「何のこと？」

ルチアは手に持っている本をイザベラの前に差し出す。五冊ともメディチ家関係の書物だった。

「やっぱり本当だった」

「だから、何の話？」

「カタリーナ・デ・メディチのこと」

イザベラはルチアを見つめる。

そして、そっとベッドに座らせた。ルチアは言う。

「私のパパはメディチ家の血を引いているの？」

「もちろん、引いているわ」

「カタリーナ・デ・メディチもそうなの？」

「そうよ」

「私はパパの子？」

「間違いなくパパの子よ」

ルチアは俯《うつむ》いた。

目から涙がこぼれ落ちてきた。

「本当は、もっとたくさん読んだの。違うことが書いてある本がないかと思って。でも、みんな同じだった……」

「それは事実だからよ」

「どうしてカタリーナは、こんなことをしたの？」

「ユグノーを虐殺したこと？」

「そう……ひどい」

「それはママにもわからない。パパにもわからないと思うわ」

「私、どうしたらいいの、ママ。みんなと同じように生きていていいの？　そんな資格が私にあるの？」

「そんなふうに考えてはいけないわ」

「どうして？　私もメディチ家の子孫だわ」

イザベラはルチアを抱きしめた。

ルチアはイザベラの胸のなかでしばらく泣いていた。

「ねえ、ルチア」とイザベラはやがて言った。「メディチ家の血を引いていないママに、言う資格はないかもしれないけど……」

「ううん、言って」

「あなたは優しすぎる心を持っている。だから、悲惨なことを全部引き受けてしまうのよ」

「どうしたらいいの？」

「思い悩んでも何も解決しない。私なら、人を幸せにするために何をしたらいいか考えるわ」

それから三日後、ルチアは食事も食べるようになり、学校へも行き始めた。

イザベラが話し終わると礼子は言った。

「たぶん、それだと思います」

「その程度のショックなら私も受けた。メディチ家に生まれた者はみんなそうだ」

とアントニオ。

「表に現れた反応は同じでも、心に受けた傷の深さまで同じだとは限りません」

「本を読んだだけで、それほど緻密《ちみつ》な表象が創れるのか」

「本だけとは限りません。過去にテレビや映画で観たシーン、博物館などに展示されている実物、人から聞いた話。そういった潜在記憶を総動員すれば、それは可能です」

「潜在記憶……？」

「はい、簡単に言えば、無意識世界に蓄積された記憶です。普段私たちはこの記憶に気がつきませんが、膨大な情報量を持っていることがわかっています。何かが引き金になり、この場合はメディチ家の子孫であるという強い罪の意識でしょうが、それがきっかけで潜在記憶にアクセスできたと考えられます。そして実際、ルチアさんご自身には、兵士の世界は見えません。自分の頭のなかの世界なのに認識できないのです。それは、兵士の世界がルチアさんの無意識世界の産物だからなのです」

「それにしても、あれから二、三年近く経っている。どうして今ごろになって……」

「ルチアさんは十四歳です。カタリーナがフランス国王の弟アンリに嫁いだのも十四歳。その年齢になったことが、無意識のきっかけになったと考えられます」

アントニオは黙った。

礼子は続ける。

「繰り返しますが、これは絶対に呪いではありません。心理学的にきちんと説明のつく問題です。答えはすでに私の頭のなかに用意されていますが、細部が完成するまでもう少しお待ち下さい。それまでは、ユグノーの呪いなどと、くれぐれもルチアさんにおっしゃらないでくださ い」

＊

再びワンダーランド社に帰り、上書き保存と記憶マッピングを完了するとベンケイは三人に頭を下げた。

「私のミスです。それも初歩的なミスです」

「ううん、違うわ」と礼子が言う。「私たちの盲点を突いてきた敵の兵士が、一枚上だっただけよ」

ベンケイの説明によれば、カトリックもプロテスタントも主に捧げる祈りの言葉は同じだと言う。違いは、カトリックは祈りの後に十字を切るが、プロテスタントは切らない。

「違いは誰でも知っている、と無意識に思い込んでいたのです。この祈り方は、世界中どこでも当たり前の区別ですから。しかし五歳のジャンは、まだ知らなかった。あるいは知っていても、兵士の意図を見抜けなかった。どっちにしても、きちんと確認する必要があったのです」

神父と牧師の違いもある。その他にも、カトリック教会にはイエスやマリアの像が置かれているが、プロテスタント教会にはそうした偶像は一切ない。十字架に磔にされたイエスがあるのはカトリックで、プロテスタントはただの十字架を使う。こうした違いはルターやカルヴァンの時代からある、とベンケイはつけ加えた。

「もう、そのことは忘れましょう。それより、パリ市街に入ったらあの子たちを捜す？　捜さない？」

健吾もベンケイもすぐには答えない。

子供たちは城壁内へ入った。とりあえずは逃げたが、市街がどうなっているかわからない。ユグノー兵に支配されていたら、また捕まる可能性がある。

「私が決めていいの？」

健吾は、任せるよと言った。ベンケイも頷いた。

「結論から言うと、捜すわ。一緒だとまた危険な目に遭うかもしれないけど、前にも言ったように、あの子たちが生き残ったのは、偶然じゃないと思うから」

今度はベンケイも反論しなかった。

次に、今後の服装と顔立ちのことが問題になった。

明の商人のままでいいという意見と、変えた方がいいという意見に分かれた。ベンケイが前者で、礼子が後者だった。

「私のフランス語は、訛が強いと言われました。たぶん、時代の差だと思います。礼子さんと健吾さんのフランス語も、きっとそう言われます。明の商人だから不自然に思われなかったのです。フランス人に化けたら、墓穴を掘ると思います」

「近隣諸国から来たことにすれば？」

「虐殺されたユグノーのなかには、スイスやオーストリアから来た者もいたと記録されています。どの国の人間に化けても危険度は変わりません」

「だからといって、明の商人はダメよ。城門にいたユグノー軍兵士をあんな目に遭わせたのよ。私たちのことは、確実に知れわたっていると思うわ」

「いっそのこと、現代人に戻ったらどうだ」

と健吾が言う。

「何言ってるの。見たでしょう、死体の山を」

「ルチアの記憶内の人々は、あんな数じゃない。あの十倍は優に超えてるはずだ。つまり、多くは逃げているんだ」

「どこへ？」

「それはまだわからない。だが、死体がないということは、生きていると思うしかない」

「楽観的ね」

「いや」とベンケイが言う。「意外にいい案かも……ええ、そのほうがいいかもしれません。健吾さんに賛成します。逃げている人々と出会ったとき、彼らと同じ服装だと都合がいい」

礼子は健吾とベンケイを見る。

やがて、くすっと笑った。

「いいわ、それでやってみましょう」

話が一段落すると、悠太はコーヒーを運んできた。今まで一言も口を挟んでいない。だが、真剣に聞いているのはわかった。

「悠太、何か言いたいことある？」

と礼子。

「僕の提案、役に立ったみたいですね」

「マリーとジャンの服のことね。とっても役に立ったわ。元の服装のままだったら、問答無用で銃殺されていたと思う」

「今度も、ひとつあるんですが」

「いいわよ」

「礼子さんがオーケーを出してくれれば……」

「何のこと？」

「僕もルチアのヴァーチャル記憶空間を覗いてみたいんです」

「バーカ」

「ちょっとだけですよ。探査はしません。ほんの数秒、覗いてみるだけです」

「ちょっとも探査も同じ。絶対にダメ」

「だって、話を聞いていると、すごくエキサイティングな記憶空間じゃないですか。もう二度とこういう経験は……」

礼子は立ち上がると、上段右回し蹴りを悠太の頭に見舞う。悠太は椅子から転がり落ちるようにして避けた。

「ごめんなさい、冗談ですよ。ごめんなさい……」

と言いながら、操作室の外へ飛び出ていった。

＊

久しぶりの部屋だった。

時間にすれば二十数時間しか経っていない。だが、一週間ほどは留守にしていた感覚だ。

擦り切れた合皮のソファに横になる。やっぱりここが一番落ち着く。天井を眺める。木目が描かれていたはずだが今見るとない。よく見てみたが、かすかに模様があるかなという程度で、とても木目のようには見えなかった。

消えてなくなったのか、それとも照明が暗いのか、あるいは記憶違いなのか。考えてみたが、よくわからない。

熱いコーヒーを咽喉に流し込んだ。舌が痺れるくらい熱いが、心地よかった。身体は疲れていた。疲れ切っていた。眠いという感覚はない。久しぶりの実戦で極度に神経が昂《たか》ぶっていた。それを鎮《しず》めようとして、RX－7で深夜の首都高速湾岸線をひと回りしてきた。それでもまだ興奮している。ベッドに入り横になって目をつむったが、けっきょく朝まで眠れなかった。

探査は夕方の五時からである。眠れないときは、眠くなるまで起きているに限る。健吾は十時になると起き出した。せっかく大金が入ったのだ。使わない手はない。

アントニオの邸宅に報告に行くとき、健吾はいつも同じスーツを着ていた。金が入ってすぐスーツを買うのに抵抗があったが、もういいだろう。

RX－7を飛ばしてデパートへ行った。立体駐車場に車を停めたとき、デパートなんて何年ぶりだろうと思った。口笛を吹きたくなる気分だった。金があると世界がぐんと広がったように感じる。

ベンケイは昨夜、別れ際に報酬はいらないとアントニオに明言した。前回は前金をもらったが、何の結果も出せないままドクターストップがかかったからだと。健吾はにんまりしないように顔の筋肉を引き締めたが、礼子にその顔をじっと見られた。

案の定、あとで思い切り皮肉を言われた。

「さすがはベンケイだわ。お金で仕事をしない」

デパートには専門店がいくつも入っていた。吊るしてあるスーツの値段を見ても実感が湧かない。前金は四千万円。こんなスーツ、何着買ったところでまったく響かないはずだ。

笑顔で寄ってきた店員と笑顔で話し、たまたま手にしたスーツを三着買った。ワイシャツとネクタイと靴も揃えた。

ビールを飲もうと思ったが、ぐっと堪《こら》えて食事だけにした。食べ終わると少しだけ眠くなった。時計を見るとちょうど十二時。専門店へ戻りスーツを引き取ると立体駐車場へ。

部屋にたどりついたとき、やっと眠くなった。手にいっぱい持った紙袋を床に放り投げる。そのままベッドに倒れ込んだ。目覚まし時計をセットするのがやっとだった。

六日目

パリを囲む城壁のすぐ内側、今から十時間ほど前に子供たちが逃げ込んだ門の近くに、健吾と礼子とベンケイは転送された。

城壁内部の状況を三人は次のように推理した。

あのときパリの城門を守っていたのはユグノー軍兵士。だとすると、市内もユグノー軍が掌握している可能性が極めて高い。しかしユグノー軍兵士の詮議《せんぎ》は厳しかった。カトリックの残党はまだあちこちにいる証拠だと。

夜の市内だった。ノートルダム大聖堂は闇に溶け込んでいる。周囲の建物の壁にはところどころ松明が燃えていた。松明……確かに現代ではないようだ。周りに人はいなかった。VPSを見る。C１（45，10β）。エリア最深部Dの方角へ向かって進んでいく。

「臭わないか？」

と健吾は言う。

「うん、臭う」

と礼子が返す。

「生ゴミの臭いじゃないでしょうか」

ベンケイが言う。言われてみれば確かにそんな臭いだ。だが、もっとムカつく臭いも混じっている。

狭い路地だった。数メートルの距離を挟んで民家が建ち並んでいる。六階から八階はある。これでは陽が差さないだろう。太陽が真上に昇らない限り、日差しは入ってこない。ベンケイは続けた。

「何かの本で読んだ記憶があります。花の都パリというのはひどく的はずれの比喩《ひゆ》で、実際はジメジメしてゴミが散乱し、極めて不衛生な都市だったと」

「そうなんだ?」

「足元を見てください」

松明の微かな明かりが石畳の中央にある溝に反射している。溝には野菜のクズや布の切れ端のようなものがあった。

「溝に水が流れているのが見えるでしょう。これは汚水です。でも流れているので、どうにか救われているのです」

「現代のパリに、こんなものないわよね」

「十九世紀にはまだあったようですよ」

「よく知ってるわね」

「歴史は好きですから」

礼子のうっとりした顔が、闇のなかに見える気がした。

健吾は建物を靴の爪先で思い切り蹴った。

「痛っ、クソッ」

本物のレンガだ。礼子とベンケイは何も反応しない。

十六世紀のパリの市街図をデータベースで調べてみた。建物も区域も、かなりの部分が二十一世紀の現在とは違っている。

目印になりうるのは、まずセーヌ川。それとシテ島にあるノートルダム大聖堂。他にはルーブル宮、チュイルリー宮、サン・ジェルマン教会。これらは十六世紀も現在も、建っている場所と外観がほぼ同じなので見分けがつく。

現在のプチ・ポン橋は場所は同じだが、外観はまったく当時の面影を残していない。バスティーユ牢獄はもう現存していない。このふたつに関しては、当時の外観を頭に叩き込んだ。

遠くで何かが光った。かなり強い光だった。夜空の雲が鮮やかに映し出される。続いてドーンという大きな音。地響きが伝わってきた。またドーンという音。

「大砲かしら」

「ええ、たぶん」

「あの光は？」

「建物が燃えているのだと思います」

みるみる空は明るくなっていく。火の手が広がったようだ。喚声も聞こえてきた。かなりの人数がいることは間違いない。

「行ってみる?」

ベンケイは頷いた。健吾も頷く。

火の手に向かって進んでいくと人々の一団に出くわした。健吾たちのほうへ近づいてくる。

「見て、大勢の人……兵士じゃないわ」

兜も鎧も身に着けていない。

「こっちへ来るわ」

健吾たちは急いで建物の陰に隠れた。壁にある松明が辺りをほの暗く照らしている。そのすぐ下を、五人の男女が走り抜けていった。追われている走りかただ。

「今の若い男、ネクタイをしてなかった?」

「私も見ました。手を繋いでいた女性は、タイトスカートをはいているように見えました」

間違いなく現代人だ。路地に出ようとして、逃げてくる女に出くわした。三人はまた慌ててもとの場所に身を隠す。

だが、松明の下を走り去るふたりの女を見て、健吾は思わず自分の目を疑った。隣の礼子とベンケイを見る。呆然とする暇もなかった。女たちのあとを三人の兵士が追ってきていた。防具がカタカタ鳴っている。

「ほら、ほら、逃げるんじゃないよ。可愛がってやるからよ」

「諦《あきら》めな、もう国王軍は壊滅したぞ」

「おれたちに捕まったほうがいいぞ。処刑を二、三日遅らせてやるからよ。へっ、へっ」

下卑《げび》た笑い声が混じる。酒が入っているようだ。

ここは放ってはおけない。

「オレに任せろ」

健吾が真っ先に兵士の前に飛び出した。礼子とベンケイは兵士の背後に回る。

「誰だ、おまえは」

ぶつかりそうになった先頭の兵士がフランス語で叫んだ。

兵士は兜をかぶっていなかった。鎧もない。簡単な胸当てと脛《すね》に巻いた防具だけだった。銃も弓も持っていない。武器は腰に吊った長剣だけ。

健吾は無言で腰を落とした。兵士も反応した。長剣で健吾の胴を横から薙いできた。剣先が健吾の衣服をわずかに切り裂く。だが、そのとき敵は健吾の術中に嵌っていた。

敵は完全に間《ま》の内に入っている。もう逃げられない。健吾は抜刀すると、がらあきになった相手の手首に、剣を振り下ろした。

「ふぎぁー」

という気味悪い叫び声を上げて兵士は石畳の上に倒れた。

間髪《かんはつ》を入れず右に立っている男のほうへ体重を移動する。男が剣を振り上げたとき、健吾の剣先はその咽喉《のど》を突いていた。

三人目の男は、思ったとおり逃げ出した。だが、そこには礼子とベンケイがいる。礼子だけが動いた。礼子の身体はさっと浮き上がると宙で一回転した。見事な後ろ回し蹴りが側頭部に決まった。兵士は、一瞬棒立ちになったが次の瞬間には崩れるように石畳の上に倒れた。

三人はすぐに建物の陰に身を寄せて息を殺した。別の兵士が後から来るかもしれない。待った時間は十分。兵士は現れなかった。ふたりの女も戻って来なかった。

「念のため聞くわ。今ここを逃げていったふたりは、マリアンナとルチアに見えたんだけど……」

若い女と五歳くらいの少女。三人の意見は一致した。

『処刑を二、三日遅らせてやるから』

この言葉が気になった。三人は城壁付近まで戻ったが、ふたりの姿は何処《どこ》にも見えない。健吾たちに気づかなかったのか、あるいは気づいたが怖くてそのまま逃げてしまったのか……。

「次は私にも戦わせてください。見ているだけというのは、どうも性に合いません」

ベンケイが苦笑して言う。

また多くの死体に出会った。殺されたばかりのものも、異臭を放っているものもあった。生ゴミの臭いに混じっていたのは、死体の臭いだったようだ。子供の死体も女の死体も転がっている。全員が現代人だった。

さらに二十分捜して見つからないと、健吾たちは元の場所に戻った。空はもう赤くなかった。大砲の音も聞こえなくなり、喚声も途絶えた。辺りはまた、ひっそりした闇に戻った。

*

アントニオとイザベラに事態を報告した。ルチアとマリアンナを救けたと言うと、ふたりとも喜んでくれた。昨日のように取り乱すこともなかったが、憔悴《しょうすい》している様子は変わらない。

ルチアにも会った。

礼子がモバイルボードで何回かやりとりした。

「どう？　その後、気持ちに変化はない？」

――あるわ。毎日ある。私は毎日、変わっている。

「この前も聞いたけど、それ、もっと具体的に言えない？」

――言いたくても、言えないの。あれからずっと考えてきたの。どう言えば、理解してもらえるのかって。

「それで？」

――思い出せないことが、すごく多くなった。こんな感じって、わかってくれる？

「忘れっぽくなったってことね」

――ううん、違う。忘れっぽくなったんじゃないの。思い出せないことが、多くなったの。

ルチアの頭のなかでも、ユグノー軍兵士が記憶内の人々を次々に虐殺しているはずだ。そのたびにルチアの記憶は、ひとつひとつ消滅していく……このことを指しているのではないか、と健吾は礼子に言った。

「あなたの脳内にも兵士がいるはずよ。その兵士が関係していると私たちは見ているの。やっぱり兵士は見えない？」

——見えないわ。兵士なんて……そんなの……。

あとは会話にならなかった。


「久しぶりに飲む？」

と帰り際、礼子が言ってきた。

ベンケイの車が走り去った後だった。

「悠太を送り届けなくてもいいのか」

「勝手に帰るわよ、私の車で」

悠太は隣で星を眺めている。せっかくアルコールを断っているのにと思ったが、礼子の頼みじゃ仕方ない。

「行きつけのお店、ある？」

「オレの部屋がそうだ」

「今日は違うところにするわ。私の知ってるところでいい？」

「いいけど、オレの愛車はどうするんだ。飲んだ後、車に乗るのはごめんだ」

「車はお店で預かってくれるわ。タクシーで帰って、明日の朝、取りに来ればいいじゃない」

車のキーを礼子から受け取ると、悠太は健吾に頭を下げてから運転席に乗り込んだ。悠太の細身の身体が、メルセデス・ベンツＳ５００のごつい車体のなかに吸い込まれる。礼子はＲＸ－７に乗り込むと前方を見たまま黙り込んだ。

お店の椅子に座っても礼子は無言だった。健吾も何となく声を掛けにくかった。しばらくして、ポツリと礼子は言った。

「望月にいたころ、よく一緒に飲んだわね」

「あの頃はな」

「目がキラキラしていた」

「オレの目が？」

「あなただけじゃない。みんなそうだった」

まだ七年しか経っていない。にもかかわらずはるか昔のことのようだ。

〈目がキラキラしていた〉

いい表現だ。確かにオレたちは夢の塊だった。

礼子は速いペースで一杯目の水割りをあけた。そのままにしているので、仕方なく二杯目を作ってやった。

「初めて会った日のこと、覚えてる？」

「カレシにするような質問だな」

「覚えてたら、言って」

「入社式の日だったと思うよ」

「新入社員は数十人いたはずよ。覚えていてくれたの?」

「ヴァーチャル記憶療法士にしとくにはもったいないくらい、いい女がいるもんだなと思った。こういう答えが欲しいなら、そう言ってやるぞ」

パーティションで仕切られている座席だった。テーブルの上にオレンジ色のほのかな照明がある。周りのボックス席にも客はいるようだが、声はざわめきのように室内に漂っているだけで、言葉としては聞こえてこない。

「ミッシングの後遺症は、どうやら克服できたみたいね」

「どうしてわかる?」

「自分から兵士に戦いを挑んでいったわ」

「相手は酔っぱらいだ」

「あなたを選んだ私の目に、狂いはなかったのね」

「いったい、どうしたんだ?」

「何が?」

「いつものおまえらしくないぞ」

「いつもの私って?」

「言ってもいいのか」

「どうぞ、どうぞ」

「イヤミで、強情で、冷たい女だ」

礼子はフフッと笑った。かかと落としは飛んでこない。ほら、やっぱり、いつもの礼子じゃない。

「わからないの……」

「うん？」

「別に、特別な感じはしなかった……」

「何のことだ？」

「初めて会った日のこと覚えているかって質問よ。半年前に亡くなった夫が、死ぬときそう私に言い残したの」

「交通事故だったそうだな」

「信号待ちをしているとき、後ろから大型トラックに突っ込まれたの。車高の低い車だったから、トラックの下に入り込んでしまったわ。すぐに救急車が来て病院に運ばれたけど、三十分と生きていなかった。病院について間もなく、死んだ……」

涙はなく、淡々と語る。

視線は宙にあった。

「名前は何ていうんだ」

「晴彦《はるひこ》」

「晴彦さんが聞いてきたわけだな、死に際に。初めて会った日のこと、覚えているかって」

「そう」

「何て答えたんだ」

「答えられなかった」

「覚えてなかったのか」

「ううん、ちゃんと覚えていたわ。だから、言おうとしたの。でも私が口を開く前に、死んじゃった」

「それで、何がわからないんだ？」

「晴彦の心が読めないのよ。自分では死ぬと思ってなくて、ただ単に私と話したかったのか、それとも最後の言葉としてそれを私に残したのか……」

　健吾は自分を晴彦に置き換えてみた。初めて会った日のこと、覚えているか。この言葉を、愛する女に残す最後の言葉として選ぶかどうか……。

「劇的な出会いでもしたのか」

「ううん、違うと思う。テコンドーの試合当日、まだ高校生だった悠太を会場まで送ってあげようとして家まで迎えに行き、そこで晴彦に出会ったわけだから」

「相手にとっては忘れられない思い出かもしれない」

「初めて見た晴彦は、起きたばっかりらしく寝ぼけ眼《まなこ》で、髪はボサボサ。おまけに大きなあくびをして。それで忘れられない思い出になる？」

「何をしている人だったんだ？」

「ウェブデザイナー」

「歳《とし》は？」

「そのとき二十九歳。私は二十五歳」

「結婚して三年くらいか……」

「正確には二年と十ヶ月」

　あまりに短い。どんなに思い出を詰め込んだとしても、二年十ヶ月は短すぎる。

　礼子が三杯目を飲み始めた。健吾が作ってやったものに、自分でウイスキーを加えたのでかなり濃いはずだ。

「私と結婚することがなければ、晴彦は死ぬこともなかった。ううん、私が殺したと言ってもいいわ」

「おい、おい」

「買い物に行った帰りに雨が降ったので、晴彦に電話したの。迎えに来てって」

「誰でもそうするだろう」

「晴彦が自分の言うとおりに動くのを見ると、とっても幸せな気分になったからなの」

「それも、みんな同じだ」

「晴彦には、やり残したことがたくさんあったはず。それを私は奪ってしまったの……」

　礼子の頬が光っている。

　礼子は目の前の空気を見つめたまま動かない。

「泣いてるのか」

「悪い？」

「悪くはないさ。信じられないだけだ」

「そんな目で見ないでよ」

黒のマオカラーのスーツを着た青年が、水割りの氷を取り替えにきた。端正な顔立ちをしている。少年といってもいいような初々しさがある。

健吾はつき合った女のことを思い出した。

大学に入ってすぐに知り合った、同じクラスの女の子だった。授業のたびに会い、ブラブラ校内を歩いたり、ディズニーランドへ行ったり、一度だけだがバイトした金を貯めて一緒にニューヨークへ行ったりもした。

この期間が二年足らず。三年生になる前、相手のほうから別れたいと言ってきた。理由は言わなかった。健吾も聞かなかった。

顔はもう思い出せない。会えばたぶんわかるだろうが、眉や鼻や唇や顎などがどういう形をしていたかは、思い出せない。顔がもっとも早く忘れられていくのかもしれない。反対に、動作や会話の一部が不思議に鮮やかに蘇ってくる。

健吾は四杯目を礼子につくってやった。自分には三杯目を作りかけたが、途中で手を止めた。

「ここは、どういうところなんだ？」

「ホストクラブ」

「こういうところが趣味なのか」

「悠太がバイトしてたのよ、ここで」

健吾がびっくりしていると、

「晴彦が亡くなったので、あの子、自分で学費を稼ごうと思ったのね。私が出してあげると言ったんだけど、勝手にここで働き始めたの。でも、二ヶ月足らずで辞めさせたわ。私のアシスタントにならないかって言って」

「いいアシスタントだな」

「そう思う？」

「優れたヴァーチャル記憶療法士になると思う。オレが十九のときより、はるかに物事がわかっている」

「あなたと比較したら、みんなそうよ」

健吾は笑って頷く。

やっといつもの礼子に戻った。

二時間後、ふたりは店の外に出た。冷たい風が空で鳴っている。礼子は足元をふらつかせていた。タクシーはすぐに捕まった。

目の前にタクシーが来て停まり、ドアが開くまでのほんの数秒ほどの時間だった。礼子が健吾の腕を取って顔を近づけてきた。

「今の私なら、たぶん口説けるわよ」

健吾の身体がビクンと震えた。

「早くして。一緒に乗る？　乗らない？」

こいつ、本気なのか。

よし、と思って乗り込もうとしたときに『バカね、冗談に決まってるでしょう』と言われたら、さすがに辛《つら》い。

「ダメ、時間切れ。もう、グズ男なんだから」

礼子は後ろも見ないでタクシーに乗り込んだ。

七日目

うっすらと靄《もや》がかかる未明のパリ市街。健吾たち三人が転送された地点はノートルダム大聖堂がすぐ近くに見える川岸だった。

健吾はブルゾンに綿パン、バックスキンのシューズ。礼子は厚手のパーカーにジーンズ、スニーカー。ベンケイはトレーナーにスウェットパンツ。武器は健吾がいつもの仕込み杖。礼子はナイフ。ベンケイは棍棒を腰に提げている。

昨日の感傷的な礼子が残っているかと思って期待していたが、いつもの礼子に完全に戻っていた。今口説いたら、間違いなくかかと落としが飛んでくるだろう。

足元の石畳は濡れていた。漆喰《しっくい》で塗り固められた建物の壁に、ところどころ燃え尽きた松明が残っている。野菜や果物の残骸が路地のあちこちにある。夜見たときには気がつかなかったが、靴や衣服までが路地の片隅に丸められてあった。

昨夜の戦闘場所を通りかかった。死体はなかった。夜のうちに片づけられたのだろう。三人は慎重に辺りを見回してから広い通りに踏み出した。位置的に見て、セーヌ川の川岸であることは間違いなかった。

いくつもの塊が川沿いの道にある。塊は動かない。死体であることはすぐにわかった。小さな死体もあった。現代人の服装だ。十数体、山になってかたまっている場所もある。

異臭が鼻を突く。セーヌ川を覗き込んだ。川岸に小型の船がいくつも繋留されている。城壁の上に朝陽が顔を出した。セーヌの川面に、さっと光が差し込んでくる。シテ島が見えた。東側から見たシテ島は、なだらかな砂浜になっている。

三人は川岸に沿ってシテ島の方角へ向かった。右手にセーヌ川、左手には黒っぽい石の建物。建物の窓は閉ざされている。

「ここも史実に合ってますね」とベンケイが言う。「確かにこの時代のシテ島は中州らしい砂地でした。セーヌ川の水深も数メートルしかなかったと書かれています。橋についても矛盾はありません。現在のパリはここにポン・ヌフ橋が架かっています。現存するパリ最古の石橋だといわれていますが、完成は一六〇四年です」

宗教戦争があったのは十六世紀。確かに昨日、頭に叩き込んだ地図には、ここに橋はなかった。時代的にも正確である。

「あれがプチ・ポン橋だと思います」

シテ島の左手に架かる橋をベンケイは示した。半分ほどが建物の陰になっていて見えない。今日はノートルダム大聖堂まで行ってみる計画でいた。

「見て」と礼子。「プチ・ポン橋に城門がないわ。地図には描かれてあったと思うけど……」

「私も今、気がつきました」

ベンケイが言う。健吾も気がついた。この時代の城門は関所みたいなものである。敵を一時的に食い止めたり、犯罪人を閉じこめておいたりする。

「これって、ルチアの知識の限界よね」

「だと思います」

「とすると、初めて事物のミスが発見できたことになる。クライアント説得に格好の材料ができたわ」

プチ・ポン橋の全景が現れたとき、三人は不思議な光景を見た。何かが橋の一角から川に投げ込まれているのだ。

「何だろうな」

健吾が低い声で言う。

誰も答えない。こっちは川上になるので投げ込まれたものは遠ざかっていく。もう少し近づいてみることにした。

「かなり大きなものみたいね」

礼子が低く言う。だが、次の瞬間に短い悲鳴を上げた。投げ込まれているのは人間だった。

「兵士じゃないようですね」

ベンケイも言う。死体を投げ込んでいる男たちの服装は、明らかに兵士とは違う。武器らしきものは何も身に着けていない。それにしても、どうして人間を橋から川に投げ捨てているのか……。

もっとよく観察してみようということで意見が一致した。建物の陰を利用してそっと橋に近づいた。異臭が鼻をついた。こみ上げてくる吐き気を、健吾はどうにか堪えた。

プチ・ポン橋の両側には四階建ての建物がびっしりと軒を連ねていた。橋の上には死体がうずたかく積まれている。ところどころに隙間があり、男たちはそこから死体をセーヌ川に投げ込んでいたのだ。男たちは四人。投げ込むたびに胸で小さく十字を切った。

男たちの服装は現代のものだった。

礼子がフランス語で声をかけた。こういう場合は女のほうが相手を安心させる。だが、四人の男は顔を上げると、一斉に橋の反対側に向かって走り出した。

「待って、私たちは旅の者よ。あなたたちの敵ではないわ」

健吾とベンケイは橋のたもとで待つ。

礼子だけが男たちの後を追う。しかし彼等は戻ってこない。散り散りになったままだ。礼子は戻ってきた。

「逃げちゃったわ。何をあんなに怖がっているのかしら」

「見ろ、これも全員が現代の人間だ」

死体の服装から判断して、間違いなかった。死体は山のように積まれている。百体はあるだろう。

血を流している死体もあれば、頭がない死体もある。片足がない死体、黒こげの死体……様々な死体があったが、現代人であることだけは共通していた。

「ひとまず、ここを離れないか」

異臭がすごい。ノートルダム大聖堂の西側広場に出た。

建物の様子は現代と変わっていないように見えた。双塔の形も高さも、そして葉の形をした出入口も。違っていたのは広場の周りだった。小屋のような粗末な建物が所狭しと並んでいる。露店のようだ。ただし、店主も客も品物もない。広場の隅にある建物の陰に三人は身を潜めた。

「どうして死体をセーヌに投げ込んでいたのだと思う？」

健吾が聞く。

「葬ってあげたんじゃない？　十字を切るのが見えたから」

「ということは、彼等はカトリックか」

「そういうことね」

「この時代のカトリックは、死体を川へ流す風習があるのか」

「いいえ」とベンケイ。「特にないと思います。墓を掘ることもできないくらい、悲惨な状況なのでしょう」

人の声がした。急いで建物の陰に身を隠す。プチ・ポン橋のほうからそれは聞こえてきた。兵士の一団だった。五十人くらいか。

ふたりの男を引き連れていた。男は後ろ手に縛られ、顔は赤黒く腫れ上がっていた。その後から大勢の男女がついてくる。数にして二百人は超えている。そしてその後からまた兵士。

兵士は火縄銃と石弓と剣で武装していた。服装は城門で見た兵士たちと同じだった。槍も見えた。穂先には白い旗がある。ユグノー軍兵士だ。

間に挟まれた男女はまったく武装していない。服は汚れたり破れたりしていた。一団は広場の中央に来て止まった。兵士の指示で男女は半円形に広がる。若い兵士が進み出てフランス語で言った。

「みんな、よく聞け」声は広場に響き渡った。「我々の命令を守らなかった者にどういう運命が待っているか、今日はおまえたちに心ゆくまでわからせてやろう」

健吾たちは隙を見て群衆の最後尾についた。

群衆は全員が現代の服装をしている。女も子供もいた。マリーとジャンを捜す。少なくとも赤と青の服を着た子供はいない。マリアンナとルチアの姿も捜す。やはり見えない。

「その男、前へ出ろ」

右側の男が兵士の前に連れて行かれた。

男は身体が震えて満足に歩けないようだ。

「おまえはカトリックだな。認めろ」

「いいえ、わた、わたしは、ユグ、ユグノーです……」

歯が噛み合っていない。

「ウソをつけ」

「ほ、ほ、ほんとう、です」

「では、どうして橋の上から死体をセーヌ川に流したのだ」

「橋が、死体、した、いで埋まって、い、いると……、兵士の、み、み、みなさんが、通る、通るのに……」

「ええい、つまらぬ言い訳をするな。カトリックであることを素直に認めれば、あっという間に死なせてやる」

「と、とん、とんでも、わたしは、ユグ、ユグ……」

「馬を引け」

兵士が命じると、二頭の馬が引いてこられた。

満足に歩けなかった男は、その瞬間、猛烈に暴れ出した。腕を押さえていたふたりの兵士を突き飛ばした。慌ててもうふたりの兵士が押さえにかかったが、彼等も突き飛ばされた。

命令を下した男がゆっくりと歩いてきた。肩にある火縄銃を手にすると、銃床《じゅうしょう》で男の顔を殴った。男はそれでも抵抗をやめない。兵士はもう一度なぐった。鈍い音が健吾の耳にも届いた。男は口から血を噴き出して地面に昏倒した。群衆は誰も救けない。

「もういい、やれ」

さっきの兵士がふたり進み出て、男の両足を太い紐《ひも》で馬の鞍《くら》にくくりつけた。馬の尻に剣先を突き刺す。馬はビクンと身体を震わせたかと思うと、頭を前へ突っ込むようにして走り出した。

「ギャー」

という長い悲鳴がいつまでも消えなかった。

男の身体は真っぷたつに裂けた。裂けた身体を、馬はあっという間にどこかへ運び去った。群衆が低い呻きを漏らした。まるで自分が八つ裂きにされたような、重く悲痛な呻きだった。

健吾は礼子を見る。礼子はかすかに首を横に振る。

——見てるだけよ。

その目はそう語っていた。

健吾も目で返す。

——しかし、あの男は、オレたちが来たから逃げて、それで捕まったんだろう。オレたちが来なければ慌てて逃げることもなく、安全な場所へ身を隠せたかもしれない。オレたちにも責任はある。だが、礼子は再び首を横に振った。

もうひとりの男が広場の中央に連れ出された。四十歳くらいの男だった。グレーのスーツ姿だ。髪は黒。全身が汚れているが東洋系の顔立ちである。

「おまえはジャポンから来たと言ったな」

とフランス語で言う。

男は黙っている。兵士は英語で言い直した。

「私は日本人だ」

と男は英語で答えた。

穏やかな、落ち着いた声だった。

「なぜカトリックに味方したのだ？」

「味方などしていない。女が勝手に家に入り込んできたのだ」

「女はメディチ家の者だ」

「そんなことは知らない」

「女はどうした？」

「裏口から出て行った」

「おまえが逃がしたのだろう」

「勝手に出て行ったのだ」

　女とは誰か。

　マリアンナか、あるいはルチアか……。

「おまえが邪魔しなければ、あの女を捕らえることができた。おまえの罪は、地獄へ堕《お》ちても償いきれないぞ」

　その言葉を聞いても、男は表情を変えなかった。昂然《こうぜん》と顔を上げている。

「子供たちを連れてこい」

　背後の兵士に言う。

　群衆の最前列にいたふたりの子供が連れてこられた。上が男の子で十歳くらい。下が女の子でまだ三歳くらいだった。

　男の子は顔面蒼白だった。事態が認識できているようだ。女の子のほうは声を立てないで、身体を震わせて泣いている。

「子供たちに罪はない。放せ」

「この子供たちを救けたいか」

「子供に罪はないと言っているだろう」

「罪があるかないかは、我々が決める」

「女が逃げ込んできたとき、子供たちはそこにいなかったのだ。無関係だ」

兵士はその言葉を無視して、子供たちに向き直る。

「これはおまえたちの父親か」

英語で言う。

子供たちは答えない。男は同じ言葉を繰り返した。

「子供は日本語しかわからない。言いたいことは私に言え」

男が兵士に言う。

兵士は男に、正確に伝えろと言ってから、再びふたりの子供に対した。

「私も、おまえたちを殺したくはない。だが、おまえたちの父親は極めて大きな罪を犯したのだ。普通に罰したのでは、罪を償うことはできない。さあ、通訳しろ」

男はそれを正確に日本語に直した。

話が終わると少年は首を縦に振った。

少女は黙って父親を見ている。兵士が合図すると、背後の兵士が短剣を二本差し出した。兵士はそれを子供たちに差し出す。

「さあ、これを持て」

男が再び日本語に直す。

子供たちは一度出した手を引っ込めた。

「遠慮するな。さあ、受け取りなさい」

兵士の言葉を男は通訳しなかった。しなくても子供たちは理解したようだ。ふたりはおそるおそる短剣を手にした。

「一度だけ、チャンスを与えよう。いいか、一度だけだ。失敗したら三人とも命はない」

健吾にも兵士が何をしようとしているのかがわかった。

隣で礼子が健吾の腕を押さえた。

「その短剣で父親を刺せ。おまえたちが殺すんだ。そうすれば、おまえたちの命は救けてやる」

——クソッ、絶対に許さんぞ……。

言葉が漏れそうになる。歯を食いしばって堪《こら》えた。

「今から五つ数える。五と言ったら、終わりだ。おまえたち三人とも地獄へ行ってもらう」

そして間を置かずに、一と数え始めた。

男は慌てずに、ゆっくりと兵士の言葉を日本語に翻訳した。

少年が短剣を地面へ落とした。パパーと言って抱きつく。少女も父親の胸へ飛び込んで号泣する。後ろ手に縛られている男は、顔を子供たちの頭にすり寄せる。

二と兵士が数えた。

「さあ、剣を取りなさい」

男の声が鋭くなった。

少年は弾かれたように立ちすくみ、目を見開く。少女は父親から離れようとしない。

兵士は三と数えた。

「カズキ、早く剣を取れ。ミユキにも剣を持たせろ」

少年は地面の短剣を拾い上げた。そして少女を父の胸から引きはがし、落ちているもう一本の短剣を強引に握らせる。

「刺せ、パパの咽喉《のど》を刺すんだ」

男は叫ぶ。
四、と兵士は数えた。
少年と父親の目が合った。

それはほんの僅かな時間だった。父親の唇が動いた。声は聞き取れない。次の瞬間、男の身体が前のめりになり、少年の短剣は咽喉に突き刺さった。少女のほうに男は再び倒れかかる。

少女の短剣も男の咽喉に深々と突き刺さった。

＊

健吾はヴァーチャル記憶空間のなかで、悲惨な体験を何回も見てきた。礼子もベンケイも、これは同じだろう。

だが、今回の出来事はルチアの現実体験ではない。とすれば想像世界だということになる。ルチアはなぜ自分の想像世界で、ユグノー軍兵士に現代の人間を殺させているのか。ルチア自身もユグノー兵士に殺されているのだ。

「あいつら全員を、いつか殺してやる」

と健吾は吐き捨てた。

あんな古い時代の兵士が相手なら三人で充分に戦える。武器アイテム群には、軍用ヘリやミサイルやロケット砲などのハイテク兵器もそろっている。戦争や内戦の記憶空間に入り込む可能性があるので、ひととおりの使い方は知っている。

健吾たちは兵士に見とがめられることはなかった。うまく群衆に溶け込めたようだ。ここで何が行われているのか知りたかった。群衆の最後尾について歩き始めた。誰も文句を言わない。おまえたちは誰かとも聞いてこない。

エリアC4（-31, 07*α*）。このまま行けばエリアDはパリ市内にあるだろう。群衆は黙々と歩いていく。ときどき短い言葉が交わされるが、低い声で内容はわからない。何回か細い路地を曲がると、また橋に出た。プチ・ポン橋とは違うが、橋の両側に四階建ての建物が並んでいる光景はよく似ていた。群衆は数人ずつに分かれて、その建物のなかに消えていった。

健吾たちは迷った。彼等はたぶん自分たちの家に帰るのだろう。健吾たちに家はない。だが、立ち止まるわけにもいかない。三人はひとりの中年女性の後について、思い切ってなかへ入った。

「誰だ、手を上げろ」

フランス語が聞こえた。

身体に電流が走ったが、そのままゆっくりと手を上げる。ベンケイも礼子も同じだった。

「そのまま動くな」

今度は別の声が聞こえた。同時に奥にある樽《たる》の背後から七人の男女が姿を現した。三人は銃、残りの四人は剣。剣は古い時代の長剣に見えたが、銃は火縄銃ではない。拳銃だった。七人ともラテン系の顔に見える。

「何の真似だ」

と健吾もフランス語で返した。

「見かけない顔だ」

「オレたちは敵じゃない。拳銃を下ろせ」

「敵かどうかは、これから判断する。こっちへこい。壁に顔を向けて一列に並べ」

健吾たちは言葉に従った。

すでに逃げられる時機を逸していた。

「なぜ我々の後をつけてきた?」

「後をつけたわけじゃない。兵士たちの目を逃れるのに、都合がいいと思っただけだ」

「今まで、どこで何をしていた？」

「私が答えるわ」と礼子が言った。「私がリーダーなの。私に話をさせて」

「いいだろう。まず最初の質問に答えろ」

「後をつけたわけじゃない。これは本当よ。あなたたちと一緒にいれば、兵士に殺されないと思ったから」

「二番目の問いだ」

「話すと長くなるわ」

「時間はある」

「こんな姿勢で、長いお喋りをさせるつもり？」

男はしばらく黙っていたが、やがて、

「こっちを向け。手を下ろすな。そうだ、そのまま歩いて、テーブル前の椅子に座れ。ちょうど三つある。手は、テーブルの上に出したままだ。下におろした瞬間に射殺する」

健吾たちはゆっくりと振り返った。

銃口と剣が三人を狙っていた。

「私たちはルチア・メディチの友人です。ルチアを救けるために、ここまで来ました」

「友人であることを証明しろ」

「私はフランス語が得意じゃないの。あなた、日本語は？」

「まったくわからない」

「そう、じゃ、連れの者に代わるわ」

礼子は、ベンケイに合図する。

ベンケイは答える。

「ルチアの住所は西麻布。広尾にある聖泉インターナショナルスクールに通っています」

「そんなことは十秒で調べられる」

「父親のアントニオは、イタリアにいくつものホテルを経営しています。十年前、東南アジアに進出する計画を立て、そのために日本に拠点を置いて動き回っています。現在の妻の名前はイザベラ。前妻の名前はマリアンナ」

「それも一分で調べられる」

「私たちは日本人です。顔を見ればわかるでしょう。二十一世紀の日本のことなら、何でも知っています。質問してみてください」

「日本人だから、どうだというのだ」

「ユグノー軍兵士の味方じゃないということです。私たちも厳しく詮議され、危うく殺されそうになりました」

「ルチアの友人を兵士が見逃すわけがない。おまえたち三人は、ここまで来られるはずがない」

「明の商人に化けました」

男の目が光った。

三人の顔を順に見る。ベンケイは続けた。

「兵士が十六世紀の人間だからです。その時代の中国の王朝は明でした。あなたたちだって、ここに連れて来られてわかったんじゃないですか。ここはパリですが、二十一世紀のパリじゃない。もっと古いパリだと」

「なぜ、十六世紀だとわかった？」

「途中で兵士のひとりに年号を聞きました」

「その格好は、明の商人のものじゃない」

「もちろん、これは二十一世紀の日本人の服装。予備に持ってきたものです」

「明の商人だという証拠を示せ」

「もう無理です。証拠になる馬車や荷は、ユグノー軍兵士に強奪されましたから」

「下手な言い訳をするな」

「本当です。あなたがたは疑心暗鬼になっている。心の目を開いて我々を見てください」

「証拠を出せ。言葉は信用できない」

部屋の奥にある扉が僅かに開いた。

まだ誰かがいるのか……そう思った瞬間、ふたつの小さな影が飛びこんできた。

「礼子さんだ」

「オジサンたちも」

マリーとジャンだった。

＊

男は名前をピエールといった。

健吾と礼子がフランス語が苦手だというと、英語はどうかと聞いてきた。健吾たちが頷くと以後は英語に切り替えてくれた。

話している間中、マリーとジャンは健吾たちのそばを離れなかった。ピエールの話が終わると、ふたりはあれからどんな経緯でピエールたちに救けられたのかを語った。

あの日、マリーとジャンはセーヌ川沿いに逃げていき、そこでひとりの老人に呼び止められたのだという。老人は事情を聞くと、ふたりをすぐにこの住居に連れてきた。

会ってみると、ピエールがマリーとジャンの伯父であることがわかった。ルチアの自宅とふたりの自宅は近いので、ピエールが何かの事情で日本に来たとき、ルチアにも会ったと思われる。だからルチアの記憶空間にいるのだ。

七人はそれぞれ自己紹介してくれた。リーダーのピエールはフランス人。パリ在住だという。残りの六人は、四人が男、ふたりが女だった。

彼等は、ここで行われている捕縛と殺戮の実態をよく把握していた。殺戮現場は嫌でも見せられるという。フランス国王軍兵士とユグノー軍兵士との戦いがあり、ユグノー軍が勝利したことも知っていた。それが史実と違うことも。

「明の商人に救けられたことは、この子たちから聞いて知っていました。でも服装が違っていましたので、念を入れたわけです。大変失礼いたしました」

健吾たちは首を横に振った。

この状況では、警戒しないほうがおかしい。

「誰だ、手を上げろ、と言ったのはあの九官鳥ですよ」

入口の天井から吊り下げられている鳥籠のなかに、一羽の九官鳥がいる。

——鳥籠？　また出てきたか……。

「この九官鳥は、私たちがここを住居にする前から鳥籠のなかにいました。利口な九官鳥で、初めて見る人間に対しては、『誰だ、手を上げろ』と言いますが、二度目からは何も言いません。敵が侵入したときには役に立ってくれます」

そう言ってピエールは笑った。


回収されてから二時間かけて、健吾たちは討議を重ねた。探査を始めてから七日経っている。場合によっては期間の延長を申請する必要がある。

鳥籠のことが再び話題になった。二回も出てくるのは、やはり重要な意味を含んでいる証拠なのか。あるいは執拗なハッタリと解釈すべきなのか。

だが、今度の鳥籠には九官鳥がいた。鳥と鳥籠はセットだ。この組み合わせは不自然じゃない。前回とは本質的に違う。

この九官鳥は、敵と味方を区別することができる。ピエールたちの役に立っているのだ。とすると、今回の鳥籠は九官鳥に付随したものであり、それ自体としては特に意味はない。本が本箱に入っているようなものだ。四人はそう結論づけた。

西麻布にあるアントニオ宅を訪れたときには、夜の七時を回っていた。アントニオとイザベラは緊張した面持《おもも》ちで健吾たちを出迎えた。アントニオがルチアの手を引いている。今日はルチアにもすべてを語るつもりだった。

ルチアは左膝に包帯を巻いていたが、他は救急絆創膏だけだった。顔の擦り傷も黒っぽい筋に変わっている。これなら痕は残らないだろう。健吾はほっとした。

健吾たちは応接室に通された。メイドが飲み物を置いて去る。礼子は日本語で切り出した。

「ルチアさんの記憶空間で何が起こっているか、それをほぼ確定できたと思います」

そう礼子が切り出すと、アントニオとイザベラの顔に緊張の色が走った。ルチアはアントニオの隣で目を前方に向けたまま、黙っている。礼子は続ける。

「加藤さんが最初の探査のときに戦った兵士というのは、十六世紀フランスのユグノー軍兵士でした。フランス国王軍兵士は彼等と戦って敗れ、ほぼ全員が惨殺されたもようです。パリはユグノー軍兵士によって支配されています。国王シャルル九世もカタリーナも、この様子では逃げ切れたとは思えません。史実とは完全に違っているわけです。さらに、驚いたことに、パリ市内には現代の人間が数多くいました。彼等は記憶空間のあちこちで捕らえられ、市内へ強制的に連れてこられたのです」

「そんなことが……」

「アントニオさんが経営されている新宿のホテル、そこはユグノー軍兵士に占拠されていました」

「私のホテルが……すると宿泊客や従業員は……」

礼子は答える代わりにアントニオをじっと見た。

アントニオはきつく目を閉じ、十字を切った。

「ルチアさんとマリアンナさんを救けたことは、この前お話ししたと思いますが、未だに行方はわかりません」

「兵士に捕まった可能性は……」

「残念ながら否定できません」

アントニオは唸った。

イザベラも表情が険しくなる。

「でも、マリーとジャンに再会しました」

「そうか、生きていたのか」

「伯父さんのピエールに救けられたそうです。ご存じですか、ピエールのことは」

「何年か前に、名前だけは聞いたような気がする」

「でも、安心はできません。ピエールによれば、パリ市内へ連行されてきた人々は厳しく詮議され、メディチ家に関係が深いと判断されると処刑されます。メディチ家の人を救けても同罪です」

「処刑というと……」

「絞首、股裂き、刺殺、その他いろいろです」

「絞首……股裂き……」

アントニオはそう言って絶句し、イザベラは口を手で押さえる。ルチアの目に涙が溢れてくる。

「女も子供も老人も、容赦はしません。二頭の馬に両足をくくりつけられて股裂きにされた男を、ノートルダム大聖堂前の広場で実際に見ました」

「ユグノー軍兵士がそんなことを……」

「ふたりの子供に、父親を殺させる光景も目にしました。群衆は誰も救けようとはしませんでした」

「では、では……」とイザベラ。「ルチアとマリアンナも、もし兵士に捕まっていたら……」

イザベラの声はほとんど悲鳴だった。

「これらのことから推理しますと、ルチアさんの記憶のなかにはご自身の記憶の他に、十六世紀のパリが存在すると考えられます。そしてこのパリはユグノー軍兵士に支配され、兵士は市外に出てはルチアさんの記憶空間を荒らし回り、そこにいる人々を惨殺するかパリへ連れてくるかしているのです」

単なる通行人は捕縛される。ルチアと関係が深い人間は虐殺される。こうした基準があるが、それ以上詳しいことはわからないとピエールは言っていた。

「ルチアさんに確認したいのですが」と言って礼子は視線をルチアに移す。「マリーとジャンの伯父さんで、ピエールという名前の三十歳過ぎの男の人を、知っていますか」

　ルチアは前方を見つめたまま、

――マリーの家に遊びに行ったとき、会ったことがあります。

　とモバイルボードで答えてきた。

「ありがとう。確認できてよかったわ」そう言ってまたアントニオに向き直る「その方が、群衆のリーダー的存在のようです」

「何人くらいいるのだ？」

「二百人程度だと言っていました。他に千人以上、牢獄にいるだろうということです」

「牢獄というと、もしかして……」

「ええ、私もそう思って聞きました。バスティーユ牢獄に間違いないと言ってました。ただ、兵士たちはバスティーユ砦《とりで》と言っているようですが」

「砦？」

「当時はそう呼ばれていました。もともとが牢獄ではなく、サン・ポール宮殿を守るための砦だったからです。ちなみに、VPSデータによればエリアDの入口はその辺りにあります」

　アントニオの様子がおかしい。じっと床を見つめたままだ。その目はやがてゆっくりと上がってきた。焦点が合っていない。

まずい、と健吾が思ったときには遅かった。

「やっぱり、ユグノーの呪いだ……」

「違います、アントニオさん」

礼子は強い口調で言った。

ルチアがいる前で、その言葉は絶対に言ってはならない。しかも父親のあなたが。だが、アントニオはやめなかった。

「ユグノーの呪いに間違いない。メディチ家を狙っているのだ。そしてその友人までも……」

「やめてください、アントニオさん。あなたのそばにはルチアさんがいらっしゃるのですよ」

「いるから何だ。真実は伝えなければならない」

「真実ではありません。呪いなんて、この世に存在しません。これは心理学的にきちんと説明がつくことなのです」

「心理学が正しいとは限らん。心理学で解明できない現象は、世の中にごまんとある。それに……」

「あなた」とイザベラが遮った。「私は礼子さんの言っていることが正しいと思うわ。心理学的に解決できると思ったから、礼子さんにお願いしたのではないの?」

アントニオは何か言いかけたが、やがて大きな溜息をついて頭を抱えた。イザベラが頷いたので、礼子は続けた。

「私たちは、これを自己処罰だと考えています。この言葉、ご存じですか」

「いいえ、初めて聞きました」

「自己否定という人もいます。要するに、自分の存在を許すことができず、自分で自分を罰する行為です」

「なぜそんなことを？」

「自分にもカタリーナと同じ血が流れているからです。同じメディチ家の人間として、ルチアさんにはカタリーナの行為が許せなかった。カタリーナの犯した罪の重さを知れば知るほど、いたたまれなくなった。この思いが、メディチ家とそれに関係が深い人々をユグノー軍兵士に虐殺させるというシナリオを創り上げたのです。ちなみに、目と口が不自由になったのは、この自己処罰の感情の身体的な表れだと思われます」

このことは、直接ルチアさんに聞いたほうが早い。礼子がそう言うとイザベラは同意した。

「ルチア、擦り傷はまだ痛む？」

――ううん、もう痛くない。だいじょうぶ。

「よかったわ。顔の傷もほとんど見えないくらい。今の質問なんだけど」

――確かに一時期、思い悩みました。でも、今では違った考えかたをしています。

「どう考えているの？」

――思い悩んでも、何の解決にもならないと考えるようになりました。ママの言うように、今では自分が人を幸せにすることが、大切だと思っています。

「とってもいい考えだと思うわ」

ルチアは頷く。

「でも」と礼子は続けた。「あなたの心の奥深くでは、そう簡単に片づいてないようなの。人間の無意識がどういう世界なのか、考えたことある？」

――今回のことで、いろいろ考えました。でも、よくわからなかった……。

「実を言うと、私も私自身の無意識がどうなっているか、よくわかっていないの。ううん、私だけじゃない。健吾さんも加藤さんもそれは同じ。お父様もお母様も、きっとそうよ」

――人間はみんな、そうだということ？

「そう断言していいわ。つまり、あなたの無意識のなかでは、罪の意識は依然として消えていない。そのために、あなたの考えとは正反対のことが起こっているの」

――そんな……。

「信じられない？」

――まったく信じられません。

「残念だけど、そう考えなければならない証拠があるの」

礼子は再びメディチ夫妻に向き直った。

「エリアAにあったフィレンツェの光景ですが、陽は高いのに街は夕暮れでした。メディチ家の紋章は血を流していて、イエスの十字架像は首から上がありませんでした。これらの謎が、自己処罰という観点から見ると、すっきり解けるのです」

アントニオも今度は頷いた。

ようやく理解してくれたようだ。

「血を流すメディチ家の紋章は、メディチ家への怨念《おんねん》を表現しています。頭部のないイエスの十字架像は、キリスト教の否定ではなくカトリックの否定だと思います。プロテスタントの十字架にはイエスの像はありませんから。太陽と夕暮れの矛盾は、フィレンツェがメディチ家の街だったからです。メディチ家の凋落《ちょうらく》を象徴した光景だと私には思えます」

この推理をしたのはベンケイだった。

礼子はさらに言う。

「フランス国王軍が壊滅し、ユグノー軍がパリを支配している。史実とは異なるこの構図も同じ理由です。ユグノー軍を勝利させ、自分の愛する人々を虐殺させることで、ルチアさんは罪を償おうとしているのです」

「どうすればルチアは治癒するんだ」

とアントニオが聞いてきた。強い視線が戻っている。頭を抱え思い悩んでいるアントニオではなかった。

「兵士の世界を消滅させることだと考えています」

「どうしたら消滅する?」

「自己処罰の感情の源を、消滅させることです」

「そのためには?」

「兵士の世界を突き抜けてエリアDへ向かいます。そこにいる主人格を説得する以外に、方法はありません」

「説得できるのか。言っておくが、力を尽くしたが説得できませんでしたでは済まないぞ。確実なプランを示してほしい」

「プランはまだ具体的には……しかし、自己処罰という解釈だけは確かなものだと……」

「解釈すれば治癒するのか」

「いいえ、しかし……」

「ルチアの主人格は、ルチア自身を処刑したんだろう。学校の友人やその両親まで虐殺している。それだけ激しく自分を罰しているのだ。やめろと言って、はい、わかりましたと言うわけがない」

「それは、もちろんです……」

「八歳のルチアはすでに虐殺されている。あなたがたが救けたというルチアとマリアンナは、未だに行方が知れない。その他にもルチアはいるはずだ。いったい、どこにいるのだ」

「まだ確認が取れていません」

「こうしている間にも、ルチアは兵士に見つかり、処刑されているかもしれない。あなたがたにそれが阻止できるのか。私は、どうしたらあなたがたを信頼できるのだ？」

礼子は無言でアントニオを見つめている。

アントニオは続けた。

「ルチアは私たちの娘だ。この意味がわかるか。ルチアにもしものことがあったら、誰が責任を取る？　あなたがたが取れるか。取れないだろう。親である私たちより深い悲しみを、あなたがたは感じることはできないのだ」

広い額の下で、アントニオの緑色の目が燃えている。太く短い鼻と分厚い唇が、奇怪な生物のように見える。

「悪いが、私は別の方法を採らせてもらう」

順に四人の顔に視線を這《は》わせる。

アントニオはさらに続けた。

「もちろん、契約解除ではない。自己処罰という視点で、あなたがたは進めていっていい。私は、私が正しいと思った方法を、試してみたい」

「それは、どんな方法で……」

「あなたがたに言う必要はない」

アントニオは立ち上がってドアへ向かう。イザベラが慌てて呼び戻そうとしたが、アントニオはそのまま出て行った。

八日目

ピエールの住居に戻ったときは朝になっていた。どこに行っていたのかピエールに聞かれたので、東側の城壁に沿ってルチアとその母親を捜索してきたと答えた。ルチアとマリアンナを救けたことは、すでにピエールたちに話してある。それ以上に、マリーとジャンを救けたことが信用される大きな理由になったようだ。

ピエールたちは食事中だった。健吾たちも勧められたが丁重に辞退した。椀の中身は濁《にご》ったスープだけに見えた。固形物がない。テーブルの上の固い欠片《かけら》——たぶん干からびたパンだろう——をそのなかに溶かし込んで、それを全員が木のスプーンで啜《すす》っていた。そんな彼らの食事を、さらに減らすようなまねはできない。

今日もふたりを捜しに行くと言うと、ピエールは可能性がありそうな場所を挙げてくれた。

「シテ島からバスティーユ砦へかけての、建物が建ち並んでいる地区が最も可能性が高い。四日前、三百人ほどが一度にパリ市内へ連れてこられたとき、バスティーユ砦まで護送される途中で半数近くが逃げた場所だ」

パリ市外ではまだ国王軍との戦闘が続いている頃で、充分な人数の兵士を護送に回せなかったのだろうと言う。

「処刑は頻繁に行われるのか」

と健吾は聞いた。テーブルの上はすでに片づけられていた。ピエールの他に、三人が残っているだけだ。

「市内のどこかで毎日行われている。公開処刑は、ノートルダム大聖堂前広場で、数日に一度はある」

「ひどいやり方だ」

「数人から多いときで数十人が虐殺される。このなかからも、処刑される人間が出てくるだろう」

「どういうことだ？　あんたらはメディチ家と関係がないと判断されたから……」

「疑いが消えたわけではない。残念ながら、ユグノー軍側につく者がいるんだ」

「そんなヤツがいるのか……」

健吾は思わず他の三人を見る。

ピエールは手を振って、

「彼等は心配ない。全面的に信頼できる。あなた方の素性も、信頼できる者にしか伝えていない」

十数人が全面的に信頼できると言った。

マリーとジャンの素性も、その十数人しか知らないと言う。

「我々の食事を見ただろう。寝返る者にはたいてい、幼い子供がいる。子供がお腹をすかせて泣けば、親は抵抗できない」

「寝返れば、腹いっぱい食えるというわけか」

ピエールは、そうだと言う。

――クソッ、汚いヤツらだ。

ピエールは続けた。

「彼等はユグノー軍兵士と同じ格好をしている。あちこちの部隊に交じっているんだ」

「それは、やりにくいな。もし戦いになったら……」

「何か目印になるものはないの？」

と今度は礼子が聞く。

「特にない。だが、バスティーユ砦にはいない。食事を運んでいったときに、何回か確認している」

「スパイを恐れているからじゃない？　千人の囚人が脱獄したら大変なことになるわ」

「私もそう思う」

「ルチアは公開処刑されたのか」

健吾が言う。

ピエールは黙りこんだ。

「正直に言ってくれ。それによってオレたちの対応も変わる」

「三人見た」

「殺されたということだな」

「そうだ」

「年齢は？」

「十歳くらいがひとり。あとは七歳か八歳がふたり」

「父親と母親は？」

「一緒だった」

ルチアの記憶には、基本的にはたくさんのルチアがいる。アントニオもマリアンナもイザベラも友達も。毎日のように出会う人の記憶はあちこちの場面に散らばっている。ヴァーチャル記憶空間内でもそれは同じである。

ヴァーチャル記憶空間に住む人々は、同じ人間が複数人いても不思議には思わない。自分と同じ人間に出会っても、不自然さは感じない。はじめからそういう世界に生きているからだ。

出かけようとすると、マリーとジャンが一緒に連れて行けと言ってきかなかった。

「この人たちは、人を捜さなければならないんだ。おまえたちがついていったら、迷惑になる」

「そんなことないよ、ピエール伯父さん。僕は目がいいんだ。人を捜すなら手伝えるよ」

ジャンが口をとがらせて言う。

「私だって役に立つわ」とマリーも言う。「それに私、礼子さんが大好きなんだもの」

「姉さんは残りなよ。こんなときに女は役に立たないものさ」

「礼子さんだって女よ」

「礼子さんは例外」

「あなたこそ、礼子さんたちを危険な目に遭わせたのよ。危なっかしくて、連れていけないわ」

「もう、そんなことはしないよ」

「待って」と礼子が言った。「悪いけど、今回はふたりとも連れていけないわ」

膝を曲げて礼子はふたりに対した。

「あの日、城門にいた兵士の誰かと、たまたまどこかで出会ったと考えてみて。どうなると思う？」

マリーもジャンも無言。

礼子は続ける。

「兵士は、あなたたちを忘れているかしら」

マリーとジャンが顔を見合わせる。

マリーが言う。

「服装が違ってるわ」

「顔は同じよ」

「このオジサンたちがついてるじゃない？」

子供たちは助けを求めるように健吾とベンケイを交互に見る。礼子は黙って首を振り続ける。マリーとジャンは現代の子供服に変わっていた。一緒にいる女性たちに大人の服を手直ししてもらったのだという。

「ここにいて、ピエールのお手伝いをしなさい。あなたたちふたりがやっていることは、とっても重要なことなのよ」

掃除をしたり四階から見張ったり連絡係を務めたりしている。みな重要な仕事だ。

マリーとジャンは俯いた。礼子はその頭を撫でてやってから、立ち上がった。健吾とベンケイも立ち上がる。ピエールたちに挨拶して出入口へ向かう。

健吾は九官鳥の鳥籠を指先で軽くつついた。九官鳥は黄色いくちばしを健吾に向ける。

「役に立たなくなったら、焼き鳥にしてやるから安心しろ」

健吾が日本語でそう言うと、九官鳥は羽をばたつかせて、ギェーギェーと鳴いた。


VPSデータによれば、エリアDはピエールたちの住居よりさらに北東、ちょうどバスティーユ砦がある方角に存在することがわかっている。

ピエールたちは総勢約二百人。ピエールの住居があるグラン・ポン橋の上の四階建て住居で暮らしているという。そこだけが彼等に与えられた場所だと。グラン・ポン橋はシテ島を挟んでプチ・ポン橋の反対側にある。

ルチアとは関係ない人々。つまりルチアと過去のどこかで偶然にすれ違っただけの人々。ひとまずそう判断された人々だけが、ここで生活することが許されている。仕事は兵士の世話である。食事や洗濯や雑用を引き受けている。ピエールは、かろうじてこの網の目をかいくぐってきたのだ。

単なる通りすがりの人間かどうかの判断は、基本的に同じ人間が複数人いるかどうかで決まるという。五人も六人も見つかれば、その人間はルチアと頻繁に出会っていることになり、関係が深いと判断される。ピエールは来日したときルチアに一度会っただけだ。それで幸運にも追及を逃れることができたのだ。

ルチアとの関係が確認できていない人々が千人ほど、バスティーユ砦に幽閉されている。毎日厳しい追及があり、関係があるとわかると、そのうちの何人かは今日のようにノートルダム大聖堂前の広場で公開処刑される。関係ないと判断されるとピエールたちの仲間に入る。

武器は、いつものようにベンケイは棍棒。健吾は仕込み杖。礼子は両脇にナイフを一本ずつ。

通りへ一歩踏み出した。途端に、かなり絶望的な状況であることがわかった。あちこちを兵士が数人一組で往来している。健吾たちが出て行くと鋭い視線を投げてきた。

バスティーユ砦まで食事を運ぶ仕事を、ピエールが割り当ててくれたのだ。兵士の持ち場は他にも十数ヶ所あり、グループごとに分かれて行っていた。

荷車はふたつ。ひとつはパンと肉とワインを入れた樽。もうひとつは薄いスープを入れた樽。量はほとんど変わらない。前者が兵士、後者が囚人の食事だろう。

「この贅沢《ぜいたく》な食事を見ると腹が立つな」

と健吾が言う。兵士用食事の荷車は健吾が、囚人用食事の荷車はベンケイが引いている。

「ホントね。唾でも吐きかけてやりたいわ」

兵士の料理を作っている場所では、兵士が監視している。盗むことはできない。

「誰か頭を掻いてください。風に乗って偶然にフケが入ってしまうことも考えられます」

「あんたが冗談言うこともあるんだ」

と健吾が言うと、礼子もベンケイも笑った。

澄んだ青空に太陽が輝いている。低い位置にあるせいか、ぜんぜん暖かさが感じられない。オレンジ色の氷が光っているように見えるだけだ。

橋を渡りおえると、左手に巨大な建物が見えた。中央の大きな円錐形《えんすいけい》の屋根と、その周りを取り囲む小さな円錐形の塔。それらを取り囲む白い城壁。ルーブル宮である。だが、宮殿のところどころが黒く変色していた。

「焼き討ちにあったようだな」

「ルチアとマリアンナを救けたときに見えた、あの火がそうだったんじゃない？」

城壁の一部が破壊されていた。少し進んでから角度を変えて見てみた。北側の城壁はほとんどが破壊されていた。宮殿の一部も崩れている。いたるところに焼けこげた跡があった。ルーブル宮は、カタリーナやその息子で当時のフランス国王シャルル九世たちの住居である。この状態では、思ったとおり国王軍は全滅したと考えられる。

サン・マルタン通りを北東に向かい大きな十字路にぶつかったら右折する。そうすると一時間ほどでバスティーユ砦に着く。ピエールにそう教わった。健吾たちが参考にしている十六世紀パリの市街図でも、それは同じだった。

サン・マルタン通りは、健吾たちが初めて見た夜の路地とは違っていた。広く乾いた石畳の道だった。建物も規模の大きいものが目立つようになった。壁の装飾も凝ったものが多くなる。引いている荷車がガタガタと音を立てる。

右手に大きな建物が見え隠れしている。外観から見て市庁舎だろう。紺色の屋根とグレーの壁。窓がいくつも連なっている。

十数人の兵士の一団に遭遇するが、健吾たちの引いているものが食事だとわかると、笑顔を向けてくる者もいた。城門の外で見た兵士たちよりリラックスしているようだ。

まだ十字路にさしかかっていない。一ブロック先に兵士の一団が座り込んでいた。荷車がそばにある。すでに食事休憩に入っているところもあるようだ。

「この辺りから路地へ入ってみない?」

健吾とベンケイは頷いた。ルチアやマリアンナが隠れているとすれば路地裏しかないとピエールは言っていたが、確かにこの地域は格好の場所に見える。

ジメジメした路地裏だった。細い道の両側に四、五階建ての建物が建ち並んでいるため、太陽はほとんど差さない。

「待て、どこへ行く」

突然フランス語が聞こえた。

立ち止まると、五人の兵士が建物の陰から出てきた。

「怪しい者ではありません。バスティーユ砦へ食事を届けに行くところです」

と礼子がフランス語で答えた。

健吾とベンケイは頭を下げたままでいる。

「ここは道から外れている」

若くて大柄な兵士だった。

彼の後ろには四人の兵士が火縄銃を構えていた。

「申し訳ありません。近道をしようと思ったのですが、迷ってしまいまして」

「荷をあらためるぞ」

男が合図すると、ふたりの男が火縄銃を下ろしてふたつの荷車のなかを調べ始めた。調べはすぐに終わった。

「今日のところは許す。だが、次からは意図的にこの区域へ入り込んだものとして、見つけ次第射殺する。いいな」

「わかりました」

「この路地を北へ行くと大通りに出る。右折すれば、ほどなくバスティーユだ」

三人は男の言った方角へ歩き始めた。大通りには十分で出た。右折するときに素早く振り返ったが、後をつけられてはいない。

「かなりピリピリしてるな」

「あの区域に、誰かが隠れている可能性が大きいわね」

「救けるなら早いほうがいい。今夜はどうだ」

礼子もベンケイも同意した。

バスティーユ砦は堀で囲まれていた。堀には水がある。跳ね橋がふたつ見えた。だが、それよりバスティーユ砦そのものに健吾は圧倒された。

高さは二十メートルを超えている。小さな窓がいくつか見える以外は、全体が白っぽい壁で覆われていた。砦は八つの四角い塔を持っていた。人を寄せつけない異様な雰囲気がある。

「この砦は、確かサン・ポール宮殿を守るために建てられたということだな。宮殿なんて、どこにもないぞ」

と健吾が言う。

「当時の国王アンリ二世が不慮の死を遂げたため、王妃カタリーナが取り壊しています。サン・バルテルミーの虐殺があった一五七二年には、もう存在しなかったはずです」

ベンケイが答える。健吾たちが近づいていくと兵士たちは集まってきた。二十数人いる。

「いつもより遅いぞ」

兵士のひとりがフランス語で言う。

「途中で、つまみ食いをしてたんじゃないのか」

別の兵士が言う。顎の肉がたるんだ、肥満した男だった。健吾たちのほうへ歩いてくる。

「確かめてみようぜ。おい、そこのデカイの。口を開けてみろ」

ベンケイは軽く口を開けた。

兵士はベンケイの顔を下から覗き込む。

「こいつ、東洋人だぜ。おまけにフランス語がわかる……ふん、デカイやつは、消化がいいと見える」

兵士は今度は健吾のところへ来た。

「へっ、こいつも東洋人だ。おまえもフランス語がわかるのか」

健吾が何か言おうとすると、

「返事はいい。口を開けろ」

健吾は言われたとおりにした。

「真っ赤な口をしてやがる。猿みたいなヤツだ」

兵士は最後に礼子の前に立った。

「東洋人の女か」

兵士は礼子の身体を、上から下まで舐め回すような目で見た。

「歳はいくつだ?」

「十六歳です」

健吾は目を剝いた。

おい、こんなところで年を鯖《さば》読んでどうするんだ。

「可愛い女だな。男を知ってるのか」

「いいえ」

ウソつくな、かえってややこしくなるぞ。

「知りたいとは思わないか」

「思います」

兵士たちがどよめく。

視線が一斉に集まる。

「ほう、正直だな」

「決してウソはつくな、と父に教わりました」

「いい父親だ」

「ありがとうございます」

兵士は礼子の周りをひと回りし、尻を撫でた。

「いい身体だ。男を知りたいなら、おれが相手になってやってもいいぞ」

「あなたには抱かれたくありません」

「何……」

周りがしんとなった。

「いい父親の教えです。申し訳ありません」

周りの兵士が爆笑した。

兵士は怒った目で礼子を睨んだが、どうにか自制して一団のなかに戻った。ベンケイが、もうひとつの荷車を引いてバスティーユ砦のなかに入ろうとすると、ここまででいいと言われた。

そこは跳ね橋の手前だった。頑丈そうな木と鎖が見えた。門の奥は暗くて見えない。健吾たちは頭を下げると立ち去った。

防備の兵士は二十数人。食事の時間に出てこないところをみるとこれで全部なのか。あるいは交替制になっているのか。

手首にあるVPSを見る。エリアC8（24, 00β）。間違いない。このバスティーユ砦の内部にエリアDの入口はある。

＊

喚声も悲鳴もない。しんと静まりかえった夜だった。少し欠けた月が天にかかっていた。

三人はピエールたちの住居を後にした。武器は昼間と同じ。橋には松明の灯があったが、そこを抜けると闇は濃かった。

今日と明日で、救けられるだけのルチアを救ける。ルチアの友人も可能な限り救う。そしてピエールたちの力を借りて、少なくとも数日間は安全な場所にかくまってもらう。こう計画した。

その間に、健吾たち三人はエリアDへ向かい、番人を探しだして説得する。説得に成功しトラウマが治癒すれば兵士の世界は消えるはずなので、そのときまでルチアたちは絶対に生かしておきたい。ルチアたちが殺されてしまえば、番人を説得してもルチアの重要な記憶は戻ってこない。

路地の奥にかすかな光を見た。その方向に三人で忍んでいく。それっきり光はなかった。路地は五つの方角に分かれていた。六、七階建ての建物が四方にそびえ立ち、その下の石畳は濡れている。生ゴミの腐ったような臭いを嗅いだ。

「誰かいるぞ」

と健吾は低い声で言った。

健吾が嗅いだのは糞尿《ふんにょう》の臭いだった。それを言うと、

「兵舎が近くにあるのかもしれないわ」

「それなら、松明がいくつも見えていいはずだ」

見張りの兵士も何人かいるはずだ。どちらも見えない。礼子の指示で、三人はひとつの建物のなかへ入っていった。

簡素な造りだった。石の壁には装飾がない。漆喰が塗ってあるがところどころ剝げ落ちていた。木の階段はギシギシ音を立てる。壁にランプ立てがあるが、ランプはない。

二階へ上がった。三人はペンライトで辺りを照らした。部屋のドアは閉ざされていた。礼子が腰を落とした。

「見て、足跡が残ってる」

三人でいるときは日本語で話す。

たとえ聞かれたとしても、内容は兵士にわからない。健吾とベンケイも腰を下ろしてペンライトを床に向けた。

「ひとりじゃないな」

「小さい足跡もありますね」

三人か四人。そんな数に思えた。足跡以外の部分は埃《ほこり》を被っている。足跡は、三つ先のドアのなかに消えている。

礼子が合図する。三人はそっとドアに近寄っていった。ドアの前面には立たない。銃で内側から撃たれたら終わりだ。しばらく待ったが、何の物音もしない。

礼子が壁から手を伸ばして、ドアに手を掛ける。すぐに引っ込めたが、思ったとおり数発の銃弾がドアの板を撃ち抜いた。

「ぎゃっ」

とベンケイが打ち合わせどおり絶叫する。

続いて、断末魔の呻き声。床をバタバタと踏む。ドアが引き開けられ、アントニオが拳銃を構えて出てきた。

だが、そこまでだった。アントニオは手を礼子につかまれ拳銃を奪われると、あっという間に床に這わされた。

健吾とベンケイは部屋のなかに突入した。ベンケイは棍棒を腰から引き抜き、健吾は仕込み杖の柄を捻っていた。

左手にテーブルがあり右手にベッドがあった。家具といえばそれだけだった。マリアンナがベッドの傍らで震えていた。それはあの優雅な雰囲気を漂わせているマリアンナではなかった。頬はこけ、目だけが異様に光っている。

腕のなかには女の子がいる。顔はマリアンナの胸に押しつけられていて見えないが、ルチアに間違いあるまい。

「心配するな。オレたちは敵じゃない」

健吾は英語で言った。ルチアがこの年齢ではアントニオもまだ来日していない。日本語は知らないだろう。マリアンナの顔に張りついている恐怖は消えない。英語は通じないのか。健吾はフランス語に変えた。

「あなたの名前はマリアンナ。ドアのところにいるのが夫のアントニオ。そして腕のなかの少女はルチア」

アントニオが入口で呻いている。時間はない。銃声を聞きつけた兵士たちがやってくるだろう。

「フランス語なら理解できるはずだ」

マリアンナも腕のなかのルチアも何も言わない。ルチアがフランス語を覚えたのはイタリアにいるときである。アントニオもマリアンナも使えるはずだ。

「昨夜、パリ城壁の近くでオレは三人の兵士を倒した。彼等が追っていたのは、きみたちじゃないのか」

顔は汚れ服はあちこちが裂けていた。あのときと同じ服装だということに、健吾は気づいたのだ。

「あのときの……」

やっとマリアンナが震える声で言った。

フランス語だった。

「あの後、あちこち捜しても見つからなかった。でも、無事でいてよかった」

「申し訳ありません。怖くて、どうしようもなくて……でも、どうして救けてくれたのですか。二度までも。私は、あなたがたを知りません」

「話せば長くなる。信用してもらうしかない」

礼子がアントニオを解放した。

アントニオは抵抗しなかった。礼子は小型の拳銃をアントニオに返した。アントニオの頬もこけ、目だけが見開かれている。

「他に誰もいない？」

「誰とは？」

「隠れている人々よ。あなたたちの他には？」

アントニオは黙った。

礼子は続けた。

「他にいれば、その人たちも救けたいの」

それでもアントニオは無言。躊躇《ちゅうちょ》しているのが見て取れる。

「信用して。時間がないの。こうしている間にも、兵士が飛び込んでくるかもしれないわ」

アントニオは頷くと素早く立ち上がった。

「別のところにいます」

階段を降りるときに、マリアンナに抱かれた少女をペンライトで照らしてみた。ルチアだった。健吾がウインクしたが、ルチアは震えているままだった。

「あの建物に知り合いが三人います」

路地に出ると十数メートル先の建物を指さす。そこは四階から上が崩れ去っていた。

「ひとつの建物にはひとつのグループしかいません。逃げ回っているうちに、そのほうがいいことがわかりましたので」

「何組くらい残っているの?」

「私にも摑めていません」

「バスティーユ砦へ連れて行かれるときに、逃げたようね。何人くらい逃げたの?」

「三百人は逃げたと思います」

「捕まった人もいたでしょう?」

「と思いますが、自分が逃げるのに夢中で、どの程度の人数が逃げ切れたかまではわかりません」

「知っているのは、あの建物に隠れ住んでいる人だけ？」

アントニオは、そうですすと言った。

遠くで鐘を鳴らす音が聞こえた。ふたつ、三つと多くなる。すぐに鐘の音は連続して聞こえるようになった。

兵を集める合図だろう。健吾たちは急いだ。目当ての建物に到着すると、アントニオはルチアを抱き上げて階段を上っていった。汚れたドアがある。

「エリザベト、私よ、開けて」

ルチアがフランス語で言う。健吾たちにも話の内容がわかるように、フランス語で喋るよう指示していたのだ。

「救けに来てくれた人がいるの。一緒に逃げましょう」

マリアンナも押し殺した声で言う。

しばらくは何の応答もなかった。

「信用して。フランス語にしたのはわけがあるの。声を聞けばわかるでしょう」

少ししてドアが細めに開いた。すぐに大きく開かれる。出てきたのはマリアンナと同年くらいのブロンドの女性だった。

「マリアンナ……」

「ルイーズ……」

ふたりの女性はドア口で抱き合った。

ほんのわずかな時間だった。

「時間がないの。ロレンツォとエリザベトは？」

ルチアより少し年上に見える少女が、部屋のどこからか飛んできた。今度はルチアとその少女が抱き合った。

「この人たちは味方よ、安心して」

マリアンナが言う。

ルイーズは涙に濡れた目で健吾たちを順に見た。

部屋には自分たちしかいない、と静かに言った。夫のロレンツォは昨日殺されたと。やっと逃げ延びてきたことを証すように、このふたりも服は裂け、顔は汚れきっていた。

総勢八人になった。闇に紛れてピエールのところへ連れて行くことができれば、まず安心だ。礼子が先頭。しんがりがベンケイ。シテ島の方角に進んでいった。

だが、案の定、そう簡単には事は運ばなかった。行く手に十数本の松明が突然出現した。銃と石弓が確認できた。

「この場を絶対に動かないで」

礼子は五人を建物の陰に押し込んだ。

飛び道具を持っている相手に、遠くから狙われたくない。三人は別々の建物の陰に急いで身を潜める。近場に兵士が来たら、一気に斬り込んでいく。こうすれば飛び道具は使えない。

兵士との、初めての本格的な戦いになると健吾は踏んだ。今度は酔っぱらいじゃないだろう。

全身に震えが来る。それは紛れもない武者震いだった。

兵士の武具がガチャガチャ鳴る音が近くなる。礼子がタイミングを計っているのが見て取れる。礼子は無言で合図した。

ベンケイが真っ先に突っ込んでいった。兵士たちは剣で応対するしかなかった。健吾と礼子がすぐ後から続く。腹の底から気合いを発すると、武者震いは消えた。ベンケイの戦闘を初めて見た。棍棒を上段に構えて、目の前の敵の頭蓋に叩きつける。鉄製の兜は一瞬で萎《しぼ》んだボールのようになった。

「何者だ、おまえたちは」

兵士の誰かが叫んだが、健吾たちは答えない。すでに戦闘は始まっていた。ベンケイの太い息吹と、礼子の甲高い気合いが闇にこだまする。礼子は戦うときはいつも、小手と胴と脛《すね》にチタン製の防具をつける。両手にナイフが光っていた。

「構わぬ、殺せ」

兵士は十数人。充分に武装している。健吾の剣に相手は敏捷《びんしょう》に反応した。フェンシングに似た軽快なフットワークを見せる。

だが、日本の剣の技を相手は知らなかった。最初の数分で三人を倒した。ベンケイと礼子も数人ずつ。濡れた石畳に十体ほどの死体が転がっている。飛び道具を使用できないように、三人とも常に兵士たちとの距離を詰めていた。

健吾の目の片隅を礼子の姿がよぎった。スリムな身体は敏捷に舞った。ほとんどが足技である。そして剣の間をくぐり抜けるようにして、後頭部や首をナイフで狙う。

健吾の目前にも敵が迫っていた。小柄な兵士だった。健吾より十センチは低いだろう。細身の剣を持って半身に構えたその姿勢は、他の兵士とは明らかに違っていた。こいつは遣える、と健吾は直感した。

全身が水を浴びたようになった。好敵手に巡り会うとこの感覚が襲ってくる。兵士はすっと間を詰めてくると、間髪をいれず鋭い突きを入れてきた。健吾は剣先でそれを払う。何度かそれが繰り返された。

その間に、礼子とベンケイはさらに敵を倒したようだ。残った兵士は逃げようとしたが、ベンケイの棍棒で骨を砕かれた。ベンケイは礼子のように打ち所を気にしない。目についたところに棍棒を叩き込む。そうすれば骨でも肉でも砕ける。

そうかと思うと、小技もときどき見せた。相手の足下へ棍棒を振り出すように見せて、相手のガードが下がったところへ脳天から一気に振り下ろす。スピードと技。ベンケイには剣の技量もかなりあることがわかった。

相手の鋭い突きに、健吾は腕に二ヶ所傷を負った。かすり傷だが身体全体から冷たい汗が噴き出てくる。月明かりが男の剣に反射した。男は剣を十字に回転させる技に出た。かなり速い回転だ。

健吾は自分から仕掛けずに、前後に軽いステップを踏んで相手を誘った。男はなかなか乗ってこない。健吾は辛抱強く待った。待てば絶対に乗ってくる。

相手の目が光った。右足が滑るように前へ出たかと思うと、剣先がすっと伸びてきた。健吾も同時に前へ、と思ったが、急に相手の身体が横に回転した。

健吾は直感した。剣は真っ直《す》ぐに伸びてくる。そう思わせておいて横面へ蹴りが飛んでくる。蹴りが本命なのだが、伸びてくる剣しか普通は見えない。死角を利用した必殺技だ。

——蹴り技を使うヤツもいるのか……。

健吾はもちろんこの訓練を受けていた。日本の剣法はこの死角を大いに利用している。健吾は素早く身を沈めた。頭の上を蹴りが通過する。その瞬間を逃さなかった。健吾は相手の股間を下から斬り上げていた。

「むうっ」

という呻きが聞こえた。

男は自分の股間から流れ出る血を確認すると、そのまま棒のように石畳に倒れた。

「早くして、こっちよ」

礼子が建物の陰にいる五人を呼ぶ。

五人は走って出てきた。アントニオが言う。

「あなたがたはいったい……」

「それは後で説明します。それより、急いで。シテ島まで一気に走り抜けるわ」

だが、健吾たちが走ったのはほんの一分に満たなかった。右手と正面から、数十人の兵士が姿を現したのだ。

健吾と礼子が敵を食い止め、ベンケイはアントニオたちを引き連れてシテ島へ急ぐことにした。

兵士は石弓と火縄銃を肩にかついでいた。撃てるように準備するには数十秒かかる。健吾は雄叫《おたけ》びをあげながら兵士の群れに突っ込んでいった。礼子も後に続く。

健吾は短い時間にふたりの兵士の首を刎ねた。礼子もすでに数人を地面に叩きつけていた。

何人かが火縄銃に手を掛けるが、間にあわないと見ると、慌てて剣を引き抜いた。

大部分の兵士の剣は重く動きは鈍かった。さっきのような剣士を警戒したが、剣を交えているうちにその心配は徐々に消えた。健吾は自分の剣が、完全に昔の動きを取り戻したと確信した。

暗がりでの戦闘が始まって数分で、兵士十数人が石畳の地面に倒れた。

「斬れ、相手はふたりなんだぞ」

とフランス語で誰かが叫ぶ。

「何をしているんだ、同時に斬りかかれ」

だが、数分後、敵はさらに半数に減っていた。残りは十人ほどになった。後方にいる何人かが逃げ去った。怖くなって逃げ出したのか、それとも救けを呼びに行ったのか。

「待て、剣を引け」

男の声が後方から聞こえた。

だが、兵士たちの動きは止まらない。

「剣を引けと言ってるのが、聞こえないのか」

声が大きくなる。

何人かが剣を引き、それを見て他の兵士も剣を引いた。

「この声に覚えはないか」

男が健吾たちの前に進み出た。

背の高い、若い男だった。声は確かに記憶にある。

この状態は危ない。乱戦状態を保っていないと、火縄銃で狙われる危険性がある。健吾は万が一に備えて、腰にある回収装置のデジタルロックを解除するタイミングを計った。

「おまえたち、明から来た商人だろう」

あっ、と思わず健吾は叫んだ。

城門で人質に取った兵士だったのだ。

「どこへ消えたのかと思ったら、こんなところにいたとはな。衣装を替えたようだが、おれの目は誤魔化せないぞ」

まずいことになった。

男は健吾たちとの距離をそれ以上詰めてこない。

「大男はどうした?」

「死んだわ」

「嘘をつくな。さっき大きい影が見えたぞ。他にも何人かいた。どこへ消えた?」

「敵が大勢に見えるのは、恐怖におののいている証拠よ」

男は視線を健吾に向けた。男が時間稼ぎをしているのは目に見えていた。背後の兵士は肩から火縄銃を下ろした。あと十数秒で発砲可能になる。礼子はどうして回収の合図を出さないのか。

「おまえは、足の悪い召使いだったな」

「覚えていてもらって光栄だ」

「見事な剣だ」

「あんたらが弱いという見方もできる」

「大男はどこへ行った。誰と一緒なのだ。言えば、命だけは救けてやる」

「天国へ行った。誰と一緒に行ったかまではわからん」

「ふざけるな」

背後の兵士たちが火縄銃を構えている。いつでも撃てる態勢になってしまった。だが、まだ礼子は回収の合図をしない。

「私と一騎打ちしてみない？」

男は目を礼子へ向けた。

「こうなったら、私たちに勝ち目はないわ。だったら、私の最後の願いを聞いてくれない？」

男は無言。じっと礼子を見ている。礼子の服もところどころ切り裂かれ、膝の辺りは血がにじんでいる。

「黙っているのは怖いから？」

男の目が大きく見開かれた。

健吾はやっと礼子の意図を察した。男の時間稼ぎに乗った振りをして、礼子もまた時間稼ぎをしていたのだ。時間が稼げれば、ベンケイたちは安全な場所へ逃げられる。

「いいだろう。おまえたち、銃を下ろせ」

礼子の言葉に、男はつり出されたのだ。

男は兜を脱いだ。腰の長剣を抜くと半身に構える。フェンシングに似た構え。さっきの小柄な剣士と同じくらいの力量が窺える。

礼子は両手にナイフ。両腕と胴と脛にチタン合金の防具をつけているだけだ。

「そんな武器でいいのか」

「今まで負けたことはないわ」

男は明らかに苛立っていた。女と慎重に渡り合ったのでは臆病だと思われる。そう考えたのだろう、強引に間を詰めてきた。

礼子は男の心理をよく読んでいた。男の剣先が自分の胸に突き刺さる寸前、左腕で剣先を払うと一気に前へ出た。

男の顔面にナイフが迫る。男は剣の柄元《つかもと》でかろうじてかわす。だが同時に、礼子の回し蹴りが男の右側頭部に決まっていた。骨に当たる鈍い音がして、男は数歩よろめいた。だが倒れなかった。礼子は二発目を左顔面に決めた。三発目は男にかわされた。

礼子の動きは止まらなかった。足刀、右回し蹴り、後ろ蹴り、得意のかかと落とし。だが、男はそれらをことごとく外した。礼子の攻撃パターンを読み切ったようだ。

隙をついて、男は剣で礼子の腹を横薙ぎにする。鋭い金属音が響き渡る。チタンの胴当てがなかったら、間違いなく殺されていただろう。礼子の動きが一瞬止まる。

まずい、やられる。

礼子の身体がふわっと浮いた。強引に突きだされた剣の上に、礼子の身体は乗った。

剣は礼子を乗せても下がらなかった。礼子の身体は重さを失ったように、突き出された剣の上に乗っている。男の身体は凍りついたように動かない。

こんな技は初めて見た。ヴァーチャル記憶空間といっても、人間が空を飛べるわけではない。重力は消し去ることはできない。いったいどうすれば……。

礼子の身体が剣の上を滑ったかと思うと、かかと落としが男の脳天に見事に決まっていた。

男は、ううっという気味の悪い呻き声を漏らして、背後に倒れた。

周りで兵士たちがいっせいに銃を構えるより前に、礼子と健吾はデジタルロックを解除していた。

九日目

翌朝、長い眠りから覚めたアントニオたちは、目の前に健吾と礼子の姿があるのを確認すると、涙を流して礼を言った。ピエールやその仲間たちのなかにも知人が何人かいたようで、しばらくは再会の喜びに浸っていた。

歓喜の嵐が去ると、アントニオたちは捕らわれてから今までの悲惨な体験を語った。


兵士の襲撃を受けたのは二週間ほど前の朝だった。フィレンツェのサン・ロレンツォ地区にあるアントニオの邸宅に、突然十数人の兵士が乱入してきた。まったく予期していない事態だったので何事が起こったかわからず、逃げる間もなく捕縛された。

邸宅にいたのはアントニオとルチアとマリアンナ。まだメイドは来ていなかった。アントニオは初め、誰かの悪戯《いたずら》か映画のロケかと思った。兵士の格好がいかにも古めかしかったからだ。火縄銃と石弓と剣。だからロープで後ろ手に縛られ邸宅の外に連れて行かれたときも、特に恐怖は感じなかった。

邸宅の外に連れ出されると、周りの家からも捕縛された人々が出てくるところだった。同じ格好をした兵士がそばにいる。みんなアントニオと同じ戸惑った表情をしていた。

——いったい、こりゃ何の真似だ？

だが、困惑はすぐ恐怖に変わった。

兵士に食ってかかったひとりの男が射殺されたからだ。火縄銃の音が朝の空気を切り裂く。空砲でないのはすぐにわかった。男の胸から鮮血がほとばしり出た。人々は凍りついた。

誰も口をきかなくなった。アントニオたちは後ろ手に縛られ、馬車に分乗させられた。二頭立ての古い時代の馬車に見えた。馬車は十台ほどあった。一台の馬車には七、八人が乗っている。各馬車にはふたりの見張りの兵士が乗った。

かなりの道のりを馬車は進んだ。ときどき別の馬車の一隊に出会った。その馬車にも、捕縛された男女が乗っていた。知り合いの顔もいくつか見えた。

まだこの段階では、何がどうなっているのかアントニオたちにはわからなかった。兵士は互いにフランス語で会話はするが、アントニオたちには何も説明してくれない。質問する勇気は誰にもなかった。ルチアは小刻みに震えている。マリアンナはルチアの背にそっと手を置く。

このとき、マリアンナが護身用の銃を服に隠し持っていることがわかった。アントニオの手をその場所に導いたのだ。アントニオは目で頷いた。

ときどき、パリという言葉を聞いた。パリへ行く。そういう了解が兵士たちにあることもわかった。途中で一度、わずかな水とパンの欠片を兵士たちは投げてよこした。

道ばたで死体を初めて目にしたとき、アントニオは逃げようとする気を失った。死体は先へ進むに従って多くなった。たまに押し殺した悲鳴が聞かれる以外は、人々は恐ろしいほどの沈黙に支配されていた。

だが翌朝、浅い眠りから覚めたアントニオは、目の前に出現した光景に言葉を失った。見たこともない巨大な城壁が、視野いっぱいに広がっていたのだ。そして馬車が百数十台、城壁に通じる道路を埋め尽くしていた。

「おお、神よ……」

今まで沈黙していた人々の間から声が漏れた。

城壁は見慣れていた。フィレンツェにも古い時代の城壁は残っている。だが、アントニオはその背後に、記憶にある建物の先端部分を見た。他の人々も同時に発見したようだ。

「おお、神よ……」

再び呻き声が上がった。

ノートルダム大聖堂の尖塔だった。

城門が静かに開いた。兵士が馬車を先導していく。人々は誰も逆らわなかった。ノートルダム大聖堂のある空間。そしてその周りを取り囲む白い城壁。

そこが古い時代のパリだということに、アントニオはやがて気づいた。川を見たとき、確信した。

川の中州にあるノートルダム大聖堂。その川はセーヌ川であり中州はシテ島である。間違える余地はない。だが、シテ島の西端にはポン・ヌフ橋が架かっていなかった。

ポン・ヌフ橋の完成は一六〇四年である。ノートルダム大聖堂の完成は一三四五年。この正確な年代は、それを知っている者の口から他の人々へあっという間に伝わった。

——ここは中世のパリ……。

映画のセットだとは誰も言い出さなかった。人がひとり殺されているのだ。映画であるわけがない。しかし、ではどうして中世のパリが存在するのかという問いには、誰も答えられなかった。

アントニオたちの馬車は最後尾にいた。城門から入っていく馬車は長い行列をなしていた。行列はセーヌ川の岸を一列に並び、シテ島へ通じる橋のたもとで視界から消えている。そしてまたシテ島から北岸に通じる橋の先端で姿を現す。

数キロにわたる馬車の列だった。それはパノラマ写真のように視野いっぱいに広がって見えた。

監視の兵士が少なくなった。初めは馬車ごとにふたり乗っていた監視は、パリが近くなるにしたがって数が減り、城壁内に入ってからはひとりもいなくなった。五、六台の馬車の傍らをふたりの騎馬兵士が火縄銃を担いで随行しているだけだ。

何人かが目配せした。何も言わなくても意思は通じ合った。馬車がシテ島から北岸に渡り少し行ったところで、アントニオたちは馬車から一斉に飛び降りた。

どの馬車でも、それはほんとど同時だった。人々の歓声と兵士たちの怒号の渦。すぐに火縄銃があちこちで炸裂《さくれつ》し始めた。歓声は悲鳴と絶叫に変わった。人々は付近の建物に散らばった。

建物のなかには人は住んでいなかった。生活の痕跡はない。建物はあちこちにあり、地下室も見つかった。

狭い路地に銃声がこだまする。断末魔の悲鳴が聞こえる。そのたびに、次は自分たちが見つかる番だと恐怖に震えた。その間の恐怖は今思い出しても震えが走る。そして再び静寂。それは恐ろしいほどの静寂だった。

兵士が建物を虱潰《しらみつぶ》しに当たっていることは想像できた。同じ場所にいれば、やがて発見される。アントニオは明るいうちに兵士たちの動きを観察し、彼等が探索した建物に翌日は移動した。

移動する途中で、同じ方法で生き残ってきた三人に出会った。アントニオの近所の知り合いだった。ロレンツォとルイーズとエリザベト。一緒にいたかったが、別々のところに隠れていて、情報交換したほうが互いに安全だろうと話し合った。

兵士たちの戦闘も見た。建物の高い階《きざはし》から外を覗くと、遠くまで見ることができた。同じような格好の兵士が、撃ち合ったり剣で斬り合ったりしていた。戦闘は最初は激しかったが、日が経つにつれて小さな部分的な戦いになった。

三日目からは飢えに苦しみ始めた。三日間、僅かな水とパンひとかけらしか食べていない。水は路地の中央を流れている汚水を飲んだ。嫌な臭いがしたが間もなく気にならなくなった。問題は食べ物だった。

このために命を落とした仲間を何人も見た。兵士はパンを、路地のところどころに置いておくのだ。そしてじっと隠れて待つ。

罠だとわかっていても取りに行ってしまう。このままでは飢え死にするわけだから、結局は同じだ。そういう思いも、この誘惑に拍車をかけた。アントニオは賭けに出た。

幸い、月のない夜だった。建物の壁のところどころに松明があるとはいえ、暗い路地。マリアンナとルチアには、自分が朝までに戻らなかったら場所を移るように言っておいた。移る建物はすでに決めてある。護身用の銃はマリアンナに持たせた。

路地にふたりの死体が転がっていた。

悲鳴が聞こえたのが数時間前。たぶんこの人たちだろう。若い男女だった。辺りに注意を払う。人の気配はない。

アントニオは兵士同士の戦闘があったところまで行こうと思っていた。死体が今でも転がっているのは、昼間見て確認してある。兵士は腰に革袋を提げていて、そこにパンと水がある。死体にも、それが残されているのではないか。

途中で何度も辺りを確認した。自分の死は、同時にマリアンナとルチアの死でもある。この思いがアントニオの意志を鉄のように強固にした。絶対にパンを調達してくる。

兵士の死体に触れたとき身体が震えた。恐怖のためではない。パンのためだ。パンに対する期待で、身体が震えたのだ。

革袋はあった。兵士の死体は十数体しかなかったが、どの死体にも革袋があった。細長い革袋には水、大きな丸い革袋にはパンが入っているはずだ。

なかを確認する余裕はなかった。外側から触り、中身があるとわかる革袋を、兵士の腰から抜き取った。こんな機会はもう来ないかもしれないと思い、集められるだけかき集めた。革袋は水とパンを合わせて七個になった。隠れ家に帰る途中、ロレンツォたちの隠れ家を訪れて分け与えた。

逃亡から五日経つと、兵士はもう探索に来なくなった。それから後は、健吾たちの知っているとおりである。アントニオが革袋を奪ってきてから三日目に、健吾たちに遭遇したのだ。この遭遇がなければ生き残れなかったとアントニオは語った。

「ここは中世のパリだと言われましたが、正確には一五七二年のパリです」

と礼子は言った。

「何を根拠に?」

「あなたがたを捕らえたのが、ユグノー軍兵士だからです」

「ユグノー軍兵士?」

「このパリでは、ちょうど宗教戦争が行われているのです。ご存じでしょう。王妃カタリーナの策謀によって、パリだけでもおよそ一万人のユグノーが虐殺された事実を」

「サン・バルテルミーの虐殺のことか……」

「そうです」

「だが、あれはカトリック側が勝利して……」

「そうです、そこが史実と違うのです。ここではユグノー軍が勝利しています。そしてユグノー軍は、パリ市外へ出て行って人々を捕らえてきては、牢にぶち込むか処刑するかしているのです」

「いったい何のために？」

全員が礼子を見ている。今度は礼子が、自分たちが今まで見てきたことを彼等に語りはじめた。

＊

「誰だ、手を上げろ」

という声が聞こえた。

九官鳥の声だとすぐにわかった。

奥の部屋にいた健吾と礼子とベンケイ、そしてアントニオたちは急いで床板を上げて地下室に入り込む。テーブルが床板の上に移動されるのがわかった。

やがて兵士の一団が部屋にやってくる足音が聞こえてくる。声も聞こえる。

「ここへ逃げ込んできた者がいるはずだ」

「ここにですか……」

ピエールの声だ。

「そうだ、ここだ」

「いつのことですか？」

「昨日の夜だ」

「どういう人ですか」

「いろいろだ。男もいるし、女もいる。子供もいる」

「さあ、気がつきませんでしたが……」

「隠し立てするとためにならんぞ」

「とんでもありません、隠し立てなんて……」

いきなり何かを叩く音がした。

低い呻きが漏れる。すぐにまた鈍い音が聞こえる。人を靴で蹴り上げているようだ。

「言え、言わないとおまえたちのなかのひとりを、処刑するぞ」

「ほんとう、に、知りま、せん」

ピエールの呻く声。

ピエールが蹴られているのだ。

「そうか、あくまでもシラを切るつもりだな。わかった、処刑は誰にするかな……」

男の靴音が響く。

円を描いてまた戻ってくる。

「よし、おまえだ。表へ出ろ」

誰かが指名されたようだが、誰の靴音も聞こえない。

「おまえだよ。そこの痩せた小男だ。力もないんだろう。生きていても役には立たん」

それでも誰も動かない。

動けないのか……。

「その男は、料理が、上手い。殺したら、あなたたちの食事は、まずくなる……」

ピエールが呻きながら言う。

「本当か、おい」

「ほ、ほんとうです」

男の声。

「昨日の夜、ここへ七、八人の男女が逃げ込んで来ただろう。おまえなら知っているな」

「いいえ、し、知りません」

「おかしいな、顔には知っていると書いてあるぞ」

「いいえ、そんなことは……」

「代わりに、私を処刑、してくれ」

ピエールが苦しそうに言う。

「おまえに聞いているんじゃない」

また鈍い音が聞こえた。数回、それは続いた。

「もういい。奥の部屋には何がある？」

「作業用、の器具や、日用品が……」

「開けろ」

兵士たちの靴音が遠ざかっていく。

隣の部屋は薄暗く、いかにも何かを隠しておくのにふさわしい感じに見せてある。反対にこは、入口からふたつ目の部屋でテーブルと五脚の椅子と暖炉以外は何もない、がらんとした部屋だ。

数分後にまた兵士たちが戻ってきた。

「逃げ込んで来た者がいたら、即刻知らせに来い。我々はバスティーユ砦にいる」

「かしこまりました。他の者にも、言っておきます」

「十人ほど、おれたちと一緒に来い。仕事だ」

ピエールは一緒にいる仲間に、あと三人集めてくるように指示する。ひとりが出て行き、やがて全員が出て行った。

ひとりだけ残っているのが床板を通してわかる。数分後に、出て来てもいいという合図が聞こえた。健吾たちは次々に地下室から出て行く。ピエールだけが残っていた。

胸と背中が汚れている。

「だいじょうぶ？　ピエール」

礼子が駆け寄る。

ピエールは、大丈夫だというふうに手で制す。

「慣れてますからね。兵士の手口は知っています」

「感づかれてはいないようね」

「昨日の今日なので、手分けしてあちこち捜しているところだと思います。でも、それで見つからないとなると……」

「もう一度来る？」

「ええ、たぶん」

「ここ以外に安全な場所は？」

「あれば案内しています」

「私たちがいて、おまけに武器が隠されていれば、見つかった場合、言い訳はきかないわね」

隠してある武器は、死んだカトリック軍兵士が持っていた火縄銃と石弓と剣。それぞれ五十数人分。人々が個人的に隠し持っていた拳銃十数丁。弾はほんの僅かしかない。

「火縄銃や石弓なんて扱えるのか」

と健吾が聞く。

「どうにか見よう見まねで……」

「三日だけ待ってくれる？」

と礼子が言う。

「三日？」

「危険な目に遭わせて申し訳ないんだけど、それまでこの人たちを匿《かくま》っていてほしいの」

「匿うのは構いませんが……」

「内通者にも気をつけて」

「ええ、もちろんです。この場所は、絶対に信頼できる十数人しか知りませんから。でも、どうして三日なのですか」

「その間に、兵士たちをどうにかするわ」

「あなたたち三人で？　兵士は何人いると……」

「千人はくだらないんじゃない？」

礼子は平然と言う。

ピエールはじっと礼子を見つめている。

「ねえ、ピエール」と礼子は続ける。「あなたたちは、これからどうするつもり？」

ピエールは答えない。

唇を噛みしめている。

「兵士の食事の世話と、強制労働。暴行。ルチアの知り合いだとわかれば処刑。こんな毎日を続けていくつもり？」

「我々の力ではどうしようもありません」

「あなたがリーダーなんでしょう？」

「特に決めたわけではありませんが、いつの間にかそうなってしまったようです」

「逃亡するか戦うか、話し合ったことがあるはずよ。みんなは何て言ってるの？」

「戦うことはあきらめています」

「あなたはどうなの？」

ピエールは俯いて黙った。

やがて顔を上げて言う。

「すべての城門は、十数人の兵士で固められています。夜陰《やいん》に乗じて、あの高い城壁を越えるのが最もいい方法だと思いますが、そこまで兵士に見つからずに行く方法が思いつきません」

「それだと、成功したとしても僅かな人数ね。バスティーユ砦にはたくさんの人々が幽閉されているんでしょう？」

「千人はいると見ています」

「彼等を救けたいわ」

「そりゃ、私だって……」

「あなたが希望を失ったら、この世界は終わるのよ」

「とんでもない、私なんか何も……」

「ううん、違う。あなたが人々を支えているの。支えなければならないのよ」

ピエールはじっと礼子を見つめる。

礼子は続ける
「出かけてくるわ。さっきのこと、くれぐれもお願い」

ピエールは黙って頷く。

「どこへ行くの？」

と聞いてきたのはルチアだった。

「遠いところ」

「遠いところって？」

「もうひとりのあなたがいるところよ」

「何しに行くの？」

「救けによ」

「帰ってくる？」

礼子は、ゆっくりと首を横に振った。ルチアは泣き出しそうな顔をした。エリザベトの小さな手も礼子から離れない。

足音がした。九官鳥の声が聞こえなかった。入ってきたのはマリーとジャンだった。水汲《く》みから帰ってきたのだと言う。セーヌ川から飲料用の水を汲んでくる仕事にふたりは就いていた。

「どうしたの、礼子さん」

ジャンがおどけた顔で言う。

「ルチア、どうして泣いてるの」

マリーも言う。

「礼子さんたち、遠いところへ行ってしまうんだって。もう、帰ってこないんだって」

マリーとジャンの顔がさっと青ざめる。

マリーが言う。

「ホントなの？　礼子さん」

「ええ、本当よ」

「ダメよ、絶対にダメ」

「あら、どうして」

「私たちと一緒にいて、お願い」

礼子の周りを四人の子供が取り囲んだ。腕を取ったり、腰にからみついたりして離れない。

礼子は四人の頬に順にキスした。

「ピエール伯父さんの言うことを、よく聞くのよ」

「ダメだよ、僕たちと一緒にいてよ。お願いだから……」

ジャンが声を張り上げる。

マリーとルチアとエリザベトは泣きじゃくる。

「生き抜くのよ」

そう言って礼子は立ち上がった。

「ピエール、後を頼んだわ」

礼子はピエールの手を握った。

健吾とベンケイもその上から手を握る。

「お別れだ」と健吾は出口で鳥籠のなかの九官鳥に言う。「焼き鳥にしてやれなかったのが、残念だ」

九官鳥は、羽をバタバタいわせてギェーギェーと鳴いた。

＊

ハイテク兵器を使えば三人でも充分に対抗できる。ヴァーチャル記憶空間内での救助に必要なので、療法士は全員ヘリの操縦ができる。軍用ヘリを飛ばして爆撃と機銃掃射を繰り返せば、敵の大半は殺せるだろう。しかし、それでは無差別に殺すことになる。ユグノー軍兵士に交じっている仲間をどうすればいいのか。やむを得ない事情で寝返ったのだ。できるだけ殺したくない。ピエールもそう思っている。

方法はひとつしかない。急いで記憶マッピングを仕上げると、時限爆弾とマシンガン一丁を武器アイテム群からピックアップし、それらを装備してヴァーチャル記憶空間へ戻った。

時限爆弾は人気《ひとけ》のないところに仕掛ければいい。バスティーユ砦にはピエールたちの仲間はいないので、マシンガンを使って無差別に殺しても問題ない。

「でも、できるだけ早くしないと……」

と礼子。健吾もベンケイも頷く。この方法では大部分のユグノー軍兵士は生き残る。健吾たちがエリアDの最深部で番人を説得する前に、ルチアたちの隠れ家が見つかったらアウトだ。

迷ったが、これしか方法がなかった。あの隠れ家がまだ見つかっていないということは、内通者にもまだ知られていないということだ。これに賭けるしかない。

娑婆にいた時間は一時間ほど。ワンダーランド社には、とりあえず五日間の期間延長を申請して、問題なく受理された。この間にベンケイはイザベラと連絡を取り合った。アントニオは仕事の都合で昨日シンガポールに発った。三日後には戻ってくると言う。最後にベンケイはつけ加えた。

「別の方法というのが何か、イザベラから聞き出しました。ヴァチカンから枢機卿《すうききよう》を呼び寄せるらしいです。もうこっちに向かっていると言ってました。枢機卿って、ご存じですか」

健吾と礼子は首を横に振る。

「普通は、会うだけでも難しい人たちですよ。簡単に言えば、ローマ法王の予備軍です。法王にもしものことがあった場合、枢機卿のなかから互選で法王が選出されます」

「そんな偉い人なんだ」

「なんで枢機卿が？」

と健吾。

「祈ってもらうと言ってました」

「オレたちが番人を、うまく説得できるようにか」

「いいえ、祈りの力でユグノーの呪いを解くのです」

「本気か、それ」

祈って解決するんだったら、ヴァーチャル記憶療法士は全員が廃業する。

「その枢機卿は、アントニオの古い友人だとも言ってました」

「何を考えているんだ、まったく……」

「いいじゃない。直接こっちには関係ないんだから」

と礼子。

「イザベラは何と言っているんだ」

「別に何も。申し訳なさそうな声はしてましたけど」

健吾は、それでもしばらくは腹の虫が治まらなかった。こっちに期待したような進展がみられないので、その当てつけのように思えて仕方なかった。


シナリオはこうだ。時限爆弾を市内の二ヶ所に仕掛け、時間までバスティーユ砦近くに隠れて待つ。やがて爆発が起きる。かなり大きな爆発なので、兵士はその場へ急行するはずだ。間髪を入れずにもう一ヶ所で爆発が起きる。そこへも兵士は急行するだろう。バスティーユ砦にいる兵士たちも、そのうちの何人かが加勢に行くかもしれない。行けば砦の突破がより楽になる。

行かなかったとしても、少なくてもバスティーユへ加勢に来る兵士は減るはずだ。最新鋭のマシンガンは礼子が持った。火縄銃を一度撃つ間に五十発は撃てる。

「おまえの必殺技が見られないのが残念だな」

と健吾は礼子に言った。ベンケイはまたイザベラから電話連絡が入ったと言って、別室で打ち合わせている。

「相手の剣の上に乗った技のこと？」

「初めて見た技だ」

「原理はわかる？」

「催眠術じゃないのか」

「すごい、当たり」

昔、催眠ショーで見たことがあった。頭と足だけ固定されて宙に浮いた女性が催眠術で身体を硬直させると、その上に大人が乗っても身体が曲がらない。

「問題は、一瞬で相手を催眠に引き込む手法よ。これにはかなりの訓練が必要だわ」

「どうして今まで使わなかったんだ」

「あの技の最大の欠点は、相手がひとりのときだけしか使えないということなの」

「しかし、いい度胸してるな」

「あなたこそ、ミッシングの後遺症なんて嘘みたい」

今度は素直に褒められている気がする。

「あれだけの数の兵士を相手に、意外と戦えるもんだな。お互いにほんのかすり傷程度だ」

健吾も礼子も、救急絆創膏で済むような傷ばかりだった。ベンケイも左肩をカバーして戦ったわりには、やはりかすり傷程度しか負っていない。

「テコンドーって、確か発祥の地は韓国だったたな。いつ頃できた格闘技なんだ？」

「テコンドーという正式名称ができたのは一九五五年だっていう話は聞いたけど……どうして？」

「兵士のひとりが、おまえと同じような足技を使ったんだ」

「ユグノー軍兵士が？」

「そうだ、後ろ回し蹴りというヤツだと思う」

「ウソ……」

「ちょっと実演してみせてくれ」

健吾がそう言うと、礼子は悠太を立たせ、少し離れた位置から華麗な後ろ回し蹴りをやって見せた。

「間違いない、その技だ。敵は剣とその蹴りを同時に仕掛けてきたんだ。それって、かなり特殊な技だろう？」

「いつのこと？」

「昨日さ。ルチアたち五人を救けたときだ」

「悠太、あなた、どう思う？」

礼子は隣にいる悠太に聞く。

「僕にも、よくわかりません」

「何人もいたの？　そういう兵士」

礼子が健吾に向き直って聞く。

「ひとりだけだったけど……おまえは経験ないか」

「ぜんぜん」

ドアが開いてベンケイが戻ってきた。

礼子がさっそく聞いた。

「ねえ、ベンケイ。後ろ回し蹴りを使うユグノー軍兵士と、戦わなかった？」

ベンケイの表情が何となく冴《さ》えない。

ベンケイは少しの間、礼子を見つめていたが、やがて、

「いいえ、そんな兵士がいたんですか」

「私が見たわけじゃないの。健吾が戦ったなかのひとりに、いたんだって」

「確かに後ろ回し蹴りでしたか」

今度は健吾を見て言う。

「間違いない。今、礼子に見せてもらった」

「でしたら、サバットじゃないですか？」

「サバット？」

「フランス発祥の、足技中心の格闘技ですよ。十六世紀にはすでにありました。ヨーロッパにある他の格闘技と同じく、古代ギリシャのパンクラチオンに起源を持つものです」

「そんなのがあるのか」

「ええ、足技の数はテコンドーに匹敵します。後ろ回し蹴りに非常によく似たものもあります。

その兵士は、たまたまサバットを習っていたんじゃないでしょうか」

　健吾は頷いた。なるほど、そういうことか。ベンケイは何でもよく知っている。しかし、さっきから何となく様子がおかしい。礼子も気づいたようだ。

「何か言われたの？」

「イザベラは我々と考えを同じくしてくれましたが、アントニオは枢機卿のほうに気持ちが傾いているようだと言ってました」

「それは仕方ないわ。今さら、説得も効かないし。私たちは私たちでやるしかないのよ」

「ホテルをいくつも経営しているくらいだから、極めて合理的な考えを持っているはずだ。精神分析医に頼むならまだわかるが、何で枢機卿なんかに……」

　と健吾も言う。

「その辺りの精神構造、確かに私たちには理解できないわね」

　ベンケイがふっと黙る。

　礼子もすぐに気づいたようだ。

「ごめん、そういう意味じゃないの。怒らないで」

「ひとつだけ聞いていいですか」

「何？」

「神は存在すると思いますか」

　礼子はしばらく黙っていたが、

「存在しないと思うわ」

「私は存在すると思います」

　ベンケイと礼子の視線は、交わったまま離れない。

　ベンケイはやがて健吾に視線を向けた。

「健吾さんはどっちだと思いますか」

「そんなの、どっちでもいいや。出発するぞ」

　健吾は勝手にデジタイザーに横たわる。ベンケイは首を振ったがすぐに従った。間もなくアナウンスが流れてくる。

「メインスイッチ、オン……ただ今から、ヴァーチャル記憶療法システムを起動します」

　完全に回復した。後遺症も心配ない。そう思うのだが、やはり緊張する一瞬だ。

　全身を覆うグロテスクなトンネルのなかで目を閉じる。ヘッドギアの独特の効果音が響く。

「患者名ルチア・メディチ、十四歳。第11回目探査。2018／10／13／10：54。担当記憶療法士、長谷川礼子、高見健吾、加藤啓治。転送地点エリアC4、座標（−29, 05α）。ゲートを中心に半径十メートル以内に障害物なし。生体反応なし」

　ここからが本番だ。

　エリアDに到達する前の、最後の戦いになるだろう。

「ただ今から現実身体《オリジナル》のデジタル化を開始します……デジタル化10％完了……30％完了……100％完了……仮想身体《コピー》を構築します……構築完了。外的変形なし。指示されたアイテムの装備を開始します……装備完了。オリジナルとコピーをリンクします……リンク完了。エリアC4、座標（-29, 05α）にゲートを開きます……ゲート、開きました……転送準備完了。転送……」

数秒後には、セーヌ川沿いの建物が密集している路地へ転送された。辺りを確認する。人影はない。

時限爆弾を仕掛けるのに十数分を費やした。セーヌ川を挟んで北側にふたつとも仕掛けた。ひとつはシテ島近くのルーブル宮、もうひとつはパリの最北にあるサン・ドニ門。この辺りならバスティーユからもそう遠くないので、兵士が加勢に行く可能性が高い。

一時間後、三人は巨大なバスティーユ砦が見える路地にいた。数分後に最初の爆発が起こった。食事が済み数人で固まって談笑していた兵士たちは、バネ仕掛けの人形のように跳ね上がった。火縄銃や石弓を慌てて手にする。数分後、二回目の爆発音が聞こえた。こちらのほうが音が大きい。ルーブル宮がある辺りに煙が上がる。北の空には黒煙がすでに立ち上っていた。

「戦闘準備」

号令が聞こえる。

兵士たちがそれぞれの持ち場に散る。

兵士たちが動き始めた。数人が集まり、そのまま北の方角へ走っていった。また数人が集まり、今度はルーブル宮がある方角へ走っていく。残りは十人ほど。

礼子の右手が挙がった。

健吾とベンケイは路地裏から躍り出た。

そこからバスティーユ砦までの百メートルほどを走る。水を湛《たた》えた堀には橋が架かっていた。兵士たちは橋の手前にいる。反応は速かった。ひとりはすぐに石弓を構えた。

「いたぞ、あそこだ」

兵士のフランス語が響く。間髪を入れず矢が飛んできた。よけきれない矢ではなかったが、健吾は敢《あ》えて矢切の技を使った。

火縄銃も用意できたらしい。数人が健吾とベンケイに狙いをつけている。離れたところにいる兵士たちも集まってきた。

充分に引きつけたとき、健吾とベンケイは路地裏へ消えた。兵士たちは追いかけてくる。そこへ、礼子がマシンガンを肩から吊して躍り出た。

バリバリバリという音にしか聞こえなかった。分厚い板が強引に剝がされるような音だ。目の前で兵士数人が前のめりに倒れる。どこか映画を観ているような気分だ。

「さあ、いらっしゃい。死にたいヤツは誰?」

口元に笑みを浮かべている。

兵士にはマシンガンがどう映ったか。

「ほら、ほら、どこを見てるの。私はひとりよ」

橋の手前にまだ四人残っていた。

四人は手にした火縄銃を取り落とした。あっという間に倒れた仲間を見て、呆然と立ちつくしている。礼子は銃口を四人に向けた。四人は慌てて身を翻した。橋を渡って砦内へ入ろうとしていることは明らかだった。

「そうはいかないわよ」

マシンガンがまた唸った。三人はバタバタと倒れる。だが先頭のひとりが這って橋を越えた。

「まずいわ、健吾、ベンケイ」

橋の先端に飛びつくのは健吾が一番早かった。橋は健吾をぶらさげたまま跳ね上がっていく。健吾は斜めになった橋を転がるように砦内へ落ちた。

「健吾……」

という礼子の声が背後で聞こえる。

橋が閉じた。入口が失われてしまったのだ。礼子とベンケイが堀を越えてきたとしても、砦の内部に入ることはできない。

兵士が待っていた。マシンガンでやられたと思ったが、どうやら無傷らしい。長剣を抜き放ち薄笑いを浮かべている。

「健吾、大丈夫なの、何か言って……」

礼子の声が聞こえるが答える余裕はない。

腕の立つ男だ、と直感した。目の前の兵士から少しでも注意を逸らせたらやられる。全身に鳥肌が立った。

幅が三メートルほど、奥行きが十数メートル。健吾と兵士は狭い通路で対峙《たいじ》した。奥から五人の兵士が現れた。石弓も火縄銃も持っていない。防具は鋼鉄製の胸当てと脛当てしかない。手に長剣を持っていた。みな屈強な身体をしている。

健吾は腰を落とした。自分がどんな状況にいるのか、瞬時に悟った。五人が砦のなかから出てきた理由、飛び道具を持っていない理由がわかった。彼等は砦の内部を守る兵士なのだ。囚人に暴動が起きたとき、飛び道具を奪われれば大きな脅威になる。そのために剣しか持たないのだ。そのかわり、剣の技量は群を抜いている。

礼子もベンケイもいない。頼れるのは自分だけだ。幸い、転げ落ちても仕込み杖だけは手放さなかった。

薄笑いを浮かべた兵士が無造作に斬りかかってきた。半身に開いた体勢から大きく踏み込んできて、長剣を上段から振り下ろす。長くて重い剣だ。

健吾は逃げなかった。相手の剣が眉間の数ミリ手前の空気を鋭く切り裂いたとき、健吾の剣は兵士の手首の上にあった。後《ご》の先《せん》の技が見事に決まった。この技は、相手に先に技を出させておいてその裏をとって勝つ方法である。技の見切りが早すぎれば逆に裏をとられる。遅ければ裏を取る前に自分が斬られる。

「ギャー」

という悲鳴が通路にこだまする。

男の右手首が剣を持ったまま石の床に転がった。

礼子とベンケイの声は聞こえない。どうしたのか。堀には水があり幅は二十メートルほどある。橋がなければ渡れない。

「気をつけろ、こいつ、ただ者じゃないぞ」

兵士のひとりが言う。

「ふん、怖じ気《おけ》づきやがって」別の男が言う。「やっぱり、おまえは臆病だったんだな」

「違う、こいつの技は……」

「いいか、見ておけ」

舐めてかかってくるかと思ったが、当てが外れた。男は慎重に前後にステップを踏む。健吾は、こっちからつり出そうと思った。きわどい技を仕掛ければ、相手は必ず反応する。

健吾は青眼に構えた剣先を大きく上下に振る。身体の動きも大きくする。兵士の目が剝き出しになる。健吾が大きく振りかぶると、兵士は健吾の剣を自分の剣で受けようとした。

だが、健吾の剣は相手の剣と交わらなかった。健吾は途中で剣を止め僅かに身を引いた。そのタイミングのずれが、相手の胴をがら空《あ》きにした。健吾は鋭く踏み込むと抜き胴を決めた。脇の下の部分は甲冑《かっちゅう》で保護されていない。そこを狙ったのだ。

「げあー」

という断末魔の悲鳴。

あと四人。

「一斉にかかれ。斬り殺せ」

狭い通路だ。後ろに回られない反面、すべての攻撃を同時に正面から受けなければならない。四本の剣を同時には捌《さば》けない。

「待て、おれにやらせろ」

背の高い男が吼えた。三人の兵士の動きが止まる。健吾から数メートルと離れていなかった。

「面白い技を使う男だ。おれが相手になってやる」

健吾を、ただ者じゃないと言った男だった。背は高いが身体に贅肉《ぜいにく》がなく、見るからに俊敏そうだ。

腰に何かを吊っている。大きな鍵のようだ。男が剣を構えるときに柄と当たって固い音を立てた。

男は気合いも入れず無造作に斬り込んできた。棒が倒れてくるような、何の作為も感じさせない打ち込みだった。外すのはわけなかった。後の先の技は、またしても見事に決まった……。

しかし、そこに男の身体はなかった。あっと思ったときには遅かった。男の突きが早かった。健吾は胸を鋭くえぐられた。

鋭い剣だった。後の先を外されたのは初めてだった。西洋にこんな剣はない。二度の立ち合いを見て覚えたのか。

息ができない。目の細かい鎖帷子《くさりかたびら》を着込んでいるので肌には達していないが、それでもかなりの衝撃があった。

男は勢い込んでさらに間を詰めてきた。打ち込みはどうにか凌《しの》げたが、健吾の必殺技である後の先の技は、またしても外された。

相手の重い剣を細身の剣で受けたときには、折れたのではないかと一瞬心臓が止まった。このままじゃやられる……。

後の先の技が通用しないとなると、健吾に残された必殺技はひとつしかない。一度使えば、それで終わりという技だ。だが、迷っている余裕はなかった。

健吾は下段に構えたまま、すっと前へ出る。同時に、間合いの少し手前から一挙動で剣をすくい上げた。もちろん、このままでは相手の身体に届かない。

健吾は勢いに乗った剣を男の喉元で手から放した。剣はまっすぐに飛んで、男の咽喉を音もなく貫いていた。

細身の剣は中程まで突き刺さった。男に声はなかった。目を大きく見開いている。息が漏れる不気味な音が聞こえる。

思ったとおり、刺さった剣を引き抜く時間はなかった。三人の兵士は一斉に斬りかかってきた。

「斬れ、斬り殺せ」

剣がなければ勝てない。どこにも逃げ道はない。

背後で何かが割れるような音がした。兵士の動きが止まった。兵士が数歩退く。健吾に背後を見る余裕が生まれた。割れたのは跳ね橋だった。跳ね橋の板をベンケイが棍棒でたたき割ったのである。

「健吾、生きてたら、返事をして」

板の割れ目から礼子の顔が覗く。兵士たちはいっせいに通路の奥に走った。健吾は逆に礼子たちのところへ転がった。

礼子のマシンガンが火を噴いた。通路の奥へ消え去ろうとしていた三人は、間一髪のところで礼子の弾丸に捕まった。

「他の兵士は？」

と礼子が聞いてくる。

「これだけだ。逃げた兵士はいない」

念を入れて辺りを窺う。誰もいない。砦全体が、うわーんと鳴っている。たぶん、幽閉されている人々の歓声だろう。戦闘の音が聞こえたのか。

ピエールは、ここには千人はいるだろうと言う。早く救け出したい。だが今、鍵を壊して彼等を市街に放り出したら、全員が殺されてしまう。

「どうやってここへ来たんだ？」

「結果オーライというところかしら」

礼子は苦笑する。

ベンケイも頭を搔く。

「どういうことだ？」

「見てよ、あれ」

入口を指さす。板の割れ目から大きな白鳥の首が覗いていた。白鳥の形をした足こぎボートが、そこにあった。

「慌てて娑婆に戻り、悠太にアイテム群から引っ張ってきてもらったの」

笑ったのは一瞬だった。VPSでエリアDの入口を探す。この通路の先にあることがわかった。わずか数歩の距離だ。

健吾は倒れている男の首から剣を引き抜く。ドアを開けることも別の部屋に入ることもなかった。狭い通路が終わったところに、別の空間が広がっていた。


「うわぁ、何これ」

礼子が歓声を上げた。

健吾も目の前の光景を呆然と見つめていた。ベンケイも無言で視線をあちこちに走らせている。

そこは、どう見ても中世のパリではなかった。目の覚めるような原色の草原が広がっていた。

「まるで、天国ね……行ったことないけど」

礼子がわけのわからないことを言う。

空には明るい、透明な日差しが輝いている。風は温かい。辺りには原色の花々が咲き乱れていた。

左右に緑の山々が連なっている。目指す方向に一本の小道が続いている。すぐ左側を小川が流れていて、たぶんヒバリだろう、小さな鳥が空高く囀《さえず》っていた。

「天国じゃなくて、おとぎの国かも」

礼子はマシンガンをベンケイに預けて走り出した。健吾とベンケイは顔を見合わせて笑う。

「礼子、あまりハメを外すなよ。ここはDなんだ。ブラックホールがあるかもしれない」

「わかってるわよ」

「ベンケイ、この景色をどう思う?」

「あまりいい気持ちはしませんね」

「おれもそう思う」

ルチアは危機的な状況にある。それなのに、目の前の光景は美しすぎる。礼子が辺りをひと回りして戻ってきた。その顔はすでに引き締まっていた。

「小道の向こうに森が見えるでしょう?」

と前方を指さして言う。

「霞《かす》んでいてよく見えないな」

ベンケイもはっきりとは見えないと言った。そこには空と草原の境目があったが、霞みがかかったようになっている。

「私にははっきり見えるわ」

再び眺めてみたが、やはり見えない。

健吾は小道に咲いている黄色い花に手を伸ばした。両側に群生している。茎を折り取るとき乾いた音がした。

「さあ、行くわよ」

礼子は歩き始めた。

健吾は花びらをひとつ摘《つま》んでみた。それはカリカリという音を立てて砕けた。もう一枚摘んでみた。結果は同じだった。乾いた砂となって掌《てのひら》からこぼれ落ちた。

ベンケイも腰をかがめて別の花に手を伸ばした。オレンジ色の大きめの花だ。指の先で摘むと同じように乾いた音を立てた。

「おい、礼子。これを見ろ」

健吾は礼子の後ろ姿に声を掛けた。

礼子は振り向かない。

「礼子、この花、全部偽物だ」

礼子に反応がない。

小道を外れて歩いていく。驚いたことに何か喋っている。顔を横に向けて頷き、何かを言っている。

――オレたちはここにいる。いったい誰と……。

健吾の全身に戦慄《せんりつ》が走った。

あいつは幻を見ているんだ。

「礼子、戻れ」

叫んだがやはり振り向かない。ベンケイも気づいたようだ。ベンケイは走り出した。

「礼子さん、そっちは危ない……」

健吾も走り出そうとした。

だが足が動かない。全身が小刻みに震えている。

ベンケイは間に合わなかった。ベンケイが礼子の肩に後ろから手を伸ばしたとき、礼子の全身はすうっと前方の空間に吸い込まれていった。

十日目

ひとりでワンダーランド社の操作室にいた。

記憶マッピングだけは習慣的にしたが、その後は何もする気がしない。ぼんやり壁の液晶モニタを眺める。ベンケイは単独でエリアD3まで進んでいる。ベンケイの存在を示すオレンジ色のVPS信号が、エリアDを示すダークブルーの領域に点滅している。その後方には礼子のVPS信号が点滅している。

ベンケイの信号はゆっくりと動いている。しかし礼子の信号は同じ場所に止まったままだ。悠太には、朝までここにいると言っておいた。深夜のワンダーランド社はひっそりしている。

——オレが先に気づいたのだ。オレが走り出していれば、間一髪で間に合ったかもしれない。オレはかつて、数時間のミッシングで立ち直れないほどの恐怖を味わった。いや、実際に立ち直れなかった。礼子はすでに七時間も経過している……。

デジタイザーのなかの礼子に視線を移す。少し前から点滴が開始された。透明な強化ガラスを通して顔が見える。

少し痩せたかもしれない。整った横顔だ。こんなふうに、誰にも邪魔されずに眺めたことは初めてだ。思わず、デジタイザーの扉を開けて身体を揺すりたくなる。眠そうに目をこすって、その目が開かれるのではないだろうか……。

見ていられない。

振り返ってテーブルを思い切り叩いた。

——クソッタレが。オレはいったいどうなっちまったんだ。ミッシングの恐怖を克服できたんじゃなかったのか。

検閲官とも、兵士とも戦った。でも恐れを感じなかった。どうしてここへ来て、足が動かないのか。

恐怖はオレの深いところに巣くっていたのか。大きな口を開けて、オレがそこへ落ち込んでくるのを待ちかまえていたのか……。

——ルチアが危機に陥っているのだ。

——礼子がミッシングになっているんだぞ。

ダメだ。どんなにわめいても、足が動かない。クソッタレ、本当にクソッタレだ。そばにピストルがあったら、自分の頭を撃ち抜いていただろう。

どこかで音がする……。

規則的な音だ。それが通路を歩く靴音だとわかるまでしばらくかかった。足音は近づいてくる。こんな時間に誰なのか。自動ドアが静かに開いた。

黒のブレザーを着た悠太が立っていた。じっと健吾をみつめている。健吾は入るように言った。

　悠太は真っ先にデジタイザーへ近づいていく。強化ガラス越しに礼子の顔をしばらくみつめていた。次にベンケイの顔を見る。それが終わると壁にある液晶モニタを見た。健吾は机の前の椅子を悠太に勧めた。

「朝まではオレが当直だ」

「話したいことがあって来ました」

「オレのことなら諦めろ。足が動かないんだ。自分でもどうしようもない」

「ルチアは今、ヴァチカンから来た枢機卿に預けられています。僕が自宅に行ったら、イザベラにそう言われました」

「とうとう来たか。顔は見たのか」

「いいえ」

「じゃ、話は終わりだ。もう帰れ」

「もうひとつあります。加藤さんのことです」

「手短に話せ」

「加藤さんをどう思いますか？」

「見合いの相手でも紹介してやろうってのか」

「肩の怪我、あれはウソじゃないでしょうか」

　ふっと沈黙が訪れた。

健吾は頭のなかの靄を追い払うために、首を振った。

「ウソだとどうなるんだ？　いや、やめておくよ。聞いてもオレには何もできない」

「聞くだけでいいです。後は僕がやります」

「やりますって、何を？」

「健吾さんには関係ありません」

「変なこと、考えているんじゃないだろうな」

「変なことって何ですか」

健吾は悠太の目を見つめる。こいつが何を考えているか、健吾には手に取るようにわかった。

「無資格で入ると、どうなるか知ってるな」

「もちろんです」

「だったら、バカなことは言うな」

「礼子さんには恩があります」

「なおさらまずい。恩を仇《あだ》で返すことになる」

「健吾さんがやってくれないんだから、仕方ないでしょう」

「オレのせいにするな」

健吾は悠太を見る。

真意がわかった。健吾は苦笑して言う。

「そんなこと言っても、オレは動かないぞ。だが、おまえの気持ちはありがたく頂戴《ちょうだい》するよ」

「そんな意味じゃありません」

「どっちにしても、心配するな。ベンケイがいる。あいつに任せておけば大丈夫だ。番人を説得し、無事、礼子を救出……」

「加藤さんにはできません」

悠太は途中で遮った。

「うん？」

「加藤さんは礼子さんを救出しません。今回の事件は、もともと加藤さんが仕組んだものだからです」

冷蔵庫に烏龍《ウーロン》茶があると言うと、悠太は飲みたくなったら頂きますと答えた。

「聞き違いだと困るので、もう一度言ってくれ」

悠太は、その言葉をゆっくりと繰り返した。

どうやら聞き違いではないようだ。

「加藤さんは肩に怪我をしていない。この前提で、推理を進めていいですか」

「やってみてくれ」

「兵士との戦いでやられた、と加藤さんは言いました。この狙いは何だかおわかりになりますか」

「さっぱりわからん」

「自分が探査に入ったときにはすでに兵士が存在していた、というアリバイ作りだと僕は思っています」

「アリバイ作り？」

「つまり、本当は兵士はそこにいなかったのです」

やっぱり、何を言いたいのかわからない。オレの頭がおかしくなったのか、それとも悠太が狂っているのか。

「何で、そんな嘘をつく必要があるんだ？」

「兵士の世界は、加藤さんが創ったものだからです。今までの報告書を詳細に読ませて頂きました。あれならCGでできます。時間はかかりますが技術的には難しくありません。そして兵士は自分のコピーを……」

「ちょっと待て、悠太」と健吾は遮る。「そう先を急ぐな。もっとわかるように説明しろ。兵士の世界は、ルチアの自己処罰の感情が創り上げた想像世界だ。この結論はおまえも聞いただろう？」

「僕も初めはそう思いましたが、今は納得できません」

「どうしてだ？」

「サン・バルテルミーの虐殺は、ルチアがやったことではありません。遠い昔の話です。常識的に考えて、自己処罰の原因にはとうていなりえません」

「心理学に常識は通用しない」

「ルチアに快活さが失われたのは、母マリアンナが死んでからのことです。アントニオさんはそうおっしゃってました」

「それはオレも知っている」

「それに健吾さんたちがクリアした検閲官は、二回ともマリアンナの死が意味として隠されていました。トラウマは、そこに関係しているはずなのです」

一度目はアトラスの背に乗った少年。彼はマリアンナの子宮内で死んだ弟だった。二度目はリンゴを追いかけ回す犬。それは母マリアンナを独り占めしたいルチアを意味していた。

「自分のコピーとはどういうことだ」

「兵士のことです。ユグノー軍兵士は加藤さんのコピーではないでしょうか」

悠太は、健吾を元気づけるためではなく、どうやら本気でベンケイを疑っているようだ。悠太は続ける。

「自己処罰説でも、もちろんユグノー軍兵士がヴァーチャル記憶空間内の人々を虐殺している理由を説明できます。でも、加藤さんのコピーだとしても充分に説明できます」

「ユグノー軍兵士全員がコピーだということか」

「カトリック軍兵士もそうだと思います。カトリック軍と戦ってユグノー軍が勝つ。そういう役割を両者のコピーに与えておけば、万が一にもシナリオが崩れることはありません。何千人でも、何万人でも創れます。姿形も自由に変えられます」

「複数のコピーとはリンクできないぞ。習ったはずだ」

「リンクなんてしません」

「しなければ回収できない」

「回収の必要はありませんよ。コピーはそこで戦って、自分たちの役目を果たせばいいわけですから」

自分のコピーとリンクすることは、ヴァーチャル記憶療法士としての義務である。リンクしなければ回収できないし、回収できなければヴァーチャル記憶空間内の出来事を、オリジナルもクライアントも知り得ないからである。

だがもちろん、悠太の言うようにリンクしないで転送することは技術的に可能である。現に人間以外の生物は、たとえば馬や犬や猫をヴァーチャル記憶空間に転送する場合は、原則としてオリジナルとリンクしない。

「アシスタントは？」

「金を積めばやってくれる人間は大勢います。でも、仕掛けの性格からして、加藤さんの単独行動だと僕は思っています」

アシスタントをつけることは規定で定められているが、それは安全面を考慮してのことである。システムを自動にセットすれば、単独探査は問題なくできる。

「いったい何をするつもりなんだ、ベンケイは？」

「兵士に、ルチアの記憶内の人々を虐殺させるのです」

「それは見た」

「ルチアの記憶は失われます」

「廃人だな」

「いいえ、最後は自殺するんじゃないでしょうか」

なるほど、そこは悠太が正しい。

自己処罰の最終形は自殺だ。

「動機は何だ」

「そこなんです、問題は」

悠太はそう言ったきり黙る。悠太は立ち上がると、冷蔵庫から烏龍茶を取り出しグラスをふたつ持って戻ってきた。

「動機はもっとも重要なポイントだぞ」

「わかっています」

「そこが突き止められなければ、どんなにうまくできた推理でもただのゲームだ」

「それもわかっています……」

「言いにくそうだな」

「健吾さんなら、すぐに気づいてくれると思ったのですが……イザベラが絡《から》んでいると考えると、すっきりするんです」

「イザベラが？」

「すっきりしませんか？」

「すっきりも何も、さっぱりわけがわからん。どこからイザベラの名前が出てくるんだ」

「こういう場合、誰が得をするかという視点で考えるのが鉄則ですよね。ルチアが自殺して得をするのはイザベラです」

「なんで得するんだ？」

「新しく生まれてくる子供に、アントニオの全財産を相続させることができるからです」

健吾は首を横に振った。

溜息をついてから言う。

「オレならすぐに気づくというのは、どういう意味だ」

「だって、礼子さんが、健吾さんは金が絡むと……」

目の前のテーブルをぶっ叩こうかと思ったが、礼子のVPS信号が目の隅に見えた途端に気持ちが萎《な》える。

「俗に言う、継母の継子殺しだということか」

「そういうことです」

「ずいぶんと陳腐な発想をしたもんだな。ベンケイが一枚嚙んでいる理由は？」

「破格の報酬を約束されたか、あるいは……」

「イザベラとデキてる??」

「はい」

「そいつも陳腐な発想だな。証拠はあるのか」

「僕の推測です」

健吾はもう一度、大きな溜息をついた。

「おまえは今まで、いい推理をしてきた。感心したよ。オレが十九のときより、百倍頭が切れる。だが、今回はダメだ」

「健吾さんは加藤さんを信用しているのですか」

「気に入らないヤツだと思ったことはある。だが、悪いヤツだと思ったことはない」

「イザベラは？」

「どうこう考える材料が足りない」

「そうですか、ダメですかね……」

「ルチアを殺すなら他にいくらでも手はあるだろう。殺し屋を雇ってもいいし、交通事故を装う手もある。暴漢に襲わせるという筋書きも悪くない。なんで、ヴァーチャル記憶空間内で、面倒くさいことをしなければならないんだ？」

「僕は逆に考えたんですけどね。ありきたりの殺しでは、継母の継子殺しはすぐに発覚してしまう。誰もが思いつく定番の動機ですからね。だからこそ、手の込んだ仕掛けが必要だったんですよ。ヴァーチャル記憶空間を利用し、自己処罰にみせかけてルチアを自殺に追い込む。うまくいけば完全犯罪じゃないですか」

「あまりにできすぎた話だ。ルチアは十四歳、カタリーナ・デ・メディチがフランス王宮に嫁いだのが同じく十四歳。ルチアは小学生の頃、ユグノー虐殺の史実に衝撃を受けた。ルチアの父アントニオはユグノーの呪いを恐れている。つくられたシナリオにしては条件が揃いすぎている」

「それも発想が逆だと思います。ルチア殺しのシナリオは、それこそ無数に考えられたと思います。そのなかで今回のシナリオがピタリと嵌った。加藤さんもイザベラも、その瞬間にヤッタと叫んだはずです」

健吾は、しばらく壁の液晶モニタを眺めた。礼子のVPS信号は依然として止まったままだ。ベンケイのVPS信号だけがエリアDの最深部に向かって進んでいる。

「こうしていても暇を持てあますだけだ。まだ言いたいことがあったら、遠慮するな」

悠太は、それじゃと言って語り始めた。

「ユグノー軍兵士のひとりが、テコンドーの技を使ったそうじゃないですか。加藤さんのコピーだからだと思います」

「フランスには、サバットという足技中心の格闘技がある。十六世紀にもすでにあった。ベンケイはそう説明しなかったか？　おまえもその場にいたな」

「ええ、いました。でも、その言い方、変だと思いませんか」

「どこが変なんだ」

「僕もあのときは気づきませんでした。でも、今までの加藤さんなら、ルチアの知識の矛盾を指摘するんじゃないでしょうか。その具体例を見つけるために、兵士の世界を旅してきたわけですから」

「うん、まあな」

「あれはサバットではなく、ただの後ろ回し蹴りだった。空手にも少林寺拳法にもテコンドーにも同じような技はある。それをルチアは映画か何かで見て、その知識をあの場面でたまたま使った。こんなふうにコメントすると思うんです」

「つまり、どういうことだ？」

「はい、要するに、ユグノー軍兵士は加藤さんのコピーなので、それを悟られないようにするために全員がテコンドーの技を敢えて使わなかった。しかし、健吾さんの相手は、何かのきっかけでその戒めを忘れて無意識に使ってしまった。だから、足技のことを指摘された加藤さんは一瞬慌てた。そのために、あれがルチアの想像空間であるという前提を忘れて、思わずあんな言い方になってしまったのだと僕は思います」

「どうかな……人の心は、そう理詰めで割り切れないだろう。慌てていたというより、あのとき、ベンケイはイザベラから枢機卿のことを言われて、そっちのほうへ考えが行っていたからな」

悠太は唇を噛む。

しかし、すぐに口を開いた。

「イザベラは自己処罰説に賛成しています。ミスリードするためだと考えられます」

「まったく根拠がない」

「時代的な矛盾を巧みな方法で暴いている点はどうですか。グレゴリオ暦とプチ・ポン橋のたもとの城塞のことです。加藤さんは自己処罰という視点を正しく見せるために、CGのなかに当初からこうした矛盾を用意していたと考えられます」

「まあ、そこは面白い」

「そしてその矛盾を健吾さんや礼子さんに確認させるために、途中から参加してきたのです」

「それにしては参加が遅かったと思わないか。オレと礼子は、矢で狙撃されて危うく命を落とすところだった。死んだらベンケイも困るわけだろう？」

「ああ、なるほど……」

「ベンケイにだってリスクがある。自分のコピーだから意図的には殺されなくても、流れ弾に当たる可能性はある。ブラックホールに飲み込まれる危険も大きい。いや、現に礼子がそうなってしまったんだぞ」

「はい……」

「もうひとつある。ルチアは兵士の存在に気づいていない。自分が日々変わっていくようだという言い方をしていただろう？」

「ええ、覚えています」

「つまり、ルチアには兵士の世界は見えていないんだ。その理由は自己処罰説なら解ける。兵士の世界は、無意識世界に住む〈番人〉の罪の意識が創り上げた世界だ。だからルチアには意識できないのだと。だが、おまえの推理に従えば、中世のパリはCGで、兵士はベンケイのコピーだ。そんなものをルチアの記憶内にプリンティングしてみろ。ルチアには間違いなく見える。違うか」

「そこは考えていませんでした……」

「最後にもうひとつ。決定的なことだ。仮におまえの推理がすべて正しいと仮定しよう。そうすると、ベンケイはどうして今、ルチアのヴァーチャル記憶空間内にいる必要があるんだ？　兵士が現代人を虐殺している光景を、オレたちは見てきた。あのままいけばピエールたちも殺されるだろう。最後には誰もいなくなる。目的達成じゃないか。どうしてその先へ、エリアDの奥深くへベンケイは向かっているんだ？　ミッシングになる危険を冒してまで」

面白い見方だと途中で思ったが、ここまで来てみると穴だらけの推理だ。というより、ただのこじつけだ。悠太はやっぱり、オレをどうにか奮い立たせようとしたのだ。

悠太から答えはない。健吾は再び液晶モニタを見上げた。礼子の存在を示すVPS信号は依然としてD1に点滅している。ベンケイのVPS信号はD5に入っている。動きがあまりない。

会話に気を取られていて悠太もわからなかったようだ。健吾は悠太に指示した。悠太はメインコンソールに走り寄る。

「悠太、拡大表示だ」

ベンケイのVPS信号が点滅する部分が拡大表示される。手足が動くときの微妙な身体の揺れがこれでわかる。

「動いていません……」

「もう少し待て」

数分間、息を止めていた。ベンケイのVPS信号はピクリともしない。エリアD5（−05,−08β）に止まったままだ。

「強制回収だ」

「わかりました。強制回収します」

メインコンソール中央にある赤いアラームランプのデジタルロックを解除する。こうすれば、ヴァーチャル記憶空間内のコピーが何もしなくても、コピーの腰にあるデジタルロックが解除されコピーは強制的にオリジナルと合体する。数秒待った。

「ロックは解除したのか」

「しました。回収装置は正常に動作しています」

「もう一度やってみろ」

三度試したが、デジタイザー内のベンケイの身体に、意識は戻らなかった。

＊

夜明け前の海は風が冷たかった。

耳元でビービーと音を立てている。高校時代、浜辺でキャンプをしたときのことを思い出した。明け方に目が覚めると、テントのなかにいるはずの友人がいない。そっと外へ出てみた。友人はひとりで浜辺に座り、明け方の海を見つめていた。

あのときも風が強かった。耳のなかで誰かが紙をバリバリ破いているような音だ。砂粒も入り込んでくる。

クソッタレが。

さっきまでそう呟いていた。今は、何の言葉も出てこない。

悠太と激しく言い争った。

「健吾さん、探査に入ってください。ここは僕が引き受けます」

健吾は足が動かなかった。

壁の液晶モニタから目が離せない。

「健吾さん、早くしないと……」

「いや、もうだめだ」

「だめ?」

「ベンケイはブラックホールに飲み込まれたんだ。いまさらオレが出かけていっても、救けることはできない」

「そんなこと、現場に行ってみなければわかりませんよ。検閲官と戦って負傷したかもしれないじゃないですか」

「負傷なら強制回収できる」

「回収装置が故障してしまったか、あるいは兵士に奪われてしまった可能性もあります」

その場合は、別のヴァーチャル記憶療法士が予備の回収装置を持って探査に入る必要があるのだ。

恐怖がまた襲ってきた。吐き気がするほどの恐怖。自分で自分がコントロールできない。

「それに……」

「それに何だ」

「今回のことが加藤さんの策謀だとすれば、このミッシングには別の理由があるかも……」

「まだ、そんなこと言ってるのか」

「でも……どっちにしても、健吾さん。何とかできるのは、健吾さんしかいないんですよ」

だが、やはり足が動かない。

悠太はデジタイザーの扉を開けた。

「お願いです。早くしてください」

「アシスタントのおまえに、そんなこと言われる筋合いはない」

「こんなときアシスタントも何も……」

「もう、ダメだ。あきらめろ」

「イヤです。あきらめません。健吾さんが入らないんなら、僕が入ります」

「無資格でそんなことしたら、ヴァーチャル記憶療法士になる資格を永遠に失うことになるぞ」

「構いません」

「オレのことも考えろ。おまえの無資格探査を許せば、オレだって二年間の活動停止処分になる」

「一億三千万円、入るじゃないですか」

「そういう問題じゃない」

「いいえ、そういう問題です」

「勝手にしろ」

こいつは狂っている。先のことは何も考えていないし、他人のことも眼中にない。後ろから悠太の声が追いかけてくる。

「健吾さん」

返事もせずに操作室を飛び出た。そのまま地下へ降りて駐車場にあるRX－7の運転席に飛び込む。

どこをどう走ったか覚えていない。かなりのスピードで突っ走ったことだけは記憶にある。気がつくと正面に海が見えた。周りを小さな灯が取り囲んでいる。海はそこだけ何もない暗黒だった。

──オレは逃げてきた。

この言葉だけが、ポツリと出てきた。

──オレもこれで終わりだ。

数分後に、この言葉が浮かんできた。礼子とベンケイが終わりになるだけではない。オレも終わる。一億三千万円と呟いたが、心に何の変化もなかった。

自分がミッシングになったときの数時間を、健吾は今まで思い出せなかった。しかし、礼子がミッシングになった瞬間、不意にそれは蘇ったのだ。

……そこは真っ暗な空間だった。

夜の暗さとはぜんぜん違う。地面もないし空もない。前後も左右もない。宙に浮いたままの完全な暗黒。

そこに自分のふたつの目だけが開いている。目だけは自由に瞬きをすることができた。しかし何も見えない。自分の身体も見ることができない。身体を感じることもできない。時もない。暑さも寒さもない。あるのは思考だけ。脳だけになって宇宙空間を彷徨《さまよ》っているようだ。いや、そんなロマンティックな言葉はふさわしくない。すべての感覚を奪われて〈目〉だけになった自分。そしてその目は何も見えない……。

これがどうして怖いのか。

改めて問われると答えられない。恐怖の爪は確かに心臓に突き刺さっている。だが、その理由はわからない。

立ち上がった。浜辺を歩いた。ビービーという風の音にザワザワという潮騒が混じる。海は依然として暗い。

礼子と飲んだときのことを思い出した。礼子はあのとき、オレたちがキラキラした目をしていたと言った。

キラキラした目。

確かにそうだった。このオレだって、たぶんあのときはキラキラした目をしていたはずだ。何が輝いていたんだろう。

すべてが上り調子だった。何をやってもうまくいった。うまくいかないことがあっても、それがバネになって失敗以上のものが返ってきた。フリーになる少し前には、オレを名指しでやってくるクライアントもいた……。

浜辺には木の切れ端や瓶やペットボトルや海藻などが打ち上げられていた。足元に転がっているペットボトルを蹴る。それはカラカラと乾いた音を立てて転がる。なかから小さなカニが転がり出てきて、どこかへ消えた。

——何が輝いていたのか。

男も女も、確かに輝いていた。

最高の仕事に就くことができたという自負、そして誇り。ストレートでヴァーチャル記憶療法士になった健吾は、友人の誰と会っても自分の優位を感じていた。酒を飲んで道端で吐いても、女に振られても、醜くはなかった。

——何をやっても美しかった。

それに比べて今のオレはどうだ。

オレは飲んだくれていた。これは美しかったか。金がなくてスーツは一着しか買えなかった。

これは美しかったか。今は今で、すべてを放り出してこんなところへ逃げてきた。これは美しいのか。絶対に違う。ただ醜いだけだ。格好悪いだけだ。美しさなんて欠片もない。何が違うのか……。

また砂浜に座った。

依然として風は強い。水平線辺りがかすかに明るい。だが、闇はまだ濃い。空も暗かった。頭上に星が光っている。満天の星空だ。ルチアのヴァーチャル記憶空間には、美しい月と星があった。ここにも星がある。星はさかんに瞬いている。

——そうか、可能性が輝いていたのだ。

健吾は不意に理解した。

オレたちをあのとき輝かせていたものの正体、それは可能性だったのだ。未来に開かれた可能性が、どんなバカげた行為も美しい色に塗り替えてくれたのだ。

夢と言い換えてもいい。夢がなくなれば醜い行為は醜いままだ。ちょうど今のオレのように。もう、オレが輝くことはない。キラキラした目をすることもない。

健吾はひとりで笑った。

笑い出すと止まらなくなった。砂浜に寝転がって大声をあげて笑った。最後には涙が出てきた。

——ちっぽけで、何もなく、塵《ちり》のような存在。

可能性がなくなれば人間は塵と変わらない。

100%、何も変わらない。

健吾は声を上げて泣いた。声は強風にさらわれていく。さらに声を張り上げた。砂浜を拳で叩いた。何度も叩いた。

——オレは塵だ。この砂粒より小さい、ただの塵だ。

ミッシングの恐怖を克服したつもりになっていたが、ただの無知だったのだ。心理学云々と言いながら、自分自身の心のなかも覗くことができなかったのだ。

ミッシングのときに体験した恐怖。

すべての感覚を奪われて〈目〉だけになった存在。

——あれは塵になる恐怖だったのか。

ミッシングを経験した療法士は、自分が塵に過ぎないことを心の奥深くで体験する。自負も、夢も、喜びも、恨みも、悲しみも、すべてが無限に小さな点になり、やがて消える。それは精神的な死を意味する。だから、立ち直れないのか……。

——礼子、ベンケイ、許してくれ。

ちょうどいい。

目の前は海だ。

風が強くて波は荒い。周りに誰もいない。

RX-7も、礼子も、ルチアも、一億三千万円も、悠太も、ベンケイも、アントニオとイザベラも、そしてヴァーチャル記憶空間内のピエールたちも遠くにいる。誰もオレを引き留めようとしない。

小学生の夏休み。炎天下の屋外には誰もいない。自宅の畳の上で寝転がっていると飛行機の爆音が響いてくる。あの音がとつぜん耳に蘇ってきた。

中学二年生のときには世界中の車の名前を記憶していた。どんな国のどんな時代の車でも、車体を見れば特定できた。ネットで探し当てた好きな車の写真は、プリントアウトしてスクラップブックに張りつけた。

三歳のときだったと思う。オレの最も古い記憶か。昆虫採集に使う白い丸網を父親に買ってもらった。近所のガキ大将に連れられてカブトムシを捕りに行った。だが、ガキ大将はその丸網で池を掬《すく》った。丸網にカラスの死骸が引っかかってきた。

田舎を旅行したとき電車に乗った。目的の駅に着いていざ降りようと思ったがドアが開かない。隣のドアは開いていて、人が乗り降りしているのに自分の前のドアだけ開かない。電車はそのまま出発した。ドアは手動になっていることを次の駅で知った。

剣道は中学のときから始めた。放課後、体育館で練習していたのだが、誰かがボクシングをやろうと言い出した。防具をつけたままやれば思い切り殴っても平気だろうと。七、八人で組みになって殴り合いが始まった。数分後、顧問の先生がやってきて、一時間正座させられた。

一度だけ犬を飼ったことがある。小学校三年生くらいか。母にせがむと近所から柴犬の子供をもらってきてくれた。ハッピーと名づけた。ハッピーはすぐに慣れた。学校へ行く前と帰ってから、必ず散歩に連れ出した。だが、一ヶ月後、ハッピーは死んだ。道路へ飛び出してトラックに轢《ひ》かれたのだ……。

どうしてこんな記憶が蘇ってきたのか、わからない。たわいもない記憶ばかりだ。

――人の最期とはこういうものなのか。

何かまとまった結論が出るわけでもない。独特の感慨が湧いてくるわけでもない。記憶の欠片が、何の脈絡もなく、記憶の倉庫から運び出されてくるだけ……。

水平線が明るくなってきた。

暗かった海にすっと光が差す。健吾は立ち止まった。寄せてくる波に足を浸す。じっと水平線を見る。辺りはみるみる明るくなっていく。

――最後におまえの顔を拝むのも、いいかもしれないな。

中学生のときに読んだ本に、太陽と生命のことが書いてあったのを思い出した。この地球上の生命はすべて、太陽がもたらしたものだと。その証拠に、人間の身体を構成する元素は太陽のそれとまったく同じだと。ちょうどいい、オレは死んで塵に帰る。おまえの元に帰るのだ。

――いや、もうオレは塵になっている。

眼前の闇がすっと薄くなった。水平線に光の線が何本も現れた。それは空に浮かんでいる雲を突き抜けた。健吾は海に向かって歩き始めた。

朝陽が眩《まぶ》しい。

波が陽の光を受けてガラス片のように光る。

それは海の上を滑って健吾のところまで届いた。健吾は膝まで海に浸かった。

手に海水がかかった。
滴《しずく》が落ちる。滴はキラキラと光って海に落ちた。
全身を見た。健吾の身体は正面から朝陽を浴びて、キラキラ光っていた。

十一日目

「ルチアに異変です。至急連絡をください」

というメール。悠太からだった。

健吾はRX－7で首都高速を驀進《ばくしん》しているところだった。声のやりとりに切り替える。

「オレだ。ルチアがどうかしたのか」

「今、どこですか」

「車のなかだ。そっちへ向かっている」

「ルチアは自宅にいます。そちらへ直行してください。僕はここを動くことはできませんから」

「礼子とベンケイは？」

「あれから何の変化もありません」

「おまえはベンケイを救けに行かなかったのか」

「行くわけないでしょう。あれは言葉の弾みで……それよりルチアに異変が起きたんです。目が見えるようになって、口もきけます。イザベラがメールで知らせてきたのです」

「何だって……」

どういうことだ。

「わかった。クライアントの自宅へ向かう。ルチアの様子を確かめたあと、大至急そこへ行く。礼子とベンケイを救けるぞ」

「ホントですか」

「オレを信頼しろ。絶対に救ける」

「やっぱりね」

「何がだ？」

「僕は健吾さんを信じていましたよ。きっとまた、戻ってくると確信していました」

「ウソつけ」

二十分足らずでアントニオ邸に着いた。

目の前に出現したルチアは、以前と同じであって、しかもまったく違っていた。

「こんにちは、ルチアです」

紫の部屋着を着て、優雅に頭を下げる。これほど変わるものなのか。昨日までとはまったく違う生き物になった感じがする。

「今まで、ありがとうございました。お陰様で、ルチアもこのとおりです。治癒いたしました」

とイザベラが言う。

ルチアは全身からオーラを発している。ヴァーチャル記憶空間で見たフィレンツェの美しい少女たちを思い出した。彼女たちが薄汚い人形のように感じられる。

「アントニオさんは、明日帰国されるのですね」

「明朝には成田に着く予定です。さきほど連絡しましたが、それはもう大変な喜びようでした。ヴァチカンから来た枢機卿も、安心してさきほど帰国の途につきました」

「ルチアさんは、いつ、どんなふうに治癒したのでしょうか」

「突然でした。私がキッチンでいつものように朝食の支度をしていると、ルチアが呆然とした顔でやってきて、ママ、目が見えるって言ったんです」

「では、自然に……」

「ヴァチカンから来てくださった枢機卿のこと、さきほど申し上げませんでした？」

神に祈って治癒するはずはない。

だが、そうはっきり口に出せる雰囲気ではなかった。

「あなたは自己処罰説に賛成されていたはずですが……」

「もちろん、今でも自己処罰説が正しいと思っていますわ。神がルチアに、自己処罰をやめるよう手を差し伸べてくれたのです」

「その理屈は納得いきません。もう一度、現在の時点でルチアさんの記憶コピーをとらせて頂ければ、正確なところがわかると思いますが」

「神が為《な》されたことを、あなたは疑うのですか」

「神が為されたという証拠がありますか」

「神は証拠を残しません」

「しかし……」

「探査はこれで打ち切りです。これは正式なクライアントである夫の意見です。直接確かめてみます？」

今の時間なら話したければ話せる、とイザベラはつけ加えた。健吾は黙ってイザベラを見る。これだけはっきり言うからにはウソではあるまい。

「しかし、健吾さん」とイザベラは穏やかな顔になって言う。「人の命は何よりも大切なもの。礼子さんをどうか救けてあげてください。探査は続けてください。延長はいつまで？」

「あと四日あります」

「それはよかったわ。ルチアが別の方法で治癒した以上、あなたがたに成功報酬は差し上げられませんが、でも延長した期間の費用くらいは持たせてもらいます」

健吾は黙って頭を下げる。

「健吾さん」とルチアも笑顔で言う。「私のことは私が一番よくわかっているわ。こんなに晴れやかな気持ちは久しぶり。見るものすべてが輝いています」

健吾はひとまず引き下がることにした。

挨拶をしてドアに向かう。ルチアが治癒した理由は納得いかないが、今はそれに関わっている暇はない。とりあえずは礼子とベンケイの救出だ。

「ところで、なぜ今日はおひとりで?」

健吾は足を止めた。

イザベラは続ける。

「加藤さんに手が放せない用事でも?」

健吾はゆっくりと振り返る。

ここは、本当のことを言うしかない。

「ミッシングになっています」

「えっ……」

「昨夜、回収不能になりました」

イザベラの顔がすっと白くなった。

隣でルチアも目を丸くしている。

「検閲官にやられたのですか、それともブラックホール……」

「わかりません」

「わかりません?　あなたも一緒に行動していたのでは……」

「事情がありまして、昨夜はベンケイの単独探査でした」

イザベラはじっと健吾を見つめる。

健吾は続けた。

「これから私が探査に入ります。ご心配いりません。ふたりは必ず私が救けます」

健吾は再び頭を下げると黙って部屋を出て行った。

再びRX－7に乗った。月島にあるワンダーランド社へ着いたのは三十分後だった。付き添いの医師に様子を聞く。礼子とベンケイの身体には変化はないと言う。

健吾は悠太にルチアの様子を語った。確かに目が見えている。口もきけるようになっている。そして、素晴らしくきれいな少女に変身していたと。悠太は身を乗り出す。

「そんなにきれいだったんですか」

「人間の美しさを超えている」

「そんなに……」

「枢機卿の祈りがルチアを治癒させたそうだ。信じられるか」

「いいえ」

「オレも信じていない。だが実際に、ルチアは快活で美しい少女に変貌していた」

礼子が眠っているデジタイザーのところまで行く。透明な強化ガラスを通して礼子の顔が見える。

——いま行くぞ、礼子。絶対に救けてやるからな。

隣にはベンケイが眠っているデジタイザーがある。ベンケイの目も閉じられたままだ。左肩に包帯があり、目尻には太い皺が刻まれていた。会って話しているときには気がつかなかったが、こうして見るとかすかに老いを感じさせる。

——ベンケイ、ひとりで行動させて悪かったな。おまえのミッシングの責任は、オレにある。

待っていろ、今行く。

「まだベンケイを疑ってるのか」

「いいえ、もう……」

「すっきりしない顔だな」

悠太は力のない笑みを浮かべている。

健吾はデジタイザーに横たわった。予備の回収装置は悠太がアイテム群からピックアップして装備してくれる。悠太はメインコンソールにつく。探査に入るのはベンケイがミッシングになっている場所の少し手前。

＊

仄暗《ほのぐら》い森だった。たまに差し込む太陽の光が、針となって地上を貫く。エリアDの入口に広がっていたお花畑は影も形もない。もともとこの姿だったのか。

無意識の最深部へ続いていると思われる小道の他には、道らしい道はない。右でも左でも、手を伸ばせばそこに木がある。鳥や獣の気配はない。梢《こずえ》も動かない。

ベンケイがミッシングになっている地点まであと僅かだ。予備の回収装置を地面に置く。争った跡は見られない。とすればブラックホールだ。健吾は幻に注意して進んだ。周りの風景に溶け込んだ幻だと避けるのは難しい。

——この辺りだ。

VPS表示はD5（-05，-08β）。

動かずに辺りを注意深く観察した。何の音も、誰の声も聞こえてこない。たまに太陽の光が差し込んでくるとき、森の奥が一瞬だが見える。深い森だった。

「ベンケイ」

健吾は低く言った。

声は目の前の空間にすっと吸い込まれて消える。

「ベンケイ、オレだ。健吾だ。いたら返事をしろ」

少し待った。

やはりどこからも返事はない。

「予備の回収装置を持ってきたぞ。聞こえるか」

声が小さいのか。

信号はこの近くだ。いれば聞こえるはずだ。

「ベンケイ、どこにいる。返事をするんだ。返事ができなければ何か音を立てろ」

今度は大声で言う。しかし、声はまた仄暗い森に吸い込まれて消える。ブラックホールに飲み込まれれば、オレの声は届かない。返事もできない。やっぱりそうなのか……。

健吾は前へ一歩、足を踏み出した。

笑い声を聞いた。足を止める。しばらくそのままでいたが、それっきり何も聞こえてこない。

空耳だったようだ。だが、歩き始めてすぐ、再び笑い声を聞いた。今度は間違いない。

「誰だ」

健吾は腰を落として叫んだ。いつでも抜刀できる。目の前の道の奥に誰かが現れた。こっちへ近づいてくる。そのとき太陽の光が森を刺し貫いた。

「あっ」

健吾は思わず声を上げた。

笑っているベンケイの姿がそこにあった。

「待っていたんですよ。やっと来てくれましたね」

健吾は口がきけなかった。

ベンケイは無事だったのか……。

「礼子さんがミッシングになってから、あなたは逃げてしまって探査に入らない。それで仕方なく、こんな手を使ったんですよ」

さっぱり意味がわからない。

そもそも、どうしてベンケイはここにこうして現れたのか。生きているならあのとき回収されたはずだ。

「回収装置のことを考えているんじゃないですか。別に難しいことじゃありませんよ。その倒木の向こう側を見てください」

左手には倒木がある。歩いていって反対側を覗き込んだ。回収装置のついたベルトが捨てられていた。回収装置を身体から外してしまえば、それが正常に動作しても療法士は回収できない。

「いったい何の真似だ」

「気がついてなかったのですか」

「何のことだ？」

「その顔ですと、本当に気がついてなかったようですね」

ベンケイは可笑《おか》しそうに笑った。

分厚い胸が波打つ。

「オレが来るのを待っていたと言ったな。どういうことだ？」

「もちろん、殺すためですよ」

「悪い冗談はやめろ。ここで遊んでいる暇はない」

「冗談や遊びで、こんなことしますか？」

ベンケイは右手を挙げた。

拳銃が握られていた。健吾は息を止める。

「さあ、腰の回収装置を外して。デジタルロックには手を触れないように。触れた瞬間に引き金を引きますよ。ベルトを倒木の反対側に投げてください―」

デジタルロックが解除されるまでに数秒のタイムラグがある。素早く解除しても拳銃の弾のほうが速い。健吾は指示に従った。

「そうです、それでいいです。おっと、予備の回収装置が足下にありますね。それも同じ場所へ投げなさい。次は剣です。剣も同じところへ」

健吾は迷った。これを手放したら勝つ術《すべ》は永遠に失われる。しかし、やはり従わざるをえなかった。

「安心してください。すぐには殺しませんよ。わけのわからないまま殺しても、快感はありませんからね」

「気づいているとかいないとか、何のことだ」

「鳥籠ですよ」

「うん?」

「二度目の検閲官が、死に際に健吾さんたちに言ったそうじゃないですか。ここは牢獄なのに、どうして自分たちは鳥籠に閉じこめられているのかと」

「確かに言った」

「ピエールたちの隠れ家にも、鳥籠がありましたね」

「あったが、しかしあれは……」

「そうです。ハッタリだろう、と私たちは結論しました。でも、内心はヒヤヒヤでしたよ」

「………」

「鳥籠は英語でcageです」

「それは列挙したなかにあった。いつもの手順で……」

「でも、わからなかった？」

「……」

「cageですよcage。もう一度、発音してみてください」

発音してみた。ケイジ、ケイジ、ケイジ……。健吾は思わず叫んだ。ベンケイの本名は加藤啓治！

――クソッ、完全に盲点になっていた……。

「ほら、わかったでしょう」

「誰かが、おまえが犯人だと知らせるために、鳥籠を用意したということか」

「そうです」

「それができるのは番人しかいない」

「そのとおりです」

「しかし、番人なんだろう。なぜ堂々と……そうか、おまえはそんなことをしたのか……」

「私はB4までしか行っていないと報告しましたが、実際には一度娑婆に戻ってから、密かに番人がいるD8へ飛んだ。そこで番人に会って、あるシナリオを実行してくれるよう依頼した。とまあ、簡単に言えば、こういうことです」

「依頼したんじゃなく、強要したんだろう」

「そういう言い方もできます」

そうか、そう考えれば、ルチアが兵士の世界に気がつかない理由が頷ける。変身した番人が今度は無意識世界の支配者になる。この新しい番人は、ルチアが中世の世界に気づかないよう強い抑圧をかけているのだ。

「ただ、こうした事例は今までにないですからね。本当にうまく行くのかどうか、不安でしたよ。案の定、元の番人は消滅した振りをして生きていた……まあ、所詮は悪あがきですけれどね」

「すると元の番人は、別の場面でもシグナルを出していると考えられるな」

「察しがいいですね」

「マリーとジャンの出現だろう、違うか」

「やぁ、お見事。そのとおりです」

「だから、あのふたりを見捨てようとしたんだな」

ベンケイは薄笑いをして頷く。

顔が変わっている。冷酷な笑いだった。

「しかし、あの場は一応救けました。一度そうしておけば、妙な疑いを持たれませんからね」

何かが閃いた。おまえがここにいる間にルチアは治癒した、と言いかけてやめた。ベンケイの笑みが柔和になった。その腕が伸びて銃口が健吾に向けられる。

「もう、いいでしょう、健吾さん」

「待て、話はぜんぜん終わってない」

「見苦しいですよ」

「わけのわからないまま殺しても快感はない。さっき、そう言わなかったか」

ベンケイは大きな溜息をつき、首を振った。

わざとらしい仕草だが、それは言えない。

「じゃ、五分だけつき合いましょう」

「拳銃を装備したなんて聞いてない。悠太も言わなかった」

「武器アイテム群から引っ張ってこなくても、装備できますよ。小さなものですからね。こっそり胸のポケットに忍ばせておいたというわけです」

服装や装飾品は、確かにそうして転送している。しかし、療法士同士、そんなことはいちいち確認し合ったりしない。

「見たことがある。ワルサーだな」

「モデルも言ってください」

「PPKだ」

「それは有名なモデルですが、これとは違います」

昔観たスパイ映画の主人公が、ワルサーPPKを使っていた。それで覚えていただけだ。

「ワルサーP99。最新モデルです。装弾数は十七発。健吾さんがあちこち逃げ回っても、何発かは当たると思いますよ」

「意外と臆病なんだな。そんなデカイ身体と、太い棍棒を持っている。まさに鬼に金棒じゃないか。オレの剣が怖いのか」

「健吾さんこそ、往生際が悪いとは思いませんか。こんなふうに時間稼ぎをしても、ほんの数分、命が長くなるだけですよ」

「オレを殺したら、おまえが犯人だとすぐにわかってしまうぞ」

「誰がここまで来るというのですか」

「療法士は他にもいる」

「いても入ってきませんよ。礼子さんも、あなたもミッシングになってしまえば」

「おまえだけ回収されたら他の者はどう思うかな」

「さすがはベンケイだ、と言うんじゃないですか」

「堕ちたな、ベンケイ。礼子が知ったら悲しむぞ。礼子はおまえのファンだった。ジャイアント関根の話を、とってもいい話だと言っていた」

「そんな話をしましたね」

「敬虔なカトリックじゃなかったのか」

「他人がそう思っているだけです」

「ヴァーチャル記憶空間でも、勇猛果敢だった。おまえに憧れてヴァーチャル記憶療法士になった人も多い」

「私には関係ありません」

「何で、ルチアをこんな目に遭わせるんだ。ルチアは日々、愛する人たちを失っていく。兵士たちは、ルチアの記憶内の人々を全員虐殺するつもりなんだろう。そして最後に、ルチアは自殺する」

「そうなりますかね」

「ルチアに恨みでもあるのか」

「いいえ、とんでもない」

「じゃ、誰かに依頼されたのか」

「さあ、そこは何とも」

「どうせオレは死ぬんだ。言ってくれてもいいだろう」

悠太の言うとおりイザベラが絡んでいるのか。

それとも他に誰かいるのか。

「老いたる騏麟ですよ」

とやがてベンケイは言った。

健吾が黙っていると続けた。

「騏麟も老いれば駑馬にも劣る。この言葉、前に言いましたね。駑馬になる前に何とかしたかったのです。私も来年は四十二歳になります。いつまでもこの仕事を続けることはできない」

「何とかしたかった、とはどういう意味だ」

「いい突っ込みですね」

「何とかすれば、駑馬にならなくてすむということか」

「いや、駑馬にはなります。なっても、醜態を晒《さら》さずにすむということですよ」

「というと、金か」

「まあ、そんなところです」

こんな会話を続けていても意味はない。どうすれば銃を下ろさせることができるか。

そう考えたとき、ベンケイの指が動いた。パンという乾いた音が聞こえるのと、脚に激痛が走るのと同時だった。

「ちょうど五分経過しました」

左太股だった。綿パンが裂けて血が滲んでいる。染みはみるみるうちに広がる。

「考え直せ、ベンケイ」

「何を考え直すのですか」

「今ならまだ取り返しがきく。オレを殺したら、もう後戻りはできないぞ」

「覚悟の上です」

「最後にひとつだけ聞かせてくれ」

「往生際が悪すぎますよ」

「その肩の傷はニセモノだろう」

ベンケイが黙ったので、健吾は急いで続けた。

「ルチアの記憶内に兵士の世界がすでに存在していた、というアリバイ作りのためだ」

「いい推理ですね」

「敢えてドクターストップにしたのは、大勢の兵士と戦ったのだとアピールするためか」

「そんなところです」

「戦った地点をB４にした理由は？　そこに兵士が来ることがわかっていたのか」

「そこまで細かい予想は立てられませんよ。しかし、兵士は移動します。地点の多少のずれは、言い訳できると考えました」

「だが、ジョットの鐘楼前広場に人々の虐殺死体はなかった。あのときは慌てたんじゃないのか」

「それも充分予想していたことですよ。死体が偶然あれば最高でしたが、なくても言い訳はできます。現に、礼子さんがうまく解説してくれたじゃないですか」

「兵士は、おまえのコピーだな」

「ほう、そこまでわかりましたか」

「オリジナルとのリンクを意図的に外して無数に作った。ひとりでやったのか」

「他人にはあまり知られたくありませんからね」

「フィレンツェの夕暮れや、頭部のないイエスの十字架像。血を流し続けるメディチ家の紋章。そして中世のパリ。これらはみんな、おまえがCGで作った。自己処罰説を裏づけるために、グレゴリオ暦やプチ・ポン橋の矛盾もあらかじめ用意していた」

「おや、おや、そんなことまで見抜かれていたなんて」と言ってベンケイはわざとらしく目を丸くして見せる。「どこまで理解しているか、じゃ、ちょっと試してみましょうか」

　よし、乗ってきた。

ここで時間が稼げる。

「アテネ・フランセの話ですが、覚えてますか」

「もちろんだ。うまいアドリブだったな」

「実は、アドリブじゃないのです」

「じゃない？」

「あらかじめ用意されていた言葉だったのです。何のために用意したか、わかりますか」

アドリブじゃないなんて、考えてもみなかった。打ち合わせのときには出なかった言葉だ。

「わかりませんか？」

「いや、ちょっと待て……わかりかけてきた」

「怪しいですね」

ベンケイの胸の筋肉がヒクヒクする。

可笑しくて仕方ないようだ。ベンケイは笑いながら続けた。

「合い言葉ですよ」

「合い言葉？」

「本物の〈加藤啓治〉だという証明ですよ」

そうか、そこまで考えていたのか。言われてみればそうだ。コピーはどのような外的変形も可能なのだ。服装も変わる。

「ちなみに、あなたと礼子さんは、大勢の兵士と戦ってもかすり傷程度しか負っていない。不思議だと思わなかったのですか？」

健吾は答えられなかった。

「まさか、自分たちが強いからだと思っていた？」

健吾の顔を覗き込んでベンケイは笑い出した。

笑い声はなかなか収まらない。

「愉快だ。楽しくて、あなたを殺してしまうのが惜しい。一週間でも二週間でも、こんな話をしていたい。まあ、そうも言ってられませんが……事情はおわかりでしょう。あなたと礼子さんに、このヴァーチャル記憶空間で起こっていることの〈証人〉になってもらうまでは、死なせるわけにはいかなかった。私たち一行が入り込んだという知らせは、その服装や顔や武器とともに素早くユグノー軍兵士の間に伝わるようになっていた。私のコピーは、かなり手加減したというわけです」

「B1の入口では、危なかったぞ」

「そう、そう、流れ矢ですね。あれは危なかった。あういう予期しない事態も、時には起こります」

「悠太は昨日、おまえが怪しいと言ってきた。根拠はと聞くと、今オレが言ったようなことを言った」

「悠太さんが……」

「オレにもしものことがあったら、協会に事の詳細を報告しろと言ってある」

「脅しの古いテクニックですね」

「ここはエリアD5だ。オレを殺すだけなら、D1でもD2でもよかったはずだ。なぜここまで来た？」

「あなたの来るのが遅かったから、ここまで進んでしまったんじゃないですか」

「止まっていればいいだろう。進めば危険が増す」

ベンケイは大きく目を開けて、驚いたように両手を広げる。

満面の笑みはさらに広がる。

「番人に会うつもりなのか」

「さあ、どうですかね」

「会って何の意味がある？　礼子を救けるつもりなど、おまえにあるはずがない」

「まあ、じゃ、ひとつだけヒントをあげましょう。ルチアになかなか予想した反応が現れないからですよ」

「予想した反応？」

「そうです、当初予想していた反応です。中世のパリもユグノー軍兵士も、シナリオどおりの成果を上げているんですが……」

「その反応とは何のことだ」

「そこまでは言えません」

次に何を言おうか。

続ける言葉がみつからない……。

「ここまでです」

「待て、まだ話は終わっていない」

返事はない。

銃口の暗い穴が見える。

動こうと思っているのだが、意志は手足に伝わらない。健吾は思わず目を閉じた。

死はやってこなかった。代わりに鋭い気合いが聞こえた。目を開けた。ベンケイの背後に何かが飛ぶ。鈍い音がしてベンケイの身体が前のめりになる。

ベンケイはすぐに振り向いた。しかし、相手がベンケイの右手を蹴り上げるほうが僅かに速かった。銃は宙を飛び、仄暗い森のなかへ消えた。

「悠太！」

健吾は叫んだ。

ベンケイはすぐに体勢を立て直し、腰の棍棒を引き抜いた。

「悠太さん、どうしてここへ？」

とベンケイが言う。

棍棒の先は無造作に地面についている。だが、この姿勢からベンケイは多くの技を出せる。

「やっぱり思ったとおりだ」

悠太は倒木の辺りを見ている。

そこには予備に持ってきたものも含めて三つの回収装置と、健吾の剣がある。

「すみません健吾さん、気づくのが遅くなって」

「ほんとうだったんですか。私が犯人だという仮説を、あなたが言い出したというのは」

ベンケイが薄く笑って言う。

「イザベラが共犯じゃないか、とも言いました」

「ほう、それは聞いていない」

「ルチアが死ねば、アントニオさんの全財産はやがて生まれてくるイザベラの子供に相続される。あなたは、多額の金と引き換えにこの仕事を請け負った」

ベンケイは笑い出した。健吾はそっと剣に手を伸ばした。太股に激痛が入り、身体が動かない。これでは剣を掴んでも、立って戦えそうにない。

「これが時代劇だったら、飛んで火にいる夏の虫とかなんとかいうセリフが出てくるところですね。どうやら、神は私に味方しているようだ」

ベンケイはいきなり、棍棒を右に回した。

ブウーンという唸りとともに太い棍棒が悠太の頭を狙う。悠太は軽い動きでかわすと、下段回し蹴りをベンケイの太股に決めた。スウェットパンツを叩く小気味のいい音が響く。ベンケイの顔に変化はない。薄笑いを浮かべている。

健吾はやっと剣を手にした。立ち上がろうとする。太股に激痛が走る。すでに血は太股全体に広がっている。

――クソッ、この大事なときに戦えないのか。

もう一度、立ち上がろうとした。弾を受けた脚にどうしても力がはいらない。痛みで全身が震える。

悠太のテコンドーを初めて見た。礼子と技は同じだが、力強さが違っていた。細身の身体から繰り出される足技は、鋭い鞭のようにベンケイの身体を打った。

ベンケイの棍棒は悠太に当たらない。そのリズムをすべて把握しているかのようだ。多彩な足技だった。回し蹴り、足刀、後ろ回し蹴り、かかと落とし、跳び後ろ回し蹴り、回転蹴り……なるほど去年の学生チャンピオンだけのことはある。

ベンケイの顔つきが変わった。簡単に殺せると思ったのが、当てが外れたのだろう。ときどき鋭い気合いを発する。棍棒を目の前で8の字を描くように振る。フットワークをそれに組み合わせ、下段と上段の袈裟を自由自在に斬る。兵士との戦いでは見せなかった技だ。悠太はジリジリと退く。

悠太は太い幹に背を打ち当てた。すかさず棍棒が襲ってきた。棍棒は右下段からすりあがってくる。悠太の腰の辺りを狙っているのが見えた。悠太は逃げなかった。いや、背後の木が邪魔になって逃げられないのだ。

ダメだ、やられる……。

そう健吾が思ったとき、悠太の身体は垂直に浮いた。木の上から誰かに釣り上げられたように。

甲高い気合いが長く響いた。悠太のかかと落としが見事にベンケイの脳天に決まった。ベンケイは、グウという気味悪い声を発したが、倒れなかった。

逆に悠太が地面に落ちた。脳天への直撃は悠太の足にも大きな衝撃を与えたようだ。すぐには立ち上がれない。

ベンケイは棍棒を持ったまま近づいていった。悠太の前で立ち止まる。悠太は片肘を立てたままベンケイを見上げる。ベンケイは棍棒を振りかぶった。

棍棒は悠太の身体には落ちてこなかった。ベンケイの身体は棍棒を振り上げた姿勢のまま、凍りついた。そしてゆっくりと振り向いて健吾のほうを見た。

口は開いたが、言葉は永遠に発せられなかった。そのまま巨木が倒れるように、地響きをあげて地面に倒れた。

「おまえに味方する神がいると思うか」

健吾が渾身《こんしん》の力をこめて投げた剣は、ベンケイの背中から腹へ突き抜けていた。

*

風が吹き荒れている。静かだった森は、エリアD8に入ったころから生き物のように蠢《うごめ》き始めた。

風は正面から吹きつけてくる。腰を屈めないと前へ進めない。葉がざわざわと音を立てている。闇が騒いでいるようだ。

VPSを見る。D8（00，00）。間違いない。ここが無意識の最深部だ。番人はここにいる。

悠太も一緒だ。もう議論することもなかった。健吾は左太股を撃たれ歩くのさえ容易ではない。弾丸は筋肉を貫通していた。婆婆に戻り応急手当てをした後は出血も止んだ。鎮痛剤も打ったのでどうにか歩けるが、もしものときに戦えるかどうか。

仕込み杖をステッキ代わりにして左脚を少しひきずって歩く。これがヴァーチャル記憶空間内の健吾の姿だったが、実際にそうなってしまった。

ここへ来る前、ベンケイから聞き出したことはすべて悠太にも伝えた。『駑馬になる前に何とかしたかった』というベンケイの言葉を聞いて、悠太は自説に自信を深めたようだ。しかし、いったい誰からもらうのか。

「イザベラが共犯だと今でも思うか」

「もちろんです。ルチアが死んで誰が得をするかという視点から考えると、イザベラしか浮上してきません」

「しかしこの仕事では、ベンケイはかなりのリスクを背負っているんだぞ。一億や二億じゃ絶対やらない。企みが発覚すれば刑務所行きだ。ヴァーチャル記憶療法士としても終わる。仮に十億としようか。イザベラの自由になる金が、それだけあると思うか。しかもそれは、アントニオに知られてはならない金だ」

「お金の管理はイザベラがやっているかもしれません」

「かもしれない、じゃ話にならん」

悠太は黙る。

健吾はさらに言う。

「それに、イザベラはルチアの治癒を喜んでいたぞ」

「表向きはそうでしょう」

「表向きじゃない。その証拠に、オレに調査打ち切りを宣告してきた。治癒が気に入らなければ、急に治ったのはおかしいとか何とか理由をつけて、再び記憶サンプリングをしてもらうのが普通だ」

「再サンプリングを必要ないと言ってきたのは、アントニオさんだということです」

「たとえそうだとしても、アントニオに助言して再サンプリングに結びつけるはずだ。せっかく計画したシナリオなんだろう？」

悠太はまた黙る。

「まあ、いい。それより気になることがある。ベンケイは奇妙なことを言った。『ルチアに予想していた反応が表れなかった』と。これをどう思う？」

「予想していた反応……？」

「そうだ、確《かし》かにその言葉だった」

悠太は首を傾げる。

わかりません、とやがて言った。

「ベンケイが探査に入った翌日、ルチアは目が見えなくなり口もきけなくなった。これは予想した反応じゃないのか」

悠太を首を傾げたまま何も言わない。

「ないとしたら、予想した反応とは何なんだ。もっと早く自殺すると踏んでいたのか……おまえにもわからないなら、仕方ない。とにかく今は、礼子の救出に全力をあげるしかないな」

こう意思一致してふたりで探査に入ったのだ。

吹き荒れていた風がピタリと止んだ。

眼前の闇のなかに巨大な館が浮かび上がる。窓という窓には灯が煌々と点《とも》っている。壁はレンガ造りのようで表面がゴツゴツしている。獣の形をした象眼が壁に彫り込まれていた。館の灯に照らされて、森は怪しく沈黙している。

「まるでバベルの塔ですね」

天を見上げて悠太は言う。

灯は小さな点になって天の彼方に消えている。

入口を示す扉は数歩先にある。健吾は隣の悠太を見る。悠太は猫のようにしなやかな足取りで床を移動する。

扉を開けると、ギギーという耳障りな音が響く。細めに開けたがなかには誰も見えない。健吾は一気に押し開けた。

そのまま腰を落とす。左太股に激痛が走る。だが、そんなことには構っていられない。

「何か見えるか」

「いいえ」

「中へ入ってみよう」

右手に暖炉があり火が赤々と燃えている。明かりはそれだけ。奥に二階へ続く階段が見える。人影はなかった。

左手に扉がある。別の部屋に通じるものだろう。今度は悠太が先頭になって扉を押し開けた。ギギーという気味悪い音。誰もいない。そしてその部屋の左手にも、同じような扉。その扉も悠太が押し開けた。何かが見えた。

健吾は瞬間的に腰を落とす。だが剣は抜かなかった。目の前の光景をしばらく無言で眺めていた。

「列車だ……」

「誰かが乗ってます」

それは紛れもなく列車だった。二両編成。客車は一両だけ。焦げ茶色の旧式の列車が宙を走っていた。線路らしきものはない。

ルチアだ……。ルチアひとりを乗せた列車は、健吾と悠太の目の前を移動して背後へ回った。そしてまた正面に来る。

「オレにはルチアに見える。おまえはどうだ？」

「ええ、僕にも……」

窓からはルチアの上半身が見える。

年も現在のルチアと同じくらいに思えた。

「なんで列車なんだ。列車に何の意味がある？」

「さっぱりわかりません」

「ベンケイの策謀を推理したじゃないか。適当なこじつけでもいいから」

「皮肉ですか、それ」

列車が止まった。ルチアは後部ドアから降りてくる。その全身が健吾たちの目に晒された。胸と腰にわずかな布を巻いている以外は、何も身に着けていなかった。全身が赤銅色に輝いている。髪は白銀色、目は深い緑色をしていた。背中が異様に盛り上がっている。目の見えないルチアではない。その目は健吾と悠太をしっかりと見すえていた。思わず射竦《いすく》められそうになる。

「よくここまで来られたわね」

包み込むようなアルトだった。

美しかった。声にも抗しがたい力がある。

「きみが番人か」

「さあ、どうかしら」

「新しい番人か、と聞いたほうがよかったかな」

「ふふ」

「きみのことはベンケイから聞いた。だが、ベンケイは死んだ。きみはここにいる意味がなくなったのだ」

「何のこと？　知らないわ」

襲ってくる気配はない。説得できるだろうか。

「どうして列車に乗っていたんだい、ルチア」

と横から悠太が言う。

「あなたが悠太ね。スリムで格好いいわ。私をルチアと呼んでくれて、ありがとう」

「きみの謎を解く鍵は列車にある。そうだね」

「否定しないわ」

「でも、列車とメディチ家は、語呂も意味も形象も似ていない。血とも呪いとも、似ていない」

「じゃ、マリアンナの死と似ている？　マリアンナは階段から落ちて死んだのよ。列車と階段。類似点があるかしら？」

「時間がほしい」

「どれくらい？」

「十二時間」

「それだけでいいの?」

悠太がこっちを見るので、それでいいと健吾は言った。番人はまた、ふふっと笑う。そして背を見せて列車があるほうへ歩いていく。背中の盛り上がりが異様だ。

番人は再び列車に乗った。窓際の座席に着き、健吾と悠太を見てにっこり笑う。列車は走り出した。

婆婆に戻るとふたりはさっそく単語を拾う作業から始めた。

列車は英語でtrain、血はblood、呪いはcurse。この三者の類似点はない。フランス語では、列車はtramwayまたはtrain、血はsang、呪いはmalédictionまたはimprécation。思ったとおり、文字からも語呂からも類似点は見えない。

一方、階段は英語でstepsまたはstairs、フランス語ではescalier。これもtrainとは似ていない。イタリア語でも調べてみた。電車はtreno、血はsangue、呪いはmaledizione、階段はscala。ここにも類似点は見られない。

三者の形が似ていないのは考えるまでもない。残るは意味の類似しかない。健吾は休憩をはさむことにした。コーヒーを悠太が淹れてきた。

「加藤さんの処理はどうしますか」

「犯罪の全容が解明されたら、事実を協会に報告する。おまえがやっておいてくれ」

「わかりました。でも……」

「どうしてオレが報告しないのかということか。ひとつは時間がないからだ」

「もうひとつは何ですか」

「オレが死んだら、おまえが報告するしかない」

「僕だって死ぬかもしれません」

「おまえは死なないよ。娑婆に残るんだから」

悠太の顔がみるみる紅潮する。

いつもの、ひょうきんな悠太に似合わない。

「今さら、何を言ってるんですか……ついさっきまで……」

「急に気が変わったんだ」

「そんな……」

健吾はコーヒーを飲む。

苦い味がした。悠太と初めて会ったとき、礼子の部屋で飲んだコーヒーを思い出した。同じ苦さだった。

「成功報酬はない。イザベラに言われたよ。本物のルチアは、オレたちの関係ないところで治癒してしまったからな」

「お金のことなんて、どうでもいいです。どうして今になって、ここに残れって言うんですか」

「ここからが危険なんだ」

「だったら、なおさら健吾さんひとりじゃ行かせられません」

デジタイザーは自動で動作可能だから、健吾がダメだと言っても後から入ってくるのを防ぎようがない。

「いいか、悠太。オレたちがさっき会ったルチアは、ベンケイが作った番人だ。あれを説得できれば、礼子の意識は戻ってくる。それも無傷で」

「そんなことは、わかっています」

「だが、かなり難しい。もし戦いになったら殺《や》られる可能性は充分にある。仮におまえだけ殺られたとしよう。礼子が戻って、おまえがコンソールの前にいなかったら、どう考えると思う？」

「トイレにでも行ったと思うんじゃないですか」

「デジタイザーにおまえの身体が横たわっているんだぞ。オレは礼子になんて言い訳すればいい？　いや、オレのことなんてどうでもいい。礼子をもう一度、悲しませる気か」

悠太は横を向く。

健吾は続けた。

「いいか、悠太。番人はオレが何とかする」

「その傷で倒せますか」

「やってみなければわからない」

「僕がいれば勝てる可能性は高くなります」

「おまえは入る資格がない」

「その議論は、この前したばかりでしょう」

「何と言っても、ダメだ」

「ダメでも入ります」

健吾と悠太はしばらく睨み合っていた。視線を外したのは健吾のほうだった。ここでケンカしても始まらない。謎解きが先決だ。

語呂と文字には共通項はない。残るは意味だ。それぞれの単語には派生する意味が数多くある。この作業には時間がかかった。

三時間後、これかもしれないという意味に突き当たった。それは英語のtrainのなかにあった。

——思考や事件などの連続、つながり。事件などの結果。

trainというのは同じ綴《つづ》りでフランス語にもあり、意味は英語と非常によく似ている。

「この意味だとすると、十六世紀のユグノー虐殺が今の時代にも尾を引いているという解釈になってしまうな」

「母マリアンナの死が、今でもルチアに影響を与えているともとれます」

一つに絞れない。これでは解釈にならない。ふたりはもう一度、意味をピックアップしてみた。

——電車、列車、隊列、（彗星などの）尾、訓練する、（ドレスなどの）すそ、引きずる、従者、随行員、教育する、躾《しつけ》をする、仕込む……。

英語では客車をcoachといいtrainとは区別しているがcoachだとしても、血や呪いと語呂も文字も意味も共通点はない。

〈訓練する〉は兵士と関係がなくはない。〈教育する〉、〈躾をする〉は母マリアンナと関係が深い。〈すそ〉はちょっと思いつかない。〈引きずる〉はユグノーの虐殺と、マリアンナの死と両方に関係している。これという決め手がない。

マリアンナの事故現場は以前見せてもらったことがある。広い玄関を入ると、すぐ目の前に映画で観るような豪華な階段がある。全体が大きなカーブを描いていて途中に踊り場はなかった。階段は木製で、中央にエンジ色の絨毯が敷き詰めてある。

マリアンナは首の骨を折り、ほとんど即死の状態だった。アントニオが大きな音に気づいて駆けつけたときには、マリアンナは階段の途中に倒れていた……これではよくわからない。もう一度詳しく聞いてみたいと思った。

「悠太、アントニオに連絡をとってみるぞ」

シンガポールにいるアントニオにメールを送った。

三十分後に返信があった。今なら電話でもいいと書いてきた。健吾はさっそく携帯電話にかけた。

「知っていることは話したつもりだが……」

「慌てていて落ちたとか、何かモノを持っていてそれに気を取られていて階段を踏み外したとか、この辺りはどうなんですか」

「そこは、今となってはわからない……その日はパーティーへ行く日だった」

「パーティー？」

「友人の家でパーティーがあるので、家族で行くことになっていたのだ」

「アントニオさん」と健吾ははやる気持ちを抑えて言った。「パーティーと言えば、ドレスを着るんじゃないですか」

「もちろん、当日も着ていた」

「すその長いドレスを？」

「そうだ」

よし、ビンゴだ。

健吾は跳び上がった。

「それですよ。ドレスのすそに躓《つまず》いて、マリアンナさんは階段から落ちたんですよ」

「そのことなら私も考えた。だが、我々は仕事上、頻繁にそうしたパーティーに参加している。すそを引きずるドレスをマリアンナは着慣れていた。それにマリアンナは妊娠していた。ドレスを着て階段を降りることの危険性は充分に承知している。必ず左手ですそを持ち上げ、右手で手摺《てすり》につかまって、ゆっくりと降りていく。転がり落ちるなんてことは、まずあり得ない」

「でも、実際に……」

アントニオは、それ以上何も言わない。

重苦しい沈黙が流れた。

――ビンゴのはずだ。ハマったという手応えがある。

健吾は礼を言い、帰国予定を確認してから電話を切った。

列車はまず間違いなく〈すそ〉を意味している。

*

「兄貴は、どんな男だったんだ?」

気分転換とはいっても、ワンダーランド社を離れるわけにはいかない。常駐の医師に後を頼んで、いつも使っている最上階のレストランへ行った。

「それが、よくわからないんです。兄と僕は十二歳も年が離れてましたからね」

「仲はよかったのか」

「よく面倒をみてもらいましたよ。両親とも僕が小学生のときに亡くなってますから、兄が親代わりになっていたんです」

「そうだったのか……」

「大学へ行く費用も兄が出してくれました」

「いい兄貴じゃないか」

「ええ、すごくいい兄だったと思います。でも、あっという間に死んでしまいました」

「うん……」

「本当は、兄にも悩みがあったはずです。辛いことも、悲しいこともあったはずです。そうですよね、両親を若いうちになくしているわけですから。でも、僕の前ではいつもにこにこ笑みを絶やさない兄でした。僕が子供なんで、気を遣ってくれたのだと思っていますが……」

「その兄貴を礼子に紹介したのは、おまえだったな」

「はい」

「礼子を気に入ると思ったのか」

「そんなことまではわかりませんよ。そうなればいいなとは、思ってましたが」

礼子がつき合うくらいだから、どこから見ても完璧な男だったに違いない。欠点があれば、あいつは一目で探り当てる。まるでスポットライトを当ててるみたいに。

悠太はコーヒーを飲むと、そのまま黙って俯く。健吾には兄弟はいない。仲のいい従兄弟《いとこ》が近くにいたので、たぶんそれと同じような感覚なのだろうと今まで思っていたが、違うかもしれない。

「おまえには悪いことをしたな。ベンケイのトリックを見抜けなかったのは、オレの責任だ。おまえはもう、一生ヴァーチャル記憶療法士にはなれないぞ。後悔してないか」

健吾は再び説得にとりかかった。

とにかく、止めなければならない。

「そりゃ、してないと言えばウソになります。でも、自分のやったことは正しかったと思っています」

「オレにもしものことがあったら、後のことは頼んだぞ。あらゆる手を尽くして、腕利きのヴァーチャル記憶療法士をかき集めろ。そして番人を説得しろ。それがおまえの仕事だ。金は、オレが前金でもらったものを使っていい」

「僕も殺されるかもしれませんから、それは約束できません」

「僕も、とはどういう意味だ」

「あの番人はかなり強いですからね。僕が負ける可能性は充分にあります」

「その可能性はない。探査には入らないんだから」

「その議論なら、しても無駄です」

健吾は首を振った。もう、こいつには何を言っても効き目がないだろう。オレにもこういう時期があった。自分の意見や思いを崇高《すうこう》なポリシーだと信じていたときが。

そのときのことは、まだはっきり覚えている。記憶の抽斗《ひきだし》からいつでも引き出すことができる。それは、オレの記憶のなかに確かな痕跡を残している。

痕跡……？

もしかしたら……？

健吾は急いでアントニオの携帯電話に連絡する。アントニオはすぐに出た。

「たびたび申し訳ありません。あの日はご家族でパーティーに行く予定だった、とおっしゃいましたね」

　早口に健吾は言う。

　そうだとアントニオは答えた。

「ルチアさんは、そのときどこにいらっしゃいましたか」

「マリアンナが落ちたときのことか」

「そうです。学校ですか」

「いや、家には間違いなくいた。間もなく出かけるというので、二階でマリアンナに服を着せてもらって……」

「一緒に二階にいたわけですね」

「確認はしていない……支度が終わって、下へ降りてきていたかもしれない」

　なんとなくアントニオの答え方がおかしい。

「姿を見なかったのですか」

「見ていない……私は慌てていたから、そばにいてもわからなかった可能性もある」

「すぐに救急車を呼んだわけですよね。そのとき、ルチアさんはどこにいましたか」

「ルチアは……」

「アントニオさん、あなたは知っているのですね。どうしてマリアンナさんが階段から落ちたのか」

＊

「謎は解けた」

と健吾は言う。

隣には悠太がいる。目の前には列車を降りた番人が、赤銅色に輝く肌を見せて立っている。

「本当に解けたの？」

「正しかったら、オレの言うとおりにするか」

「そんな約束はできないわ」

「オレはきみを殺したくない」

「殺す？」

番人は甲高い声で笑い出した。

鼓膜を突き刺すような金属的な声だった。

「私はルチアの主人格よ。主人格を殺したらどうなるか、ヴァーチャル記憶療法士なら、当然知っているはず。でも、そんなこと関係なく、その傷じゃ私を倒せない」

そう言ってまた笑う。確かに、主人格は殺せない。殺せば本人のアイデンティティが崩れてしまう。できるのは説得だけだ。

番人の肢体は欲望をかき立てない。それでいて吸い込まれるような魅力がある。

「trainとは、ドレスのすそのことだ。きみの母マリアンナはあのとき、すその長いドレスを着ていた」

「いきなり来たわね」

「今までの二回の検閲には、すべてマリアンナがいた。きみはそれだけマリアンナを愛していた。マリアンナを失った悲しみが大きかったのだ」

「そんなことは誰にでもわかるわ」

「しかし、それだけなら、きみはこんなにも長い間苦しむことはなかった。マリアンナが階段から落ちたとき、きみは二階にいた。そしてその一部始終を見ていた」

「覚えてないわ、そんな昔のこと」

「見ていたからこそ、〈すそ〉という意味のtrainがきみの記憶内に存在するのだ」

「覚えてない。何回言わせるの」

「忘れているはずはない。忘れられるはずもない」

番人は黙った。

「マリアンナが階段から落ちたとき、きみはどうして駆け寄らなかったんだ?」

「さあ、どうしてかしらね」

「父親は、きみの名前を何回か呼んだはずだ」

「記憶にないけど」

「いや、きみは覚えている。それでもきみは答えなかった。答えられなかった。二階の床に座り込んで震えていたのだ」

「まるで見ていたような言い方ね」

「きみがマリアンナのすそを踏んづけたのだ。だから、マリアンナは階段から落ちたのだ」

緑色の目が明らかに動揺した。だが、それも一瞬だった。番人の目は強い光を放つ緑に戻っていた。

「マリアンナのお腹にはきみの弟がいた。すその長いドレスを着れば足元が危険だ、ということは充分に知っていた。だから階段から降りるときにいつも、すそを持ち手摺につかまった。そんなマリアンナが階段から落ちたのは、きみが不意にドレスのすそを踏んづけたからだ」

番人は無言で立っている。

背後の暖炉の火は番人と同じ色に燃えている。

「もちろん、きみが故意にそんなことをするわけがない。影踏みのように、面白がってやったのだろう。その結果がどうなるか、五歳のきみには正確に想像できなかった。運悪くマリアンナは、階段を踏み外して転がり落ちた。きみはその瞬間に自分がしたことの重大さを知り、頭のなかが真っ白になってしまった。マリアンナに駆け寄ることも、父親の声に応じることもできなくなった」

その後もしばらくの間、番人は無言だった。

暖炉の火だけがかすかに炎の音を立てる。

階上が急に騒がしくなった。奇怪な獣の一群が階段から転がり出てきた。十数匹の生き物だった。咽喉から気味の悪い声を絞り出し、一斉に健吾たちに飛びかかってきた。

健吾は抜刀すると三匹を同時に斬り捨てた。黒っぽい液体が顔と衣服に降りかかる。獣たちの血だとわかった。

うっ、と健吾は呻いた。とっさに左脚に体重を乗せたのだ。痛みが脳天を突き抜ける。

「ここは僕に任せてください」

うずくまった健吾の傍らで、悠太は上着を脱ぎ捨てる。

「さあ、来い」

手刀で二匹、足刀で一匹、回し蹴りで三匹殺した。

獣たちは次から次へと襲いかかってくる。足技を避《よ》けようともしない。クモのお化けのようなもの、メガネザルのように愛嬌のある顔をしているもの、口だけが異様に大きいもの、手足がそれぞれ六本ずつあるもの。これらがまた攻撃を仕掛けてきた。

館に住む副人格だろう。ろくでもないヤツばかりだ。悠太の身体が移動する。外へ出るよう健吾に言う。健吾は悠太の後に続いて館の外に出た。獣たちは追いかけてくる。悠太は彼等を寄せつけなかった。

「時間の無駄だ」

悠太が叫ぶ。

黒い嘴《くちばし》を持つ鳥を、悠太は手刀で地面に叩き落とした。ふっと殺気が消えていった。獣たちはそれっきり襲ってこなくなった。

「聞こえているのか」

悠太は再び叫ぶ。

返事がない。

「どこへ消えた？　姿を現せ」

健吾も叫ぶ。

「私はここにいる」

いきなり声が聞こえた。

どこにも姿は見えない。

「ここよ、どこを見ているの」

また保護色か……鐘のなかに投げ込まれたように、声は四方から響いてくる。方向感がまったくない。保護色なら見破る自信が健吾にはあった。暗がりだが、色の微かな揺れは見える。辺りの気を必死で読む。

そのとき頭上に風が巻いた。ゆさゆさと空気が揺れる。巨大な金色の影が頭上を覆っていた。鼓膜に錐《きり》を突き刺すような甲高い笑いと同時に、それは闇のなかから出現した。背の異様なふくらみが何だったのか、このときわかった。金色の双翼だった。

大きく左右に翼を広げていた。辺りには金色の光が満ちあふれている。健吾は痛みを我慢して腰を落とした。いつでも抜刀できる。

「やっても無駄よ。剣を捨てなさい」

「無駄かどうか、試してみろ」

番人は空中にいる。双翼を微妙に動かして身体のバランスを保っているようだ。素早くは動けまい。

番人の身体が迫ってくる。武器は持っていない。牢獄で見たマリアンナのように、鉄の爪もない。赤銅色のしなやかな肢体がすぐ目の前にあった。

健吾は抜刀した。殺《や》った、と思ったが剣は空を斬っていた。剣を返すと下から斜めにすくい上げた。剣はまたしても空を斬る。三度目も同じだった。

「だから無駄だと言ったのに」

番人は甲高い声で笑う。

「僕がやります」

悠太が前に出た。

「あなたとは、やりたくないわ」

「じゃ、やめろ。消えてなくなれ」

「ひどいこと言うのね」

「悠太、気をつけろ。たぶん、ホログラムだ」

そう言ったとき、額にいきなり衝撃を受けていた。番人の指が伸びてきたのだ。番人はまた甲高い声で笑う。

「訳がわからないようね」

これがホログラムなら、剣で斬れない代わりに指で突かれることもないはずだ。

「悠太、あなたも試してみる？」

番人は人差し指を悠太の額に伸ばしてきた。

悠太は動かない。人差し指がまさに額に触れようという瞬間を捉えて、手で掴もうとした。何の手応えもなかった。

「何してるの？　私に触れたくないの？」

ホログラムと実体を自由に使い分けているのか……。

今度は掌を伸ばしてきた。悠太の頬に触れようとする。そして実際に触れたようだ。悠太はその手を横に払った。しかし、悠太の手はまた空を切った。

「私を倒すために来たんじゃないの？」

また番人の笑い声が響く。

番人は双翼を畳み、地面に降り立った。

番人は悠太にすり寄ってきた。手が悠太の肩に触れる。そこからずっと背中を伝い、脇腹まで滑る。悠太は動かない。

番人はさらに大胆になった。胸を悠太の腕に押しつけてくる。健吾にも近づいてきた。番人は剣に自分の腕を近づけた。腕に切っ先が触れる。皮膚に赤い糸が走り血がにじんできた。

「バカね、今なら斬れたのに」

番人はさっと身を引くと双翼を広げて宙に浮いた。辺りが再び金色の光に満ちる。

傍らで何かが舞い上がる気配がした。悠太の身体が宙に浮かぶ。甲高い気合いが聞こえた。悠太の長い脚が宙を垂直に落ちてきた。惚《ほ》れ惚《ぼ》れするようなかかと落としだった。

だが、それは番人に届かなかった。番人の身体は瞬間移動するように背後に引いていた。

「手加減してるの？　それとも実力？」

悠太は地面に着地すると、間髪を入れず宙を飛んだ。足刀が番人の胸に一直線に伸びていく。よし、今度は決まった……。

だが、悠太の足刀は番人の身体を素通りしていた。健吾の背後で金属的な笑い声が聞こえた。慌てて振り向く。

「どうやら実力のようね。やめなさい、やるだけ無駄よ」

悠太の足刀は木の幹を蹴り上げた。

悠太は、そのままバネを利かせて、後方宙返りを見せた。健吾の頭の上を飛び越え、番人に再び挑んだ。

スケールの大きい華麗な技だった。悠太の左右の足が空中で二度交差した。左で蹴り上げると見せかけて右で決める。これが二段蹴りだが、悠太のは三段蹴りだった。

番人は動かなかった。またホログラムか。そう思った瞬間、悠太の身体はボールのように弾かれていた。宙を舞い地面を転がる。

「悠太！……」

健吾は叫んだ。

悠太は立ち上がる。

「やめろ、悠太。おまえの敵《かな》う相手じゃない」

悠太の身体は再び宙に浮き、回転した。後ろ回し蹴りが番人の頭を襲う。またしても番人は逃げなかった。

金色の双翼が動いた。目にも留まらぬ速さだった。悠太の身体は右翼の攻撃をまともに受けた。悠太は撃たれた鳥のように宙から落ちた。一度だけ呻いたが、後は静かになった。

——悠太、どうしたんだ、悠太。まさか……。

「クソッ、オレが相手だ」

健吾は腰を落とした。悠太との戦いで番人の技を見切った。ホログラムと実体と巧妙に使い分けているのだ。こっちの筋肉の微かな動きを、おそらく察しているのだろう。

それなら健吾にも自信があった。健吾の得意技も、相手の動きを見切ってから抜刀する技だったからだ。問題は、双翼のあの光のような素早い動きに技を合わせられるかどうか……。

「その怪我でまともに戦えるの？」

健吾は答えずに、剣を青眼に構えた。

自分からは仕掛けなかった。この脚では激しく動けない。番人が仕掛けてくれれば、そこがチャンスだ。ホログラムは斬れない。しかし同時に、ホログラムは健吾を倒すことはできない。

番人はどこかで必ず実体になる。

番人は動かなかった。健吾も動かなかった。健吾と番人はしばらくの間、壁のなかの絵のように向かい合っていた。

すっと、番人の身体が動いた。健吾は間合いを計る。宙に浮いた赤銅色の肢体が、いきなり手を伸ばしてきた。何かが飛んできた。剣で払う余裕もない。首を振ってかろうじてよけた。

——何だ、今のは……

素早くてわからなかった。

矢ではない。だが、矢のような何かだ。

また来た。今度は心臓を撃ち抜くように迫ってきた。咄嗟に矢切の技が出た。

その正体がわかった。番人の指先だった。指先が針のように伸びてくるのだ。そして次の瞬間には、再び元の長さに戻る。

「さすがは健吾、よく凌いだわね」

番人が宙で不敵な笑みを浮かべている。

悠太と戦ったときには見せていない技だ。あっ、と思ったときには指は目の前にあった。動きに合わせて裏をとる余裕はない。

健吾は伸びてくる指を一本、切り落とした。よし、斬れたぞ。そう思ったのも束の間、番人の顔に笑みが広がった。

「ごらんなさい」

番人は短くなった指を見せた。血は流れていない。人差し指が第一関節までしかなかった。

しかし、それは健吾の見ている前で、すっと伸びて元の長さになった。

「クソッ、このトカゲ女」

「斬ってもダメ。剣は通用しないわ」

ここでパニックになったら終わりだ。

落ち着け、落ち着くんだ。どこかに弱点があるはずだ。

来る、と思ったときには、それは鋭い二本の矢となって健吾の両目を狙ってきた。健吾は身を沈めて避けた。同時に抜刀して頭上で二本とも断ちきった。

間髪を入れず、今度は四本同時に飛んできた。健吾はもう見ていなかった。視覚に頼っていては防げない。指を切り落とすときの鋭い金属音が、静寂を破る。

ダメだ。防ぐだけでは勝てない。どこかで合わせ技をかけないと番人は倒せない。それはわかっていたが、方法が思い浮かばなかった。身体が剣の間《ま》の内に入ってこないのだ。

同時に五本の指を、健吾は切り落とした。もう、番人は笑わなかった。無言で宙を移動し始めた。

頭上高く舞い上がって指を伸ばす。低く身体を屈め、足元から指を伸ばしてくる。横からも背後からも伸ばしてきた。

そしてついに、その時が来た。最も避けにくいと言われる股間を狙った番人の指先が、健吾の太股の皮膚を貫通した。

うっ、と健吾は呻いて一歩退いた。

それが失敗だった。背後には太い木の幹があり、健吾はあっという間に幹に追いつめられた。

腰にある回収装置に手を伸ばしかけたとき、番人の指は健吾の服を五ヶ所、効果的に打ち抜いて幹に張りつけた。健吾は自由を奪われた。

＊

「どうした、殺《や》らないのか」

番人の手は健吾の咽喉にかかったまま動かない。

その鋭い指先はいつでも健吾の咽喉を突き破ることができる。健吾の身体は幹に張りつけられたまま、身動きがとれない。手と腰までは僅かな距離だが、無限に遠かった。

「救けてくれとは言わない。その代わり、やるなら思い切ってやってくれ」

背中に広げられた金色の双翼。凍った炎を思わせる冷たく底深い緑色の目。この目に見つめられるだけでも、身体中の力が奪い取られていく。

番人は健吾の力量を遥かに超えていた。礼子がいても、はたして勝てたかどうか。検閲の謎を解き明かしても、これだけの力を持っているのだ……。

健吾の脳裏にある情景が閃いた。

「痣を見ているのか」

番人の指にかすかな反応があった。

「見ているんだな。記憶にあるのか」

「わからない……」

番人の声が急に弱々しくなった。

目のなかの緑の炎も赤みがかった色になる。

「何がわからないんだ」

「おまえは……」

「何のことだ」

「なぜだ……おまえは死んだはず……」

番人の言葉が途切れた。

目から殺気が消える。

指は依然として健吾の咽喉にかかっている。

番人の目は閉じられた。しばらくそのままだった。

番人の身体の輪郭が崩れてきた。薄い膜《まく》が内側にできたように思えた。何かが現れてくる。まるで脱皮のようだ。

膜は番人の身体のなかで何回か揺れた。人間の形に見える。身体が二重になっている。やがて像は番人の身体から離脱した。

それは小柄な老婆だった。

頭蓋骨にほとんど髪はない。頭の形がよくわかる。目は落ちくぼみ頬の肉もなかった。ボロ布のような黒い衣服から出ている手足は痩せ細っていた。

「きみは元の番人……」

健吾は口を開いた。

老婆はじっと健吾を見つめたままだ。

「きみはかつてルチアの主人格だった。そうなんだろう？」

老婆は何も言わない。

「どうしたんだ、なぜ黙ってる？」

少し待った。

老婆はやっと口を開いた。

「確認していたのだ。こいつの意識はここにはない。ここは安全な空間だ。一時的だが」

嗄《しゃが》れた声だったが、はっきりした意思を感じさせる。

「きみは元の番人なんだな」

「そうだ」

「人格交代をしたわけか。時間はどれくらいある」

「十分か、十五分……二十分は無理だろう。時間がくれば、私はこの場で殺される。おまえもだ」

「きみは逃げろ」

「ダメだ。間もなく気づかれる」

「どうして出てきたんだ。出てこなければ……」

「おまえに会いたかったのだ。ルチアのことが知りたい。ルチアは今、どうしている?」

「現実のルチアなら心配するな。治ったよ。目も見える。口もきけるようになった」

ここはヴァーチャル記憶空間内だ。コピーされたのが十日前。ここにいる老婆はそれ以後の情報を知らない。

「それはいつのことだ」

「今朝だ」

「誰が治癒させたのだ?」

「自然に治ったのさ。アントニオは、カトリックの偉い坊さんに祈ってもらったからだと言っているが」

老婆の身体がピクンと震える。

老婆はしばらく無言でいたが、

「それは治癒ではない」

「何だって?」

「こいつが消滅するはずはない」

「しかし、ルチアは目も口も、元のように……」

「元のようにか? 違うだろう。こいつのように、目を瞠《みは》るほど美しくなかったか?」

確かに美しい顔……。

身体からはオーラが……。

「ユグノーの呪いが完成したのだ」

「そんな言い方をするな。〈呪い〉なんてない。ここにベンケイがやってきて……」

「わかりやすく言っただけだ。シナリオが完成したのだ」

「完成……」

「そうだ。兵士がルチアを完全に支配したのだ」

「……そうか、そうだったのか」

クソッ、気づくべきだった。

ベンケイが言っていた〈予想した反応〉とは、まさにこれだったのだ。現在のルチアこそ、ベンケイが予期していたルチアだったのだ……。

「こいつはとんでもないことを企んでいる」

「それは何だ」

「誰かを殺そうとしている」

「殺す？」

「感じるんだ。すさまじい殺気だ」

「自分自身を殺すんだろう。自殺だ。それは予想していた」

「違う、自殺じゃない」

「じゃ、誰を殺すんだ」

「それがわからないんだ。こいつのなかに潜んで、じっと観察していたのだが、こいつは心を閉ざしていて、読めないのだ」

ユグノーの呪いの完成……。

そして誰かを殺そうとしている……。

ルチアは自分でもわからないうちに、殺人鬼に変えられていたというのか。

「どうしたらいい？」

「わからない」

「しかし、このままじゃ……そうか、あのとき、ルチアはオレを絞め殺そうとしたんじゃない。知らせてくれたんだな」

老婆は大きく頷く。

健吾は続ける。

「人気《ひとけ》のない寺の境内で強い力で首を絞める。誰だって意図的に殺そうとしたと考える。だが、きみは密かに知らせてくれたんだ。この方法でルチアが誰かを殺すのだということを」

老婆は、そうだと言った。

この化け物がルチアを支配すれば、発揮する力はあんなものじゃない。相手は間違いなく絞め殺される。

「しかし、なんでオレを選んだんだ」

「ちょっとでも不自然なことをすれば、こいつに気づかれる。気づかれたら最後だ」

「言ってる意味がわからん」

「おまえはルチアの手を引く振りをして、ルチアの胸に腕を押しつけてきた」

「おい、冗談だろう。押しつけてきたのは……」

「わかっている。だが、おまえはその感触を楽しんだ」

「仕方ないだろう、男なんだから」

「それをルチアはイヤらしいと感じ取り、怒っておまえの首を絞めようとした。こうすれば不自然さはなく、こいつに感づかれずに済むとわたしは読んだのだ」

健吾は目を剝いた。

いや、怒っている場合ではない。

「マリーとジャンも、きみが生き残らせてくれたんだな」

「他の生き残った人々に、おまえたちを信用させるためだ。ふたりともその役目を充分に果たした」

「時間がないんだろう。何を解決する？　いや、それよりオレを自由にしてくれ。この化け物を殺す。そうすれば……」

「そんなことができれば、初めからそうしている。おまえが少しでも動けば、こいつの意識はここへ戻ってくる」

「じゃ、どうすれば……」

「どうにもならない」

「何を言っているんだ。このままでは……」

「会えただけでいい。わたしの本当の姿を、おまえに見てもらいたかったのだ」

老婆は優しく、そして弱々しかった。

老婆に回収装置のデジタルロックを解除してもらえば、オレと悠太は救かる。だが、この老婆を救けることができなくなる。

「あきらめるな。まだ時間はある」

「わたしは、もういい。おまえには可哀想なことをした。倒れているこの若い男にも、そしておまえの好きな女にも」

「礼子のことか。生きているんだな」

「我々と同じ、あと数分の命だ」

「あいつのことは、別に好きじゃない」

「死ぬ前にウソをつくな」

とんでもない誤解だ。

あんなイヤミ女を、好きになるヤツの気が知れない。

「あのとき、わたしはこの方法に賭けたのだ」と番人は続けた。「侵入者のシナリオを受け入れなければ、わたしは間違いなくその場で殺されていた。わたしは弱っていた。母と弟を殺した罪と、それを父に知られる恐怖から逃れるために、すべての力を使い果たしていた。男と戦っても、勝ち目はなかった」

「その侵入者とは、ベンケイのことだな」

「そうだ。姿形を変えていたが、心までは変えられない。すぐにわかった。だから、鳥籠を出現させたのだ。二回も。おまえもあの礼子も、いっこうに気づいてはくれなかったが……」

あの礼子も気がつかなかった。

それほどベンケイは信頼されていた。

「わたしが殺されたらルチアはもっと悲惨な目に遭う。だから、受け入れたふりをして隠れたのだ。そしてルチアの目を閉ざした。口も閉ざした。こいつの思い通りには絶対にさせまいと思って。おまえが今まで見てきたルチアは、わたしがかろうじて統御したルチアだ。しかし、わたしにできることは限られている。早くヴァーチャル記憶療法士が来ることを願っていた。わたしはどんなに期待したか……腕のいい療法士なら、こいつを説得してくれると思ったのだ。だが、こいつの力はわたしの想像をはるかに超えていた……そろそろ時間だ」

「感じるのか？」

「変だと思い始めている……会えてよかった」

「あきらめるなと言ったはずだ」

最後の最後まであきらめるな。おまえがここで死んだらルチアも死ぬ。それでいいのか。ルチアはおまえ自身じゃないか。

「ピエールを知っているだろう」

と健吾は言った。

「知っている」

「彼を創り出したのは、きみだ」

「ピエールは他人だ」

「外見はそうだが、心はきみが創り上げたものだ」

老婆は黙った。輪郭がぼやけてきた。本当に、もう時間がないのかもしれない。

「ユグノーの呪いは完成した。ということは、オリジナルのなかのきみはもう死んでいる。そうじゃないのか」

「間違いなく、死んでいる」

「バックアップ用の記憶コピーがある。そのなかのきみも死んでいると思うか」

「死んでいると見ていい。おまえたちのお陰で、ここにいるわたしだけがほんの少し長生きしているのだ」

「だったら、ルチアを救けられるのは、きみしかいない。復活するんだ。そうすれば、ルチアも復活する」

「不可能だ」

「不可能じゃない」

健吾は叫んだ。

息づかいが荒くなる。健吾は急いだ。

「復活する方法が、ひとつだけある」

「無理を言うな、わたしにはもう力が……」

「この化け物から、オレを守ってくれたじゃないか」

「一時的にだ。もう、どうにもならない」

「ピエールに力を与えてやってくれ」

「与えて、どうするんだ」

「蜂起《ほうき》するんだ」

「蜂起？」

「バスティーユ砦には、千人以上の人々が幽閉されている。バスティーユを襲撃して人々を解放し、一緒に戦うんだ。ピエールたちが勝利すれば、兵士の世界は消滅する。そうすれば、兵士を背後で統御している番人の力は衰退し、きみは復活できる」

老婆の息がさらに荒くなった。この化け物に気づかれる前にやり遂げなければ、すべては終わる。

「一七八九年。何の年か知ってるな」

老婆は黙って頷く。

「場所は同じパリ。ピエールはフランス人だ。フランス革命で勇敢に戦った人々の血が流れているんだ。きっと成功する。頼む、ピエールに力を与えてくれ」

「もう手遅れだ……わたしには見える」

「何が見えるんだ」

「ユグノーの、大軍だ。あちこちで、殺戮を終えたユグノー軍兵士が、ぞくぞくと、パリ市内に集結している。その数は、二千人以上もいる……隊列をなして、街路や路地や、橋の上を、埋め尽くしている。もう、逃げ道は、ない……」

「だったら、なおさら戦うしかない。オレを見ろ、このとおり脚をやられて満足に戦えない。だが、ピエールたちに合流するつもりだ」

「合流？」

「オレたちヴァーチャル記憶療法士には、回収装置というものがあるんだ。それを作動させれば、この場から姿を消して現実世界に戻れる。そしてもう一度、ピエールたちのところへ行けるんだ」

「そんな、ことが、できるのか……」

「できる。だからきみは、ピエールに力を与えてやってくれ」

健吾ひとりでは兵士には勝てない。ピエールたちの蜂起が絶対に必要だ。

「回収装置は腰のベルトに装着してある。まず、きみの足元にいる若い男が先だ……そう、それだ。十個の数字が見えるだろう。その数字を7、4と順に押してくれ。そうだ、それでロックが解除される。オレのほうも頼む。数字は同じだ。それが終わったら、きみもすぐに隠れろ」

老婆はどうにか健吾の指示どおりに動いた。

老婆の身体は次第に別のものに変わっていく……。

「いいか、絶対にあきらめるな。ルチアを救けられるのは、きみしかいない。ピエールに力を与えるんだ。きみに残っている力すべてを、ピエールに……」

その叫びが終わらないうちに、健吾はデジタイザーのなかで目覚めていた。

*

急いでワンダーランド社に常駐する医師に連絡を取った。数分後に悠太の身体は医師の手に委ねられた。

「アン……あぶ……」

悠太は治療室に運ばれる前に意識が戻った。

「気がついたか。これから治療室へ行くぞ」

健吾は移動するストレッチャーの傍らで言う。

「アントニオさんが、危ない……」

「わかってる。あとはオレに任せろ」

番人と会ったことで、ベンケイの策略の全貌がわかった。

現実のルチアの内部ではユグノーの呪いは完成している。殺す相手はアントニオだ。アントニオがそばに行けばアウトだ。

人目につくところで犯行に及べば邪魔が入る恐れがある。やるとすれば空港からの車の中か、あるいは自宅についてからか。いずれにしても、アントニオに知らせておく必要がある。

深夜一時。急いでアントニオに携帯メールを送った。案の定、アントニオはすでに機内にいた。七時間後には成田に到着すると返信してきた。もう、止めることはできない。

機内で声のやりとりはできない。込み入った話だと言ってモバイルボードにしてもらった。だが、説得できるかどうか。

——空港には、奥様とルチアさんが迎えに？

——イザベラは家でお祝いの準備をすると言っていた。ルチアだけが来る。

なるほどそうか、と健吾は思った。

イザベラは、自分がその場にいないほうがいいと判断しているのだ。いれば、ルチアがアントニオを絞殺するのをなぜ止められなかったのかが問題になる。ルチアはごく普通の少女だ。ひとりで大の男を絞殺するとは考えにくい。下手をするとイザベラに共犯の疑いがかかる。周りに誰もいなければ、たとえ不自然だと判断されても共犯の疑いをかけられることはない。

——お願いがあります。空港に着いても、ルチアさんに会うのは少し待っていただけますか。

——待つ？　どうして。

——あなたの命が危ないからです。

——私の命が？

——今回ルチアさんの身に起こったことは、綿密に計画されたことなのです。

——何を言っているんだ。さっぱり意味がわからん。

——詳細は、メールでは伝えられそうにありません。

——ルチアは治癒したと妻は言っている。ルチア本人も、メールでそう知らせてきた。どんな計画か知らないが……。

——治癒してはいません。

——何だって!

——そう見えるだけで、実際は違うのです……詳しい内容は、メールでは伝え切れません。私の言うことを信じてください。

少し間があく。

やっとメールが届いた。

——礼子さんはまだ回収不能《ミッシング》なのか。

——はい……。

——加藤さんはどうしている。

——同じです。

——同じとは?

今度は健吾が黙る番だった。

まだ、殺したとは言えない。

——わかった、信じよう。どのくらい待てばいいのだ?

——私が成田へ到着するまでです。

——いつ着くんだ。

——はっきりは言えません。

——今、どこにいるんだ。私が到着するのは七時間後だ。そんなに遠いところにいるのか。

——ワンダーランド社にいます。事情があって、すぐには成田へ向かえないのです。

——事情とは何だ。

——それは……。

——それも言えないのか。

健吾はぐっと我慢した。

下手に知らせて信じてもらえなければ、すべてが水の泡になる。

——お願いです、このままの形で信じてください。あなたに会ったときに、すべてを明らかにしてみせます。

また、少し間があく。

アントニオから、わかったという返信が届いた。健吾はあらかじめ考えておいた事柄をメールした。

——成田へ到着したらすぐルチアさんに、『機内でお得意様に会ったので、到着後一時間くらい話す。その間、どこかでコーヒーでも飲んでいなさい』と連絡して頂けますか。携帯電話で言うのがいちばんいいと思います。それから、空港内にあるＶＩＰルームの個室を予約してください。機内からできますね。

——キャセイ航空でよければ。

——結構です。それともうひとつ、あなたが着く前に、私がそのVIPルームに入室できるよう担当者に連絡しておいてください。

——わかった。それから？

——それだけです。ただし、私が今言ったことは、奥様とルチアさんには、絶対に知られてはなりません。

——理由を聞きたいが、それもどうせ言わないつもりだろう。

——申し訳ありません。

——わかった。言うとおりにしよう。

——予定どおりいけば、私はそこであなたを待っています。そのときにすべてをお話しします。

——予定どおりいけばとは？

——最後の仕事が残っているのです。それが成功すればということです。いいえ、アントニオさん、必ず成功させます。そして、あなたをお待ちしています。

返信を待った。

とにかく時間がない。これで理解してほしかった。たっぷり五分はかかった。やっとモバイルボードに文字が映し出された。

——健吾さん、あなたは間違っている。でなければ狂っている。私はそう確信している。だが、敢えて言うとおりにしよう。ルチアに会う時間が一時間遅れるだけだ。それに対して言うとおりにしないと命が危険にさらされるからね。

健吾は、ほっと胸をなで下ろした。アントニオの癖のある風貌が悪戯っぽくゆがむ光景を、モバイルボードの背後に見た。

さあ、ここからだ。

健吾は望月記憶療法士センターに連絡を取ると、アシスタントをふたり緊急要請した。それが快諾されると、ひと足先にルチアのヴァーチャル記憶空間に潜入する旨を伝え、今までの報告書とマッピングした記憶地図を添付ファイルで送った。

アシスタントは二十分後には来る。ルチアのヴァーチャル記憶空間にいる時間を、最長で五時間にセットした。時間が来れば、蜂起が成功してもしなくても、再び娑婆に戻ることに決めていた。そしてエリアDの最深部へ再び入り込み、金色の双翼を持つ番人と会ってもう一度説得を試みる。

――できるだろうか……。

あの番人がオレの言うことを聞く姿は想像できない。だが、何としてでも成功させる。成功すれば礼子の意識は戻ってくる。戻ったらすぐに成田へ向かう。RX-7の重いクラッチを踏むと太股の傷が痛むだろうが、そんなことを感じている暇はない。

転送地点を、ピエールたちが住むグラン・ポン橋の近くにした。デジタイザー内で眠っている礼子の顔を、強化ガラス越しに見た。

——今度おまえを見るときには、おまえの目はきっと見開かれているはずだ。

急いでメインコンソールに着き、転送までの動作を自動にセットした。それが終わると武器アイテム群から、操作が簡単で軽量の拳銃をピックアップして二百丁コピーする。一緒に転送するようプログラムした。

これは、健吾が考えた末に出した結論だった。確かに、礼子が使ったようなハイテク兵器を転送することも可能だ。データベースには何でも揃っている。迫撃砲やロケット砲を装備した軍用トラックまである。健吾が扱い方の基本を知っているので、教えればピエールたち素人でも、数時間でひととおり使えるようになるだろう。

だが、ユグノー軍兵士のなかには、ピエールの仲間たちが交じっている。子供たちのために、やむをえずユグノー軍に身を投じた者たち。彼等を殺したくはない。健吾は歯ぎしりした。

——これも、ベンケイの読み筋だったのか！

しかし、怒りはすぐに収まった。

冷静にならなければ、ここは負ける。暗く長い洞窟《どうくつ》のようなデジタイザーに横になっても恐怖感はなかった。数分後、健吾は予定した地点に転送されていた。

闇夜だった。辺りには誰もいない。誰の声も聞こえない。武器の転送を確認する。間違いない、確かにある。そのまましばらくじっとしていた。

遠くから歓声が聞こえてくる。一ヶ所からではない。四方から聞こえてくる。老婆の言ったとおり、兵士が続々と戻ってきているのか……。

健吾は闇のなかを歩き出した。左手にセーヌ川の川岸があり、右手は三、四階の建物になっている。物陰から狙われる可能性もあるので、建物に身体を密着させて移動した。

グラン・ポン橋が見えてきた。四階建ての建物が橋の両側を埋め尽くしている。明かりは消えているが破壊された形跡はない。健吾はひとまず安心した。いつもの入口で立ち止まる。内部の様子を窺ったが静かだった。そっとドアを押した。

ドアは音もなくすっと開いた。やはり何の声もない。健吾が室内に足を踏み入れると、そこには七人の顔があった。それぞれが銃と石弓で武装している。

「ピエール……」

健吾は思わず叫んだ。

七人の中央にいるのは紛れもない、ピエールだった。髭《ひげ》が伸び目は落ちくぼんでいたが、見間違うはずはなかった。

ピエールはゆっくりと歩いてくると、健吾の前に立った。健吾の目をじっと見つめる。そして抱きしめてきた。

「よく無事で……」

ピエールは息を詰まらせる。

他の六人もやってきて、健吾とピエールを囲んだ。

「アントニオたちは?」

「例のところだ。安心してくれ、五人とも元気だ」

「マリーとジャンは？」

「だいじょうぶだ、元気過ぎるくらい元気だ……礼子さんと、加藤さんは？」

ピエールも英語で返してきた。

健吾は黙って首を横に振った。

「そうか……あなたも怪我をしている」

「銃でやられた。一応の手当てはしたが、充分には動けない」

ピエールは健吾に椅子を勧めた。

ひとりが扉に鍵を掛けに行った。健吾が近づいて来るのは、二階から観察していてわかったという。

「今、どんな状況だ」

早速、健吾は聞いた。

「市外にいた敵の兵士が、続々と集結している。あちこちで歓声を聞かなかったか」

「聞いた」

「朝を待って、掃討作戦に出るのではないかと思う」

「何か手を打ったのか」

今度はピエールが黙って首を横に振った。

「ここへも来るんだろう？」

「たぶん……いや、間違いなく来る。今度は地下から屋根裏まで徹底して調べられるだろう」

「それじゃ……」

アントニオたちは見つかってしまう。見つかれば、五人は連れ出されて処刑。いや、ここにいるピエールたちも、匿《かくま》った罪で処刑されることは間違いない。

「このままじゃ、全員が殺られるぞ」

「わかっている」

「わかってたら……」

「何をしろというんだ。兵士の数は、おそらく二千人を超えているだろう。それに比べて、我々は二百人足らず。勝ち目はない」

「あんたがそんな気持ちでどうするんだ」

健吾は怒鳴った。

ぴくりと身体を震わせたピエールだったが、次の瞬間には肩を落として俯いていた。

——あのバアさんは、もう生きてはいるまい。殺される前に、ピエールに力を与えてくれたのだろうか。

「武器は？」

「隣の部屋の床下にあるだけだ。銃と石弓を合わせても五十に満たない。剣が百本余り。主立った者に持たせている」

「攻め込まれたときの反撃態勢は、どうなってる？」

「特に何もない」

「ない？　じゃ、みんな何しているんだ」

「祈っている」

　健吾は目を剝いた。

　どうしたんだ、ピエール。おまえらしくもない。祈りなんかで勝てるわけないだろう、という言葉をかろうじて飲み込んだ。

「オレがどうして戻ってきたかわかるか」

　七人の顔を順に見ていった。

　全員がぼんやりした目をしている
「オレたち三人は、もうここへは戻って来ないつもりだった。来られないと思っていた。現に、礼子とベンケイは、ここへは永遠に戻ってこない」

　まだ反応がない。

　目には何の光もなかった。

「いいか、ピエール。みんなも聞いてくれ。この戦いに勝て。勝たなければならない。オレはそのために戻って来たんだ」

　ピエールの目だけが、かすかに光った。

　だが、それもすぐに消えた。

「ここには二百人しかいないと言ったな。だが、バスティーユ砦には千人以上いる」

「囚われているんだ。戦えない」

ひとりが低い声で言った。

「だったら、解放してやれ。そうすれば戦える」

「女や子供もいる」

「だから何なんだ。このまま何もしなければ、結局はみんな殺されるんだぞ」

「バスティーユ砦は数十人の兵士で守られている。そこへ行く途中にも兵士の一隊がいる。とても無理だ」

ピエールが言う。

「無理じゃない」

健吾が強く言うと、全員の目が健吾に注がれた。

「何か方法があるはずだ。それを見つけるんだ」

誰も答えない。

「何か考えたんだろう」

そう言って、もう一度全員を見回す。

ピエールが口を開いた。

「戦いたくはない。ユグノー軍のなかには、我々の仲間だった者たちがいる」

「その話は前に聞いた。彼等は、本心からユグノー軍に身を投じたわけじゃないと言ったな。ということは、みんなが蜂起すればこっち側につく。オレはそう見ている」

ピエールは再び黙り込む。

健吾は怒鳴りたいのを我慢して、低く抑えた声で続けた。

「無理だ、いい方法はない。まず、この言葉を頭から追い払え。どんな案でもいい、誰か言ってみろ」

辛抱強く待った。

もう限界だと思ったとき、若い男が口を開いた。

「戦車でもあればいいんですけどね。中世の兵士なんて、あっという間にやっつけられますよ」

そう言って笑顔を見せる。

冗談のつもりなのだろうが、誰も笑わない。若い男の笑顔は引きつったまま固まった。

「半分の人数で市庁舎を襲撃するのはどうでしょう」中年の男が言った。「市庁舎はユグノー軍の兵舎になっているので、敵も守りの兵を増員するでしょう。他の場所が手薄になったところを、残りの百人でバスティーユ砦まで突っ走るのです」

「ダメだ。バスティーユ砦の襲撃は、敵も充分に予想している。そこへ通じる道は、絶対に手薄にしない」

と別の男。

また沈黙。

「やっぱり、私は祈りたいと思います」もうひとりの男が言う。「この状態で戦っても、いたずらに命を落とすだけです。それよりここで必死に神に祈れば、最後の最後に神は我々をお救いくださると思います」

「ユグノー軍兵士を、神が殺してくれるのか」

「いいえ、彼らの気持ちを変えてくれるのです」

「気が変わった兵士は、あんたたちを殺さずに、黙ってここから出て行くということか」

「はい……」

「あんたは、今までも神に祈ってきたんじゃないのか」

「もちろんです」

「神はユグノー軍兵士の気持ちを変えたか」

「いいえ、しかし、最後の最後には……」

「最後とはいつだ。それが明日の朝だと、断言できるのか」

男は健吾をじっと見ていたが、やがて目を伏せた。

「セーヌ川を行けば、もしかして……」

さっきの若い男が言った。

全員の目が集まると続けた。

「小舟で行くんですよ。川には敵兵はいません」

「馬鹿だな、バスティーユの方角は川上だぞ」

と中年の男。

「でも、昔はそうやって行き来していたわけでしょう。本で読んだこと、ありますよ」

「ベテランの船頭だからできたんだ」

「そうでもないですよ、意外に浅いし……」

「物事を甘く見るな。我々のなかに、小舟を操れる者はいるか」誰も手を挙げない。「な、誰もいないだろう。潜水艦でもあればいいなんて、言い出すなよ」

今度は中年の男が笑った。

だが、つられて笑う者はなかった。

「よし、それでいく」

と健吾は言った。

全員の視線が健吾に集まる。

「今の会話でわかった。セーヌ川をさかのぼる案は、敵の盲点を突いているかもしれない」

他の者は半信半疑の顔で健吾を見ている。

「念のため、聞く。誰か知っていたら教えてくれ。フランス革命のとき、群衆はバスティーユをどのように襲撃したんだ」

「正面からです」

と少し時間を置いて中年の男が答えた。

「跳ね橋がある側だな」

「そうです」

「間違いないか」

中年の男と、別の何人かも頷いた。

「だったら、確実に盲点を突いている」

そう言って若い男に向き直る。

「小舟は何艘ある？」

「ちょうど十艘です」

「乗ったことがあるんだな」

「はい、セーヌ川から水を汲むときに、何回か」

「さかのぼれそうか」

「水深は二メートルほどです。数人で櫂《かい》を操れば、どうにかなると思います」

「ひとつの小舟に何人乗れる？」

「たぶん、五人か六人でしょう」

十艘すべてを使ったとしても、総勢五、六十人。

これでバスティーユの守備兵を打ち破れるだろうか。

「敵軍の布陣はわかっているのか」

「昨日まではわかっていた。今は刻々と変化している」

とピエール。

詳しく知りたいと健吾は言った。ひとりが部屋から出て行った。まもなく帰ってきた彼の背後に、マリーとジャンの姿があった。

「オジサン」

と言う声が重なる。マリーとジャンが走りよってきた。健吾はふたりを思い切り抱きしめた。

「オレの名前は健吾だ。オジサンじゃない。傷の具合はどうだ。包帯はとれたみたいだな」

ジャンの太股にもマリーの肩にも包帯はない。

傷もほとんどわからない。

「そんなの、とっくに何でもないさ……でも、死んじゃったかと思ったよ。よかった、生きていたんだね……脚に怪我してる……」

「かすり傷だ」

「ひとりなの？」

「礼子とベンケイのことか。心配するな。別のところで待ってる」

「ホント？」

ふたりは健吾の目を覗き込んできた。

健吾は大きく頷く。

「本当だ、もうすぐ会える」

「早く会いたい」

「もうすぐだ」

こう言わざるをえない。

ピエールがジャンに言った。

「その地図を健吾さんに見せなさい」

「うん、わかった」

厚手の布に描いてある。パリの市街図だった。そこに二種類の×印が書いてあり人数が記入されている。

「×印が敵の布陣か」

「そうだよ」

「赤と黒があるが」

「赤×は今日になって集まったところさ。黒×は今まで敵の兵士がいたところ」

「夜でも敵が見えるのか」

「兵士は松明を持ってるからね。僕、目がいいって言っただろう。ここの四階の屋根に上ると、パリ市内がよく見えるんだ」

健吾は笑ってジャンの頭をなでた。

いい監視役だ。健吾は目の前のテーブルに地図を置いた。ピエールたちが覗き込んでくる。セーヌ川をさかのぼれば、バスティーユ砦にきわめて近いところまで行ける。上陸地点をうまく選べば、途中の赤×も黒×も避けることができそうだ。

「どうだ、ピエール」

健吾は言う。

「なるほど、これなら……しかし……」

「しかし、何だ」

「今はセーヌ川に監視はいないが、いつ配置されないとも……」

弱気の虫か。

いまいちノリが悪い。

あのバアさん、ピエールに本当に力を与えたのだろうか。

「五十人を選抜しろ」と健吾はピエールに言う。「その者たちで精鋭部隊を編成する。準備ができたら連絡しろ」

ピエールは慌てて立ち上がった。やる気になったというより、健吾の剣幕に押されたような格好だった。健吾は続けた。

「ジャン、きみたちもすぐ持ち場へ戻れ。布陣に変化があったらすぐに知らせろ。マリーは……」

そこまで言ってピエールを見る。

「水と救急用具の手配だ」

とピエールが言った。全員があっという間に消えていった。後には健吾とピエールだけが残された。

「アントニオたちに会わせてくれ」

ピエールは頷くと隣の部屋に行く。健吾も後に続いた。しばらく周りの様子を確認してから、ピエールは床を指でノックした。独特のリズムをつけたノックだった。なかからもノックが返される。健吾とピエールはテーブルをどけた。床板がそっと持ち上がる。

「健吾さん……」

アントニオが目を丸くする。その目には様々な感情があふれていた。アントニオの背後には四人の顔があった。

健吾は地下室へ降りた。ふたりの子供を両手で抱き上げる。かなり衰弱しているようだ。

「ルチア、元気そうじゃないか」

「うん……外へ出たい」

「もう少し待ってろ。エリザベトも元気そうだな」

「森へ行きたい」

「ピクニックか?」

「ううん、とにかく外へ出たいの」

子供たちの頬にキスすると床におろした。

アントニオとルイーズとマリアンナに向き直る。こっちもすっかり元気をなくしている。ここへたどり着いた当初は喜びにあふれていたが、今は顔全体にグレーの膜がかかったように生気がない。

「もう少しの間、ここで待っていてください」

「待つのはかまわない。しかし、話が聞こえてきた。我々がいるせいで、迷惑をかけているようだ」

「そのことは考えないでください。あなた方を守るために、私たちはいるのですから」

「今、夜なのだろう？　我々は闇に紛れて逃げる」

「どこへ逃げるんですか」

「それは……」

アントニオは黙った。

マリアンナもルイーズも健吾を食い入るように見ている。

「わかった、言うとおりにしよう」とアントニオ。「ただし、ひとつだけ頼みがある。精鋭部隊という言葉が聞こえてきた。バスティーユを襲撃するんだろう。私もメンバーに加えてくれ」

「それはできない。あなたはどうみても精鋭ではない」

「これでも若い頃は、ちょっとしたテニスプレイヤーだった。体力には自信がある」

「我々に飛んでくるのは小さな鉛玉だ。テニスのラケットじゃ打ち返せない」

「しかし、私たちがいるせいで……」

「ここでじっとしているのが、あなた方の役目です。ピエールも同じ意見だと思います」

そう言ってピエールを見上げた。ピエールは黙って頷く。アントニオは肩を落とし、何度も首を横に振った。

アントニオは、もう他の場所には生き残っていないだろう。ここにいるアントニオに万一のことがあったら、ルチアの脳内から父親の記憶はなくなってしまう。それは絶対に避けたい。

床板を閉じたあと、ピエールに健吾が考えている作戦の概要を説明した。ピエールは頷くが、まだ気持ちに勢いがない。階上が騒がしくなった。いくつもの足音が聞こえてくる。

「どうやら、精鋭部隊が集まったらしいな」

健吾が言う。

そしてピエールに耳打ちした。

「弱気になるな。気合いを入れて話せ」

部屋は五十人の男で埋まっている。小さな部屋に男たちの息づかいが響く。ピエールは彼等の正面に立った。

「健吾さんが帰ってきた。健吾さんは、我々に勝利をもたらすために帰ってきたのだ」

力強くはないが、落ち着いた声だった。

しばらく全員の反応を見る。何人かはピエールの強い視線を押し返してきた。

「我々はこれからセーヌ川をさかのぼり、城壁の外からバスティーユ砦を襲撃する。そこには、知ってのとおり千人を超える味方が囚われている。彼らの救出が目的だ。彼らの力を集結すれば、ユグノー軍兵士に充分に立ち向かえる」

おお、という声がいくつか上がる。

だが、まだまとまった声にはならない。

「市外にいたユグノー軍兵士たちが続々と市内に集結している。城壁の外には、我々の仲間は誰も残っていないと考えていい。そしてたぶん明日の朝、太陽が昇ると同時に掃討作戦に出るだろう。そうなったら打つ手はない。やるなら今だ。あいつらは、我々がセーヌ川をさかのぼって来るとは、夢にも思ってないだろう。その点でも今夜がチャンスだ」

かなりの男の頭が上下に振られる。ピエールの顔にも覚悟が感じられる。オレの耳打ちが効いたのか、バアさんの力が徐々に効いてきたのか。

「皆も知っているとおり、寝返った者が何人かいた。私は彼等を敢えて責めなかった。だが、今回だけは絶対に許さない。全員の命がかかっているからだ。以後、隊を離れる者は、理由のいかんを問わず射殺する」

全員が黙る。

だが、それは重苦しい沈黙ではなかった。

「当然のことだ」

と誰かが叫ぶ。全員の声が後に続いた。

ピエールは作戦の概略を説明した。全員が頷くと小隊長を十人選び、詳しい指示を与える。

「出発は三十分後だ。適当な長さの櫂を用意しろ。各小隊ごとに櫂を操る練習だ。それからロープを十本。城壁をよじ登るためだ。武器は火縄銃と石弓と剣。拳銃はおまえたち小隊長が持て」

そして若い男に言う。

「残りの者たちに伝えるんだ。我々がバスティーユ砦襲撃に成功したら、全員で打って出ろ。成功したかどうかは、ジャンが確認できるはずだ。武器がない者は何でもいい、棒でも石でも

「……」

「武器はある」

と健吾が遮った。このタイミングを待っていたのだ。精鋭部隊の視線が集まる。

「拳銃を、あちこちからかき集めてきた」

誰も声を発しない。

健吾は続けた。

「橋の近くに隠してある。残留部隊にも行き渡るだろう」

健吾が場所を教えると、十人ほどの者が出て行った。

十分後には、荷車が武器を満載して戻ってきた。待っていた全員が歓声を上げる。

「おお、これは……」

ピエールも絶句する。

何人かが拳銃を手にとって眺めている。

「これなら、女子供でも扱えるぞ」

誰かが興奮した口調で言う。

「このような武器を、どこで……」

とピエール。

「そんなことより、早くこれらを残留部隊に配れ。使い方にも慣れておく必要がある」

数人が荷車を引いて建物の奥へ消えた。少しすると建物のあちこちから押し殺した歓声が上がる。

「健吾さん、あなたは神に使わされた者なのか」

「神というのは、人殺しの道具を持ってきたりするのか」

ピエールは黙る。

健吾は続けた。

「オレも精鋭部隊に加わる」

「その傷じゃ無理だ。ここに残ったほうがいい」

「バスティーユ砦の様子は、オレがよく知っている」

「兵士に食事を届けに行ったときだろう。それなら他に何人もいる」

「砦内で戦ってきた」

「砦内で……」

ピエールは上着の内ポケットから拳銃を取り出して健吾に差し出す。掌にすっぽり収まるほど小さな銃だった。

「オレはこれで充分だ」

健吾は剣の柄を叩く。

「これを使ったほうが、楽に死ねる」

まじめな顔で言う。健吾は、にっこりした。こういう言い方をするヤツは、嫌いじゃない。

健吾は受け取ってブルゾンの内ポケットにしまう。

「ピエール」と健吾は言った。「寝返った者たちのことが、まだ心配なんだろう」

　ピエールは健吾を見たが、黙っている。

「オレたちもそれで迷った。敵のなかに交じっていたら、爆弾で一挙に吹き飛ばすことができないからな。しかし、さっきも言ったように、あんたらが蜂起すれば話は別だ。彼等は、こっち側につくと思う。どうだ？」

「そうなればいいんだが、裏切った罰を受けるのではないかと考える者もいると思う……だが、やってみよう。バスティーユ砦から人々を解放したら、その先頭に立って彼等に訴えてみる」

　出発は、きっかり三十分後だった。

　出入口にいる九官鳥に健吾は言った。

「オレを覚えていてくれたようだな」

　九官鳥は羽をバタバタさせる。

　鳥籠の小さな扉を開けて手を差し入れる。くちばしに触ると、九官鳥は軽く突っつき返してきた。

「オレも、おまえのことは忘れないからな」

　慎重にセーヌ川を観察した。どこにも灯は見えない。川岸にも兵士はいない。十艘の小舟に分乗した健吾たち五十数人は、静かに漆黒の流れに乗った。

　誰も話さない。声も音も立てない。四人が一斉に櫂を水中に突き込む。手応えがあり、小舟はすっと前へ進んでいく。二十分ほどの練習で、素人でもどうにか櫂を操れるようになった。ただ、四人がかりでないと前へ進まなかった。

健吾は、かつてベンケイがこの時代のセーヌ川の水深が数メートルだったと言ったのを思い出した。ベンケイは、ほんの数ヶ所を除いては史実を正確に再現している。それが仇《あだ》になったのだ。

だが、そうはいっても、完璧な闇夜ではない。川岸から覗き込めば小舟は見える。そうならないことを祈るしかなかった。

健吾は時間を確認した。ここまでですでに一時間半が経過している。残るは三時間半。間に合うだろうか。

ただひたすら櫂を水中に突き込むしかなかった。四人がその役目を果たし、残りのひとりが周りを注意深く観察する。十艘は縦一列になって川岸の近くを進んだ。その辺りは、ちょうど松明の明かりの陰になっていた。

シテ島の東端が右手にかすかに見えた。同時にノートルダム島の西端が姿を現す。現在のサン・ルイ島である。およそ三分の一の距離を進んだことになる。

出発してから三十分が経過していた。櫂を操る者のなかには荒い息を吐く者も出てきた。だが、交替要員はいない。さらに三十分をかけて進むと、やっとルーヴィエ島の西端が見えてきた。

ルーヴィエ島と川岸の間は極端に狭くなっている。ここから上陸すればバスティーユへの最短距離を取れるが、さすがにここを通過するわけにはいかない。陸から丸見えだ。先頭を行くピエールの小舟が予定どおり右へ舵《かじ》を切った。ルーヴィエ島をひと回りして、その東端付近から上陸する手はずになっていた。かなりの遠回りになる。だからこそ選んだのだ。

順調に進んだ。そう考えていいだろう。健吾たち一隊はバスティーユ砦の遥か南の岸へ上陸した。そこはバスティーユ砦の裏手にあたり、パリ城壁の外から迫っていく格好になる。距離にして一キロほど。

思ったとおり、城壁の外はしんとしていた。ユグノー軍兵士の姿はない。カトリック軍兵士も一般市民も残っていないことは、気配でわかった。外壁の焼けこげた建物、一部が崩れた家、道路に転がっているいくつかの死体。辺りにまったく音が存在しない。廃墟と化した街が目の前に広がっていた。

だが、それが幸いした。無人の街を何の障害もなく、五十数人は城壁にたどり着いた。正面に大きな門がある。そしてその背後には松明に照らし出された、巨大なバスティーユ砦がある。

「これはサン・タントアーヌ門でしょう」

とピエールが言う。

ピエールの指示で何人かずつに分かれた。それぞれが人の塔をつくる。一番上の男がロープを持ち、その端を城壁に固定した。

人の塔が崩れロープが城壁から垂れ下がる。精鋭部隊は十本のロープを上り始めた。剣と拳銃のみの軽装備なので、この手の行動は容易だった。健吾もどうにか登ることができた。

城壁の上からそっと城内を見る。松明の明かりでバスティーユ砦全体が赤々と燃えている。だが、松明は正面から横に多く、背後にはほとんどなかった。守備兵の姿も見えない。

「跳ね橋はふたつだ」

と健吾は低く言う。

「わかっている」とピエール。「跳ね橋を上げられたら、中には入れない。そうだったな」

「そうだ。襲撃ありとわかれば、跳ね橋はすぐに上げられる。その前に何がなんでも入るんだ」

砦内の兵士は手強《てごわ》いぞ、と健吾はつけ加えた。牢獄の鍵を持っている兵士を全員で倒せ、そして人々を解放しろ。このことも繰り返した。ピエールが合図すると十人が進み出た。二班に分ける。健吾とピエールが五人ずつ率いた。精鋭部隊のなかでも、もっとも剣の扱いに慣れた男たちだった。

背後から城壁を乗り越えて堀へ入り、泳いで正面に回り込んで砦側の跳ね橋まで行く。そしてふたつの跳ね橋を同時に襲撃する。こう作戦を立てた。

健吾はこの作戦にすべてを賭けていた。跳ね橋の開閉は砦のなかからしか操作できない。砦内部に入り込むと同時に跳ね橋を上げてしまえば、ユグノー軍兵士は入れない。だが、健吾たちが途中で見つかって狙撃される可能性もある。そのとき援護射撃をするのが残った四十人だった。拳銃なので殺傷力は弱いが、弾数は多い。敵兵が慌てれば勝ち目はある。

砦内部には多くの兵士はいない。おまけに飛び道具は持っていない。健吾たちが二日前に戦ったときはそうだった。健吾たちは堀の石垣をそっと降りていく。残った四十人は、二十人ずつ石垣に沿って左右に展開する。囚われている人々を解放したとき、この四十人はその先頭に立って戦うことになっている。

左脚が疼《うず》く。無理をしたらしい。熱をもってきたのがわかる。うまく泳げるか心配だった。守備兵が通り過ぎたときを見計らって水に入った。水は冷たかった。思わず声を上げそうになる。腰から胸へと水が上がってくる。全身が凍りつく。

だが、決意は冷たさに勝った。左右二手に分かれて堀を進む。堀の幅は二十メートルほど。やっと反対側の壁に行き着いた。そこから壁づたいに進み、跳ね橋があるところへ。

しかし、そのとき異変が起こった。

壁にある松明のひとつが偶然に堀に落ちたのだ。松明は健吾たちのすぐ近くに落ちてきた。前を泳ぐ五人の姿が、闇夜のなかに鮮やかに浮かび上がった。

「敵襲だ」

遠くでフランス語が聞こえた。

「そこだ、堀の石垣に張りついているぞ」

「敵だ、松明を投げろ。殺せ」

水に落ちた松明はすぐには消えない。

健吾たちの姿は兵士たちの前にさらされた。正面にいた敵が回ってきた。矢と鉄砲の音が響きわたる。健吾たちは夢中で泳いだ。

──クソッ、なんて運が悪いんだ。

このままでは蜂の巣にされる。そう思ったとき、味方の四十人が援護射撃に出た。兵士たちは不意の反撃に慌てたようだ。悲鳴と怒号が湧き起こり、彼等の矛先は四十人に向かった。

敵にはこっちの人数はわからない。暗闇のなかから突然出現したのである。銃声は圧倒的にこっちが多い。驚いて逃亡してくれればいいが、と思ったがそうはいかなかった。石垣にはじける弾丸の音はいっこうに減らない。

それでもどうにか健吾たちは、火縄銃で狙撃されたひとりを除いて全員が跳ね橋の下まで泳ぎ着いた。幸い、跳ね橋はまだ上がっていない。

だがそのとき、ガラガラという金属音が聞こえてきた。跳ね橋が上がり始めた……健吾たちの手が跳ね橋にかかる。五人が砦側に転がり込むのと、跳ね橋が閉まるのとは同時だった。

立ち上がる間もなく、数本の剣が襲ってきた。健吾よりひと足先にはい上がったふたりの男は、その剣に倒れた。

あっという間に三人になった。敵の数を急いで確認する。十人、いや、十二人か。強行突破を警戒して守備兵を増やしたのか。

最前列にいた味方のひとりが、脳天を剣で断ち割られた。すると、健吾の前の男は背を見せて逃げようとした。健吾と壁との間の狭い空間を、強引にすり抜けようとする。

「おい、後ろ……」

健吾の声は間に合わなかった。

男の背中に敵の剣が突き刺さっていた。四人が倒されるのに要した時間は一分に満たない。精鋭でも所詮は素人か……溜息をつく時間はなかった。

このタイミングでひとり。おまけに敵は倍に増えている。どこかで歓声とも怒声ともつかない声が聞こえた。ピエールたちも砦内に入ったのか、残りの四十人が敵兵のなかに突っ込んだのか……。

だが、すぐにすべてが消えた。十二人の兵士だけが健吾の心を占めていた。こいつらの強さは身にしみて知っている。あのときはベンケイと礼子が加勢に駆けつけてくれた。今回は期待できない。勝てるだろうか。

通路の幅が狭いので一度に複数の敵を相手にしなくてもいい。これが今回もメリットになっている。近くで喚声が聞こえた。悲鳴もいくつか上がる。

もうひとつの跳ね橋がある方向だ。ということは、ピエールたちもどうにか砦内に侵入できたのだ。首を回せば見えそうだが、そうしている余裕がない。

正面の男が半身に構えた。剣先がすっと伸びてくる。何気ない突きだが剣先の伸びが鋭い。

この技は一度経験している。あのときは胸を突かれたが鎖帷子が防いでくれた。だが、それでも骨に衝撃はある。健吾はかわそうとしたが間に合わなかった。

同じ場所を突かれる。今回の突きのほうが厳しい。鎖帷子がなければ心臓をえぐられていただろう。

——牢獄の鍵を持っている兵士はどれだ。

狭い通路で重なり合っているのでよく見えない。少なくとも前のほうにはいない。

健吾から仕掛けてみた。左横からの空打《くうだ》を首に打ち込んだ。もともと届かない打ち込みだが、敵は剣でそれを受けようとした。そこがつけ目だった。右首ががら空《あ》きになっている。

健吾は素早く剣を右に回して、相手の首に打ち込んだ。兜と鎧との間の細い隙間を、健吾の剣はまっすぐに通過していった。血飛沫とともに首が飛ぶ。

「おまえの噂は聞いた」

背後の男がすぐに健吾の前に立った。

「噂が流れているなんて、光栄だな」

「おまえたちのお陰で、仲間は全員殺された。たっぷり礼をさせてもらうぞ」

背が高くいかにもバネがありそうな若い男だった。鋭い気合いとともに剣を振り回してきた。剣の動きは速い。今まで戦ったどの兵士より速かった。健吾の身体にところかまわず打ち込んでくる。だが、スピードはあるが鋭くはなかった。

健吾は相手の剣の動きをすぐに読みとった。わざとゆっくりした動作で剣を振った。すると相手はその裏をとるように剣を振ってきた。相手の顔に勝ち誇った笑みが浮かぶ。

だが、その笑みはそのまま凍りついた。相手の剣が健吾の手首に打ち下ろされるよりわずかに早く、健吾の剣が敵の手首をとらえていた。剣を持ったまま手首が転がる。

「あわぁ、あわぁ……」

という奇妙な悲鳴を上げて若い男は転倒した。

残るは十人。

——鍵を持っているのは誰だ。

剣を青眼に構える。だがすっと引いた左太股に激痛が走った。体勢が崩れる。

どこかでまた歓声が湧き起こる。銃声も聞こえる。戦いが起こっているのだ。早く人々を解放しないと……。

目の前の男が薄く笑った。同時に斬り込んでくる。健吾も同時に斬り込んで、後の先の技で決めようとした。だが思うように技が決まらない。

左脚に力が入らない。二度、三度とかろうじて凌いだ。四度目の打ち込みはかわせなかった。剣で受ける。剣はキーンという音を立てて真ん中から折れた。

「フフ、終わりだな」

相手は笑っている。

剣を右手に持って無造作に歩いてくる。敵の剣先が迫る。健吾の手がブルゾンの胸の内ポケットに入る。

乾いた音が聞こえた。

弾は相手の顔面を打ち抜いていた。

「そんなものを、隠し持って、いたのか……」

血に染まった顔で相手は言う。

「バカ言うな、おまえのオリジナルだってやったことだ」

相手はううっと腹の奥から声を出すと、俯せに倒れた。健吾は背後の兵士たちに銃口を向ける。

「殺されたいヤツは前へ出ろ」

健吾は叫ぶ。

一瞬の沈黙の後、兵士たちは笑い出した。

「そんなもの、捨てろ。おまえは終わりだ」

終わりなのは健吾にもわかっていた。

敵は金属の防具を身につけている。この拳銃では、今のように至近距離から顔面を狙わない限り、致命傷は与えられない。ベンケイのコピーだ。その辺りのことは知っているのだ。

「終わりなのはおまえたちだ」

と健吾は言った。

敵はまた笑い出した。

「おまえたちはベンケイのコピーだろう」

笑いは急に収まった。

「どうやら、図星のようだな。ベンケイは死んだ。おまえたちの存在は意味がなくなった。さっさとここを立ち去るんだ」

健吾は九人に対峙する。喚声があちこちで湧き起こる。間違いなく四十人も戦っている。

「死ぬわけがない」

背後のひとりが笑って言った。

その声をきっかけにまた笑い声が通路に響く。

「確かめてみろ。エリアD5で死んでいる」

「ウソをつくな」

「あいつは銃を持ってオレを待ちかまえていた。オレが生きているということは、あいつが死んだということだ」

「戯言《たわごと》だ」

また全員が笑った。

「だが、おまえがそこまで気づいているということは、殺してもいいということになる。もう、手加減はしないぞ」

背後の誰かが言った。

残忍な笑いが全員の顔に浮かぶ。

――ヤブヘビだったか……。

腰の回収装置に手を伸ばす。

ひとまず婆婆に戻るしかない。そして、ピエールたちを信じて待つしかない。そう思ったとき、突然地響きが起こった。足元の通路が下から突きあげられるようだ。

兵士たちの注意が健吾からそれた。周囲を見回している。やがて砦内から歓声が湧き起こってきた。砦全体が鳴っている。うわーんという地鳴りのような音が響いてくる。

「健吾さん！」

ピエールの声だった。兵士の背後からピエールは現れた。剣を右手に提げている。その背後に五人、いや、十五人、いや……。

解放された人々の群れだった。九人の敵兵が剣を振り上げて立ちふさがる。しかし、群衆はあっという間に彼等をなぎ倒した。そのままの勢いで健吾のほうに迫ってきた。通路の端に身を投げ出して避けるのが精一杯だった。

ピエールがそばに来る。その横を群衆が走りすぎる。手には何も持っていないが、全員の顔が光り輝いていた。

群衆は跳ね橋の手前で止まった。ほんのわずかな時間だった。数人が壁際にある機械を回す。ガラガラと音を立てて鎖は伸び、ドンという音と同時に跳ね橋はまた堀に架かった。

わあっという歓声が再び湧き起こる。群衆の歓喜に輝いた顔が砦の外へどっと流れ出ていった。女も子供もいる。

「健吾さん、だいじょうぶか」

ピエールが膝をついて健吾の顔を覗き込む。

「オレは心配ない。それより、よく……」

最後まで言えなかった。咽喉の奥に声が詰まる。たぶん、バアさんは間に合ったのだ。残った力のすべてをピエールに注ぎ込んでくれたのだ。

「健吾さんの戦いぶりは見た。あなたが砦内の兵士を引きつけてくれたおかげで、我々は牢獄にたどり着けたのだ」

ピエールたちの前に立ちはだかった兵士は三人だけだった。そのうちのひとりが鍵を持っていたとつけ加えた。

「立てるか」

「心配するなと言ったはずだ。早く行け」

「一緒に行こう」

「何をグズグズしてるんだ。解放した人々の先頭に立て。あんたなら人々を救える」

「健吾さん」とピエールは言って健吾をじっと見る。「あなたはやっぱり、神が使わされた者ではないのか」

「まだわからないのか。あんたこそ、神に使わされた者なのだ」

ピエールは目を大きく見開いて健吾を見ている。

そして、すっと立ち上がった。

「私に続け！　ユグノー軍兵士を殺せ！」

ピエールは剣を振り上げた。

そのまま跳ね橋を渡り、戦いのなかに突っ込んでいく。群衆は大きな歓声でピエールを迎えた。

「鉄砲を恐れるな、弓を恐れるな。神は我らの側にあり」

群衆のなかにいてもピエールは確認できた。

また、いっせいに歓声がわき上がる。

ユグノー軍から鉄砲の一斉射撃があった。前列にいた何人かが倒れたが、ピエールは無傷だった。群衆は鉄砲を撃ち終わったユグノー軍兵士に、次々に襲いかかっていった。

数ではまだユグノー軍兵士が多い。しかし、彼らは圧倒されていた。剣と弓を捨てて離脱する者もいた。それらの武器を、群衆は自分たちのものにしていった。

「かつて我々の仲間だった者たちよ、立ち上がれ。罪は問わない。我々と一緒に戦うんだ。ともに戦うんだ」

また歓声が湧き起こる。このタイミングなら、彼等も戻ってきやすいだろう。さすがはピエールだ。

鉄砲の音があちこちで鳴ったが、その後は剣戟《けんげき》の音に変わった。喚声と悲鳴と怒号がバスティーユ砦の周りを包む。

再び鉄砲の音が響き渡る。分散していたユグノー軍兵士が、徐々にバスティーユに集まりだしたようだ。応戦する鉄砲もあるが数は少ない。それまで押していた群衆が、次第に押され始めた。

「引くな、前へ進め！」

剣を振り上げたピエール。その勇姿はいつも見えた。その声も不思議に聞き分けられた。

そしてまた、群衆がユグノー軍兵士を押し始めた。個人的な力でも、武器でも、ユグノー軍兵士は圧倒的に有利な立場にいる。しかし倒れるのは、ユグノー軍兵士が多い。健吾は通路の壁際に倒れたまま、バスティーユ砦の四角い入口を通して、その光景をじっと見つめていた。

はるかシテ島の方角に火の手が上がった。残留部隊も蜂起したのだ。健吾は何度もうなずいた。

——蜂起はきっと成功する。

残りは一時間足らず。

再び番人に会って、今度こそ説得するのだ。

十二日目

娑婆に戻ったとき、操作室の窓にあるブラインドから明るい光が漏れていた。紛れもない朝の光。

だが、そこにいたのはほんの数分だった。こんな短時間に再びヴァーチャル記憶空間に戻るのは初めてだ。だが、初めてだろうが千回目だろうが、ここはやるしかない。

漆黒の闇のなかに、かつて見た館が浮かんでいる。灯が減ったようだ。光も弱い。壁の獣の象眼が深い陰影をつくっている。

健吾は慎重に扉を開けた。ギギーという音。暖炉の火。誰もいない。次の扉を開ける。やはり誰もいない。三つ目の扉を開けたとき番人はいた。

初めて見たときと同様、番人は電車に乗っていた。だが、健吾が来ても気がつかないようだ。走っている電車に乗って、じっと顔を俯けている。

「どうした？」

健吾は声を掛けた。

番人の身体がビクンとする。

「おまえは……」

電車が停まり番人が降りてきた。かつて赤銅色に輝いていたその肌は、気のせいか白っぽく見える。

「何しに来た？」

「ご挨拶だな。また会いたくなったから、来たんだ」

「今度こそ、殺してやる」

緑色の目が燃え上がる。

指の先が健吾に向けられた。

「やめろ、オレは戦うために来たんじゃない」

「そんなことはどうでもいい、わたしはおまえを殺す」

「殺してどうするんだ？」

番人がふっと黙る。

依然として指の先は健吾に照準を合わせている。

「今エリアCで何が起こっているか、きみに見えるか」

番人は何も言わない。

だが、見えていることは顔色から推測できた。

「見えてはいるが、理解はできない。そんなところか。シナリオと違ったことが起きているので、戸惑っているんじゃないのか？」

「そうだ。シナリオと違う？」

「シナリオは崩壊した。この世界は、きみの思うようには動かなくなった。こう言ったほうがいいかな？」

「シナリオとは何のことだ」

「とぼけるな」

「とぼけてなどいない。シナリオとは何だ」

とぼける理由は考えられない。

どうやら、本当に知らないらしい。

「つらそうだな」

「そんなことはない」

「いや、明らかにこの前とは違う。この館も暗い。妙な生き物も襲ってこない」

「襲ってきてほしいのか」

「あいつら、大半が逃げ出したんじゃないのか。きみに見切りをつけて」

番人の背が金色に光った。そう思った次の瞬間には、金色の双翼が部屋いっぱいに広がっていた。番人の脚が宙に浮く。

「なるほど、まだ力を失っていないと言いたいんだな」

健吾は腰を落として素早く抜刀した。

「おまえを殺すことなど、訳も……」

番人の言葉がとぎれる。

宙に浮いた身体が床に落ちてきた。双翼も床を叩く。

「無理するな。オレの話を聞いたほうがいい」

番人は再び宙に浮き上がろうとした。

しかし、その足は床から離れなかった。もう一度やった。やっぱり同じだった。番人は吐き捨てた。

「何がどうなっているんだ……」

「心がきみに逆らっているのさ」

「なぜ逆らう？　わたしが主人格だ」

「元の番人が生きているからだ」

「元の番人？」

「知ってるだろう、老婆のことだ」

「何を寝ぼけたことを。あいつは殺してやった。生きているわけがない」

「死んでいない」

「バカなことを言うな」

「死んだが、生きている。こう言えばどうだ」

「そんな寝言につき合っている暇はない。永久に口がきけないようにしてやる」

「老婆はピエールの心のなかで復活したのだ」

「さあ、剣を構えろ」

「ピエールたちのなかには、かつてのきみも、お父さんやお母さんもいる。バスティーユ砦にいる千人の囚人たちも解放された。きみの心が反乱を起こしているのだ。だから、苦しいんだ」

番人の目が妖しく光り出した。双翼がたたまれる。赤銅色の身体をゆっくりと歩ませる。殺気を感じる間もなかった。指先の一本がいきなり伸びてきた。

目だ。そう思った瞬間に顔が動いた。指は素早く縮むと、今度は胸に迫った。剣でどうにかかわす。

――クソッ、説得は無理なのか……。

狭い部屋のなかで対決しなければならなかった。扉を開けて外に出る余裕はない。健吾は壁際に引いた。

番人は近寄ってこない。反対側の壁に立っている。近づけば剣の間《ま》に入ることを知っているのだ。間合いの外で指先を伸ばすタイミングを計っているのが感じ取れる。

いきなり来た。三本同時だった。目と胸と脚。剣で三本は受けられない。健吾は壁際を回転して逃れた。壁を叩く鋭い音がする。どうやら、ホログラムではないようだ。

このままでは、あのときの二の舞だ。どうにかして活路を見いだすしかない。そしてあくまで説得を続ける……。

そこへ間髪を入れずにまた伸びてきた。一本、と思ったがそんなはずはないという意識が健吾を救った。わずかな時間を置いて二本目、三本目と伸びてくる。健吾の逃れる方向を確認してからの時間差攻撃だった。

一本目は身体を回転して逃れたが、二本目と三本目は矢切の技を使った。とっさに出たのだ。キーンという鋭い金属音がして指が二本、健吾の足元に転がってきた。

「見切ったぞ。その攻撃は、もうオレには通用しない」

番人は何も言わない。

不気味に笑うと手を顔の前にかざす。だが、すぐに番人の顔から笑みが消えた。切断された指は再生しなかった。

「殺してやる!」

番人は歯を剥き出す。そして距離を詰めてきた。

健吾の身体は無意識に動いていた。身体を回転させることはしなかった。その代わりすっと前へ出た。近づいてくる番人の顔に驚きの表情が浮かぶ。

番人の指先が健吾の心臓を突き刺すよりわずかに早く、健吾の剣は番人の右手首の上に載っていた。

「ふうっ」

という声を聞いた気がした。

ホログラムではなかった。手首は床に落ちて鈍い音を立てる。番人は腕を押さえたまま膝をついた。腕の先から血が滴る。後の先の技が決まった瞬間だった。

「再生しなくなったようだな」

番人の目が燃え上がった。赤銅色の肌も熱を帯びたように輝き出す。残った左手の指が同時に伸びてきた。

だが、番人の手は剣の間合いの内にあった。五本の指先が健吾の胸を刺し貫く前に、番人の手首はまた切り落とされていた。

番人は再び膝をついた。しかし、今度はすぐには立ち上がらなかった。両腕の先端から血が滴り落ちる。

「ホログラムの技も使えなくなった。再生もできない。それでもオレと戦うのか」

階段が騒がしくなった。理由はわかっていた。副人格が番人を救けに来たのだ。健吾は剣を上段に構えた。爪や嘴で攻撃を仕掛けてくるだけの、技も何もないヤツらだ。数にして十数体。この前の残党だろう。

だが、彼等は襲ってこなかった。番人の姿を横目で見ると、先を争って扉から外へ出て行った。これには健吾も驚いた。

番人に再び視線を落とす。番人の身体から輝きは消えていた。碧《みどり》に燃えていた目は、くすんだ灰色に変わっていた。血は相変わらず滴っている。

「殺せ」

と番人は低い声で言った。

床に片膝をついたまま、健吾をにらんでいる。

「やっと話す気になったか」

「いいから、殺せ」

「ダメだ、殺さない。もう一度、変身するんだ」

「何を馬鹿なことを……」

「思い出すんだ。いや、もう思い出しているはずだ。きみは無理に変身させられたのだ」

「そんな記憶はない」

「思い出せ、必ず心のどこかにある」

健吾と番人は無言のまま向かい合っている。

両の手首を切り落とされれば、普通なら気を失っている。番人が意志の力でそれに堪えているのがわかる。

「わたしが変身させられたと、どうしておまえにわかる?」

「二週間ほど前、まだきみが老婆だったときに、ある男がここを訪れた。そして変身を迫った。そうしなければ殺すと言って」

「覚えていない」

「たぶんきみは、自分が何者かも知らされずに、この世界に産み落とされた。自分の父親を殺す殺人マシンとして。そういうシナリオなんだ」

「わたしの父を?」

「そうだ、きみが狙っているのは、きみの父親だ」

番人の目がうつろになる。

しばらくそのままだった。もう何の物音も聞こえない。階段の灯も消え、暖炉の火だけが番人の横顔を照らしていた。

「わたしは確かにひとりの男を殺そうとしている……」番人は低い声で続けた。「しかしその男は、わたしの憎き敵だ。何万人もの同胞を殺した敵の末裔だ」

「それがきみの父親だ」

「ウソを言うな」

「心のなかを覗いてみるがいい。きみが最も愛した人だ。きっと思い出せる」

かなり長い時間だった。番人のうつろな目に、ときどき閃光が走る。手首から滴り落ちる血は、まだ止まらない。やがて番人は目を上げて健吾を見た。

「わたしはどうすればいい?」

「思い出したのか」

「思い出した。おまえの言ったことは正しかった」

「それなら、やるべきことはひとつしかない。もう一度、変身するんだ」

「老婆には戻りたくない。つらくて、寂しくて……」

「違う、元に戻るんだ」

「元に?」

「きみがフィレンツェにいた頃にだ。あの頃のきみは、若く完璧な美しさを持っていた」

「そんな頃が……」

「あったんだ。今のきみよりもっと美しく、もっと輝いていた」

また沈黙が来た。今度の沈黙はさらに長かった。健吾も覚悟していた。これが番人を説得する最後のチャンスになる。

このまま説得できずに終われば、番人は血を流し続け、やがて衰弱して死ぬ。死ねば、ルチアは元にはもどらない。礼子も帰ってこない。

「わたしにはできない……」

番人は苦しそうに言った。

「できる。そこにこそ、本当のきみがいるのだ」

「それは無理だ。できない……」

「なぜできないんだ」

番人は、口を開いたがすぐに閉じた。

視線をじっと床に注ぐ。

「怖いのか」

と健吾は聞いた。

番人は何も言わない。

「怖いんだな」

と健吾は再び聞いた。

番人はやっと言葉を発した。

「今までずっと隠してきたのだ。おまえが推理したとおり、母のドレスのすそを踏んづけたのは、わたしだ。そのために、母と弟を死なせてしまった。これを父に知られたら……」

「知られたら？」

「父はわたしを愛してくれなくなる」

「お父さんは知っているよ」

番人は黙る。

健吾は繰り返した。

「お父さんは、そのことを知っているよ」

番人の目が大きく見開かれる。

「母から、死に際に聞かされた……？」

「違うだろう。お母さんがそんなこと、言うわけがない」

「じゃ……」

「もちろん、お父さんが現場を見たわけでもない。勘づいたんだと思う。その後のきみの様子を見て」

「ウソだ、そんなことが……」

「本当だ、間違いない」

「父はわたしを、愛してくれなくなってしまう。そう思って、今まで言えなかったのだ」

「そんなことで、お父さんの愛はなくならない。お父さんはきみを誰よりも深く愛している。きみを苦しめたくなかったから、知らない振りをしてきたのだ」

番人の目に何かが溢れてきた。

美しく透き通った滴が床を濡らした。

穏やかな顔だった。迫ってくるような光が消え、風のない静かな海が広がっていた。金色の双翼が開く。しかしそれは羽ばたくことはなかった。双翼のなかに番人は身を包んだ。

「わかった、おまえの言うとおりにしよう」

健吾は大きく息を吐き出した。

――これで、礼子を救える。

「血が流れ続けている。早く変身したほうがいい」

「わかっている。ひとつだけ聞いていいか」

「何だ」

「悠太はどうしている？」

「死んではいない。今、医師の手当てを受けている」

「そうか……」

「心配するな、きみは誰も殺していない。オレだって、このとおりピンピンしている」

安心した途端に脚の痛みが襲ってきた。

思わず顔を顰《しか》める。

「じゃ、オレは戻るぞ。礼子が目覚めたときに、そばにいてやりたいんだ」

番人は頷く。

腕時計を見る。予定の五時間まで、あと十数分。健吾は腰の回収装置に手を伸ばした。わずかなタイムラグの間に見た番人の姿は、すでに形を崩し始めていた。

*

回収されると、ふたりのアシスタントへの挨拶もそこそこに礼子のデジタイザーまで行った。強化ガラスを通して礼子の顔を見つめる。

あのとき、神は存在しないと礼子は言った。存在するとベンケイは言った。どっちでもいいとオレは言った。神が存在すると言えば礼子が帰ってくるなら、今のオレはそう言うだろう。

今から二十四時間前には、オレは海辺にいたのだ。暗い海に向かって歩いて行ったのだ。あのとき朝陽がオレに降り注がなかったら、オレはここにいなかった。

不安はあったが迷いはなかった。オレは自分にできることをすべてやり、後をピエールに託した。ピエールには、老婆の力が宿っているのだ。

老婆は、オレが礼子を好きだと言った。

バカバカしい。礼子は冷たくて、強情で、イヤミで、いいところなんてまるでない女だ。好きになる理由がない。

いや、仮に好きになったとしよう。だが、礼子はオレに洟《はな》も引っかけないだろう。礼子が好きになる男がどんなヤツなのか、オレには想像できない。

海辺で思い出した過去は、もう蘇ってこなかった。その代わりに何かが身体に満ちている感じがする。朝陽の粒子かもしれない。潮風かもしれない。

健吾は礼子のデジタイザーから離れた。礼子が目覚める前にやっておかなければならないことがある。ベンケイの携帯電話はロッカー内にあった。思ったとおりロックがかかっている。これでは発信ができない。

ベンケイが横たわっているデジタイザーまで行く。

扉を開けた。コピーと合体していないので、オリジナルは植物人間状態のままだ。ベンケイの右手の人差し指を携帯電話の照合板につけると、緑色のランプが点滅してロックが解除された。よし、これでいい。扉をゆっくりと閉めた。

再び、礼子のデジタイザーまで行く。礼子の身体が目の前に横たわっている。扉を開けると腕に点滴の針が見えた。ヘッドギアさえ外さなければ、コピーが帰ってきても合体できる。

その手を握った。

ひんやりしている。そのままじっとしていた……。

あのときオレたちは輝いていた。おまえも、オレも、全員が輝いていた。しかし礼子、それは過去形じゃない。輝いていたのは可能性なのだ。可能性を持っていれば、人間はずっと輝いていることができるんだ。

〈騏驎も老いれば駑馬にも劣る〉とベンケイは言ったが、ベンケイはひとつだけ見落としていたのだ。騏驎は老いたから駑馬にも劣るようになったのではない。自ら可能性を捨てたから駑馬にも劣ってしまったのだ。

掌《てのひら》が温かくなってきた。

こうして握ってみると、ほっそりして柔らかい女の手だ。健吾はその手を再び握りしめた。どのくらいの時間、そうしていたかわからない。頭のなかに何も浮かばない。悲しみもつらさもない。嬉しい記憶や楽しい記憶もあったはずだが、よく思い出せない。中身がきれいになくなってしまったようだった。

海辺にいるときとはまったく逆だ。

何も蘇ってこない。その代わり、今まで思ったこともない疑問が次々に浮かんでくる。目の前にあるデジタイザーが何なのかわからなくなる。そのなかに眠っている女が誰なのか、そもそも女なのか、いや、人間であることさえ確信がもてなくなる。

点滴の針を見る。何のための針なのか、そもそも針とは、いやこの細長いものを、どうして針とオレは呼んでいるのか……。

握っている手がピクリと動いたように感じた。

健吾の手もピクリとした。

——確かに動いたぞ！

じっとしていると、再び礼子の手は動いた。

「礼子!」

思わず声を上げた。

礼子の目蓋《まぶた》が痙攣《けいれん》している。

見開かれた目は、健吾をまっすぐに見つめていた。

脚が痛いなんて言っていられない。アントニオとの約束の時間まであと三十分。他人の車では時間内に行き着けない。

礼子をワンダーランド社の常駐医師に預けると、健吾はひとりで空港へ向かうことにした。あらかじめ用意しておいた折りたたみ式の車椅子を狭いトランクルームに放り込み、RX-7のコックピットに飛び込んだ。時速何キロで走ったか記憶にない。

健吾がキャセイ航空のVIPルームに入ってから数分後に、アントニオが姿を現した。

「私は毎日主に祈りを捧げていた。友人の枢機卿にも頼んで日本へ来て祈ってもらった。だからルチアは目が見えるようになり、口もきけるようになったのだ。何を今になって……」

こう切り出した。

明らかに不機嫌だった。あのときは納得したが、また別の考えを持ったのだろうか。アントニオは続ける。

「治癒した娘の顔を、一刻も早く見たい。妻も娘も、早く会いたいと何度もメールをよこしているんだ」

「だからこそ危険なのです。あなたは、間違いなくルチアさんに絞め殺されます」

「何……」

「娘のルチアさんに、あなたは……」

「バカなことを言うな」

「信じられないでしょうが、残念ながら事実です。すべてはベンケイが仕組んだことだったのです。ベンケイは白状しました」

そう言ってベンケイから聞き出したことを逐一話した。二十分はかかった。

「そんなことが信じられるか……」

「ルチアさんが山の斜面を滑落したことがありましたね。本当は違います。私を絞め殺そうとしたのです。本気でした。私は少し手荒なことをせざるをえなかったのです。ルチアさんの服が汚れて手足が傷ついていたのは、そのためです」

「今さら、つまらぬ言い逃れをするな」

「これを見てください」

健吾はタートルネックのTシャツをずらして首の痣を見せた。アントニオはしばらくそれをみつめていた。

「なぜ黙っていたのだ？」

「理由がわからないままに事実を伝えれば、あなた方がパニックに陥《おちい》ると思ったからです」

「脚も、怪我をしているようだ……」

「ヴァーチャル記憶空間で、ベンケイに撃たれました。包帯をとりましょうか」

「いや……」

アントニオは首を振る。

健吾の言うことに、耳を傾けつつあるようだ。

「しかし、健吾さん。私はルチアの父親だ。自分の親を、ルチアはどうして絞め殺したりできるんだ？」

「催眠術では人は殺せない。これはご存じですね」

「もちろんだ」

「だからこそ、兵士が必要だったのです。ルチアさんの記憶内にいる自分と家族を虐殺すれば、家族の記憶は消滅します。あなたへの愛も同時に消滅します。あなたはただの他人になる。いいえ、ユグノーを殺した憎きメディチ家の末裔ということになる。ルチアさんは新しい番人の命じるままに、喜んであなたを絞め殺す。それがベンケイの本当の狙いだったのです」

アントニオはしばらく黙っていたが、やがて、

「ルチアのヴァーチャル記憶空間内では、兵士の世界は消滅したんだな」

「礼子のコピーが帰ってきました。兵士の世界も、それを統御する新しい番人も、消滅したと見ていいと思います」

詳しくは、後で実際に探査に入り、きちんと確かめるつもりだと健吾はつけ加えた。

「治癒できる、と考えていいのか」

「いいと思います」

「加藤は死んだんだな」

「はい、ヴァーチャル記憶空間内で」

「妻は何と言っている？　その話を信じたか」

「伝えていません」

「どうしてだ。妻も絞め殺される危険が……そうか、妻はメディチ家の血は引いてないからな」

「それだけならいいんですが」

「どういうことだ？」

「それをこれから証明してみせます」健吾はブルゾンのポケットから携帯電話を取り出す。

「ベンケイはミッシングになったふりをしてヴァーチャル記憶空間内で私を待ち受け、殺そうと謀りました。もし共犯者がいるなら、彼あるいは彼女は、この策を知っていると思うのですが」

「当然だろうな」

「これはベンケイの携帯電話です。これを使って奥様にメールをしてみたいのです」

「妻に？　どうして？」

健吾はじっとアントニオを見た。

緑色の目が、不意に大きく見開かれた。

「まさか……」

「私にも確証はありません。しかし、真相を突き止めようとするなら今しかありません。ベンケイが死んだとわかってからでは、この手は使えないのです」

そんなこと、私は知らないわ。加藤が勝手にやったことでしょうと言われれば、それを虚偽だと立証する手だてはない。

「あり得ない《ノン・エ・ポッスィービレ》。妻のお腹には子供が……」

聞いたことのあるイタリア語が飛び出した。

その顔はすうっと白くなる。

「言いにくいのですが、そういうことだと思います」

お腹の子供は、まず間違いなくベンケイの子だろう。妊娠したことで、イザベラは最終的に夫殺しを決意したのだ。計画の緻密さと大きさからして、かなり以前に計画はしていたのでしょうが。そうつけ加えると、アントニオはようやく頷いた。

イザベラとのメールはいくつか履歴に残っていた。仕事上の打ち合わせと教会に関することだ。どれもただの連絡事項だ。策謀に関するメールはない。

だが、それは当然だと健吾は思っていた。人に見られたくないメールは、読んだ後に必ず消去する。ベンケイもイザベラもそうやっていたはずだ。

使う言語だけが気になった。履歴に残っている限りでは、ベンケイはイザベラに日本語でメールを送っている。一方、イザベラはイタリア語でベンケイに送っている。ワンクリックで相互翻訳ができるので問題はない。

策略の話はどうか。

同じ形式でやり取りしていたのか。

こういうケースをあらかじめ想定して、策略に関することは互いに理解できる別の言語――例えば英語かフランス語――で打ち合わせていたとしたら……あるいは何かの符牒が……。

そこまで安全策を講じていたら終わりだ。イザベラが共犯者であるかどうかは永遠にわからなくなる。最初で最後の賭けだった。

――こっちは順調に事が運んだ。今、娑婆に戻ったところだ。そっちはどうだ。

と日本語で書いてアントニオに見せた。念のため、イタリア語に翻訳した文章もその下へ表示した。アントニオは頷いた。

返事はすぐに来た。というより、来るのを待ちかまえていて間髪を入れずに返信したという感じだ。

――ずいぶん遅かったじゃない。心配したわ。

イタリア語で来た。アントニオの視線が動かなくなった。健吾は携帯電話を受け取ると日本語に翻訳した。

アントニオに断ってから日本語で返事を書く。それをイタリア語に翻訳してアントニオに見せた。アントニオは頷く。健吾は日本語のほうを返信する。

——健吾のやつ、ブルっていて、なかなか救けに来てくれなかったんだ。だが、安心しろ。ちゃんと始末した。

——そうだったの、ご苦労様。こっちも順調。夫から、さっき空港へ着いたと連絡があったわ。もう少しですべてが終わる。

賭けは成功したのだ。

アントニオはしばらくの間、呆然と宙を見つめていた。やがて上着の胸ポケットから自分の携帯電話を取りだした。

「私だ」

アントニオは日本語で短く言った。

女の声がかすかに漏れてくる。

「今メールを送ったのは、私だ」

また女の声。

「いや、届いているはずだ。おまえから返事も来た」

今度は何の声も漏れてこない。

「私の携帯から打ったメールじゃない。加藤の携帯から打ったメールだ」

今度も沈黙。

「おまえとは普段、イタリア語で話をしているな。私がこうして日本語で話しているのを、不思議に思わないか。ここに健吾さんがいるからだ。この話は健吾さんにも聞かせているのだ……加藤は死んだ。健吾さんだけが生きて帰還した。加藤の携帯を利用したトリックは、健吾さんの思いつきだ」

細かいことは言わなくても、充分に伝わっただろう。

「私は健吾さんと一緒に、これからワンダーランド社へ向かう。帰宅するまでには二時間近くかかるだろう。その間に家を出なさい。そうすればおまえの罪は問わない」

反応を待った。

何の声も聞こえてこない。自宅にいるイザベラの顔が手に取るようにわかる。

「何か言いたいことがあったら、聞いておこう」

アントニオの眉間には皺が盛り上がっている。

たっぷり三十秒間、アントニオは身動きひとつしなかった。イザベラから何の言葉も返ってこないとわかると、アントニオは目を剝き大きな鼻をさらにふくらませた。

「いいか、イザベラ。ルチアは今、空港にいる。絶対に連絡を取るな。何も知らせるな。これが守れなかったら、地の果てまでも追っていって、必ずおまえを殺す」

アントニオは電話を切った。

小さな溜息とともに肩を落とす。しばらくそのままでいた。

「あいつは加藤と一緒になるつもりだったのか……」

やがてポツリとアントニオは言った。

「そうだと思います」

では？」

「完全犯罪がどうしても必要だったのです。あなたが亡くなったとしても、奥さんがあなたを殺した犯人である場合は、あなたの遺産は相続できない。日本ではこうなりますが、イタリアでは？」

「そこは同じだ。私には多くの資産がある。その辺りのことは充分に知っている」

「逆に、ルチアさんがユグノーの呪いに取り憑かれて、メディチ家の子孫であるあなたを殺す。こうすれば、あなたの遺産はそっくり奥様に相続されることになります」

「確かにそうだが……そんなことより、早くルチアを」

「ここへ来るよう、メールしてもらえますか」

手荒な手段は使えない。意図を見抜かれたとわかればルチアとは格闘になる。健吾が勝てばルチアの身体に傷がつく。ルチアが勝てばアントニオは殺される。

どちらもまずい。健吾は催眠ガスを使うことにした。望月記憶療法士センターから調達したものだ。催眠ガスを封じ込めた超小型のバッジ。暴れる恐れのある患者にたまに使う。効果はほぼ二十四時間。アントニオと手筈《てはず》を打ち合わせると、健吾はロッカールームに隠れて待った。

ルチアは間もなく現れた。

美しい。

こんな美しい少女が呪いの化身になったなんて……。

だが、アントニオは冷静だった。打ち合わせどおり、大声でルチアの名を呼び、両手を広げて抱きしめた。治癒した娘を抱きしめることはもっとも自然な行為である。この行為のなかに罠を仕掛ければルチアは絶対に嵌《はま》る、と健吾は踏んだ。

「パパ、お帰り……パパ、見て、わたし、わたし……」

ルチアの細い身体がアントニオの大きな胸に飛び込んだ。ルチアの顔はアントニオのスーツの襟に押しつけられる。

「よかった、本当によかった。治ったんだね、ルチア……」

アントニオも声を詰まらせる。アントニオはルチアの頬に何度もキスをする。

「パパ、ごめんなさい、今まで心配かけて……でも、もうだいじょうぶ、ほら……」

そう言ってルチアは正面からアントニオを見上げる。アントニオの背中に回っていた手が、頬に、そして首に移動していく。やっぱりだ、間違いない。

――何してるんだ、アントニオ。早くしないと……。

健吾はロッカーから危うく飛び出しそうになった。

そのとき、やっとアントニオが動いた。にっこり笑うとルチアの後頭部を腕で抱え込んだ。ルチアの顔がアントニオのスーツに押しつけられる。ルチアはイヤイヤをするように顔を左右に動かす。

「おお、ルチア……可愛いルチア……」

イヤイヤするその顔を、アントニオは優しく力強く自分の胸に押しつける。

――よし、今だ。

健吾は手元のスイッチを押した。リモコン操作でアントニオのスーツの襟裏についているバッジから催眠ガスが噴射される。音も匂いも色もない。しかし効果は確かだった。

ルチアはそのまま動かなくなった。身体がアントニオの腕のなかからずり落ちていく。健吾はロッカールームから飛び出た。あらかじめ用意しておいた車椅子にルチアを乗せた。眠っているルチアを運ぶのに、これなら自然で怪しまれないと考えた。そしてそのままアントニオを迎えに来ていたリムジンに押し込む。目的地はワンダーランド社。

そこには、ユグノーの呪いに打ち勝った、新しいルチアの記憶サンプルがある。

エピローグ

「医者が、すごい回復力だって驚いてたわ」

礼子がベッドのなかの悠太に言う。訪れるのは三回目だった。一週間前には寝たきりだった悠太だが、今では車椅子で病院内を走り回っている。

「ゆっくり休め。暢気な大学なんだろう」

健吾も傍らで言う。

悠太には個室を用意していた。

「誤解ですよ、これでも成績優秀な学生なんですから」

「何か食べたいものがあるか」

「ラーメンと餃子《ギョーザ》が無性に食べたいです」

「出前を頼んでやるよ」

礼子が頷いて病室の外に出て行った。

ここでは携帯電話は使えない。

「それにしても」礼子が戻ってきて言う。「悠太。あなたには、ほんとうに可哀想なことをしたわ」

「気にしないでください。僕の意思でやったことですから」

「私がミッシングになっている間に、いい推理をしたようね。ベンケイが犯人だとは、考えてもみなかったわ」

「穴だらけの推理でしたよ。健吾さんが、それを細部まで完成させてくれたのです」

「あら、取り合わなかったって聞いたけど？」

「そんなことありませんよ。ねえ、健吾さん」

健吾は苦笑しただけで何も言わなかった。健吾は監督責任を問われて二年間の活動停止処分。悠太はヴァーチャル記憶療法士になる資格を永久に失った。

オレの二年間はたいした問題じゃない。悠太のことを思うと、気が滅入って仕方なかった。オレが悠太の将来を奪ったのだ。悠太は表面的にはサバサバしているように見えるが、実際はかなり落胆しているはずだ。

「それより、礼子さんを救けられたことのほうが嬉しいです」

「泣けるセリフね」

「やりたい事は他にもありますから」

「そう言ってもらうと、少しは気が楽になるけど……」

「礼子さんらしくないですよ。いつもなら、くよくよするなってお尻をひっぱたくほうじゃないですか」

悠太の明るさだけが救いだった。たとえやせ我慢にしても。

注文の品が届いた。ベッドの上にテーブルを立ててやると、悠太は脇目もふらず食べ始めた。

健吾と礼子は窓際へ行った。病院の広い中庭が見える。

これからの礼子が心配だった。

ミッシングの後遺症は根が深い。健吾はそれを身をもって知っている。普段は身を隠していて、ここぞというときに襲いかかってくる厄介な代物《しろもの》なのだ。自分でも制御が利かない。

礼子のことだから、もちろんそのことには気づいている。最後にはクリアできるだろう。だが、クリアできる前に、殺《や》られてしまうこともある。

「この前、一緒に飲んだときのことだが……」

「何？」

「晴彦さんが残した言葉だ。未だに意味がわからないって、あのとき言ってたな」

「そんなこと、覚えていてくれたの？」

礼子の視線が窓外から健吾に移る。

「初めて会った日のこと、覚えているか。確か、こういう言葉だったな」

礼子は黙って頷く。

「あれは意図して残した言葉だ、とオレは思う」

礼子は黙って健吾を見ている。

健吾は続けた。

「死ぬ前にもう一度、一緒にたどりたかったんじゃないかな。出会ってから今までを」

「出会ってから今まで？」

「そうだ。出会ってから今までの記憶だ」

礼子はしばらくの間、健吾を見つめたままだった。今度は健吾が視線を礼子から窓外に移した。

たまにはいいこと言うじゃない、という言葉が返ってくるかと思ったが今回はなかった。

ドアをノックする音が聞こえた。

悠太の返事がないので、礼子が代わりにした。悠太は口のなかにものを詰め込みすぎて声が出ない状態だった。

現れたのはアントニオとルチアだった。アントニオは悠太の食べっぷりを見て笑顔を見せた。

悠太は目を丸くして必死で口のなかのものを飲み込もうとしている。

「そのままでいいですから」

アントニオが手で制す。

「ニンニクくさい」

とルチアが日本語で言う。悠太は慌てて口を押さえる。ルチアは悠太のそばに駆け寄る。ルチアの顔の傷は、ほとんど消えかかっている。

健吾と礼子はドア口へ行き、アントニオと握手した。

「悠太さんが元気になって、安心しました」

とアントニオが言う。

表情が穏やかになり、言葉つきまで変わっている。

「身体が丈夫なことだけが取り柄の男ですから」

と礼子。

「あなたもお元気そうで」

「ありがとうございます」

「今回のことは、私にも責任があります。お詫びいたします」

「いいえ、ミッシングは私の不注意です。それよりも」と言って礼子は悪戯っぽい顔になる。

「神様より、私たちのほうがお役に立ったんじゃありません?」

「いいえ、礼子さん」アントニオはウインクして言う。「神のご加護のおかげで、あなたがたの努力は報われたのです」

礼子と健吾は顔を見合わせて肩をすくめる。だが、半分は信じてもいいと健吾は思った。アントニオは続ける。

「でも、ひとつだけ教えられました。ルチアのことです。これからはできる限りルチアのそばにいてやろうと思っています」

イザベラは言われたとおり姿を消した。ショックなはずだがふたりとも顔に出さない。イザベラがなぜベンケイと関係を持ったのか、どっちが主犯だったのか、という疑問は永遠にわからない。

ルチアを見る。あのときのルチアには異様なオーラがあった。目の前のルチアにはそれがない。目が印象的だった。どこまでも透明なブルーが、ずっと目の奥に続いていた。

あの日、ルチアが眠っている間に、健吾は礼子が目覚めた直後のヴァーチャル記憶空間を探査した。ルチアの脳本体にアップロードするためだ。念を入れて確認する必要があった。フィレンツェの空はきれいに晴れわたり、イエスの十字架像にも頭部があった。メディチ家の紋章も血を流していない。中世のパリは跡形もなく消え、その跡には麻布にあるルチアの自宅と、聖泉インターナショナルスクールが、様々なシチュエーションとなって広大なエリアを形成していた。

最後に番人のところへ行った。館には美しい女の番人がいた。健吾を見るとにこやかに微笑む。外見だけなら、老婆よりむしろ金色の双翼を持った番人に近い。だが、その笑顔には、かすかに老婆の面影があった……。

「フィレンツェを訪れたことがないと聞きましたが」

とアントニオが礼子に向かって言う。

「はい、まだ」

「ぜひ一度、来てください。健吾さんもご一緒に。最高のおもてなしをさせていただきます」

「ありがとうございます」

健吾も礼を言った。

アントニオはベッドのほうへ歩いていく。

健吾も向かおうとすると、

「健吾、帰るわよ」

「まだいいだろう。せっかくみんなが揃ったのに」

「いいから、帰るのよ」

手を強引に引っ張る。右手を取られた健吾は、あっという間に病室の外へ連れ出された。

「素敵なスーツね。今まで気がつかなかった」

健吾の足元から顔まで、礼子の視線が上がってくる。

「あのスーツは気に入っていたんだが、たまには別のスーツを着ないとな」

バレバレだが仕方ない。あのときデパートで買ったスーツは、けっきょく今日まで着たことがなかった。

「それより、久しぶりに全員揃ったのに、何を慌ててるんだ？」

「まだわからない？」

「何が？」

「悠太のことよ」

「悠太がどうかしたのか」

「鈍いわね、もう。悠太はルチアが好きなのよ。だから、自分の将来を犠牲にしてまで、ヴァーチャル記憶空間に入ったのよ」

「えっ……」

「私も、今の今まで気づかなかったけど」

「ルチアも悠太が好きなのか」

「みたいね」

ドアの内側から笑い声が聞こえた。

悠太の声とルチアの声が重なっている。

健吾の脳裏に、番人の最後の言葉が蘇った。悠太が生きているかという問い。あれは、そういう意味だったのか……。

「あいつ、おまえには恩があるから、どうしてもヴァーチャル記憶空間へ入るんだって言ったぞ」

「本心を知られるのが恥ずかしかったのよ」

「でも、礼子。ひょっとして、悠太とルチアが結婚するようなことにでもなれば……」

ネットで調べてみてわかった。アントニオには日本円に換算して数百億の資産があるのだ。それが、いずれそっくり悠太とルチアに相続される……。

「クソッタレが」

健吾は振り向くとドアに向かって吐き捨てた。

今回のことは、本当は悠太が仕組んだんじゃないのか……。

成功報酬はもらえることになったが、それでも一億三千万円。ちっぽけな額に見える。

礼子が腕を絡めてきた。胸のふくらみが腕に押しつけられる。健吾は思わず腕を引き抜いた。

「どうしたの、怖い顔して」

「いや、何でもない……」

苦笑して自分から腕を差し出す。

首の痣はまだ消えない。だが、それを心の痣にはしたくなかった。


（了）

解説

西上心太《にしがみしんた》
（評論家）

本書の魅力を語るには、その一言で足りる。

《奇想》

奇想に満ちたミステリー、奇想に満ちたSF、奇想に満ちたファンタジー……。

ジャンル小説の愛好者たちは、常に飢渇に苦しむ餓鬼のように、貪欲《どんよく》に《奇想》を追い求める。だが同時に、そう易々《やすやす》と自分たちを満足させる作品と出会えるはずがないという諦念《ていねん》も持っている。そんなすれっからしの読者たちも、また単純に面白い小説を読みたいというごく普通の読者たちも、同時に満足させる作品が本書なのである。

書店の店頭でこのページを先に読んでいる人は、まずプロローグだけでも立ち読みしてみてはいかがだろうか。

VPS、エリアD、ヴァーチャル記憶空間、番人と呼ばれる老婆、変身、金色《こんじき》の双翼を広げ宙に浮く若く美しい女……。

さまざまなキーワードが目にとまるだろう。第8回日本ミステリー文学大賞新人賞受賞作のはずなのに、聞き慣れない言葉が頻出したり、ファンタジーRPGのゲーム画面で見たような光景が現れるし、いったいこれはどんな小説なの、という思いが湧くに違いない。

その疑問はごもっとも。二年前に本書の親本を手に取った時、わたしも同じことを思ったものだった。だが一方でこの作品は〝当たり〟ではないかという長年の勘も働いたのだ。この本のページを繰れば、至福の時間を過ごせるに違いない、という勘だ。評価の定まった作家ならいざ知らず、全くの新人の作品を前にしてこのような思いにかられることは滅多にない。そしてその期待は裏切られなかった。本書はミステリー、SF、ファンタジー、冒険小説、歴史小説、格闘アクション小説などさまざまなジャンルをカクテルし、《奇想》というグラスに注がれた、面白さ抜群の極上ハイブリッド・エンターテインメントなのである。

高見健吾は〝回収不能《ミッシング》〟のアクシデント以来、ヴァーチャル記憶療法士を休業中だった。だが仲間の長谷川礼子の誘いを受け、三年七ヶ月ぶりに仕事に復帰することを決心する。治療を待つ患者は、ホテル王として名高い大富豪アントニオ・メディチの、十四歳になる一人娘ルチアだった。あのイタリア・ルネッサンスを支えた華麗なる一族・メディチ家の末裔である。これまでルチアには四人の療法士が治療を試みていたが、一人が重傷を負い、三人が〝回収不能〟となっており、ルチアは口もきけず目も見えない状態に陥ってしまっていた。

健吾と礼子はルチアの仮想化された記憶内に侵入する。脳内の浅いエリアで現れた風景は、ルチアが通う学校がある東京麻布周辺だった。二人が道を進んでいくと、風景はルチアの故郷であるイタリアのフィレンツェへと変化していく。二人は人気のないメディチ家の礼拝堂に足を踏み入れ、血を流すメディチ家の紋章を発見する。この光景はなにを意味するのか。やがて二人の前に検閲官が姿を現わす。ここから先へは行かせたくないという患者の意図が形になった存在である。

二人は検閲官のバリアを突破し、さらにルチアの記憶の内奥部《ないおうぶ》へと進んでいく。するとそこでは中世の兵士たちが、市民たちを虐殺していた。ルチアの脳内の奥深くでは、一五七二年のパリが広がっていたのだ。

その年のパリではある大事件が起きていた。当時のフランスではカトリック派と、ユグノーと呼ばれていたプロテスタント派との宗教的な対立が続いていた。そしてついに、ルチアの先祖でフランス王妃であったカタリーナ・デ・メディチの黙認により、カトリック派によるユグノー派の大虐殺事件――サン・バルテルミーの虐殺が引き起こされたのである。

だがルチアの脳内では史実とは逆に、ユグノー派によるカトリック派の虐殺が行なわれていた。礼子はルチアがメディチ家の子孫として常日頃感じている、ユグノーの人々に対する罪悪感による自己処罰の念によって、この世界が構築されてしまったのだという仮説を立てる。やがて最初にルチアの治療に当たった、元プロレスラーのヴァーチャル療法士・ベンケイこと加藤啓治が、負傷も癒え健吾たちの治療に加わる。虐殺が続く世界で、健吾ら三人は、ルチアのトラウマを取り除くことができるのだろうか……。

本書のキーワードはヴァーチャル記憶療法である。もちろんこれは架空の治療法だが、奇想天外な設定であろうと、作者がきっちりとその設定を補強し、小説内リアリティを確立すれば、作者が作りあげた世界を違和感なく楽しむことができることは、SFを読み慣れた読者なら自明のことであろう。さてこのヴァーチャル記憶療法とは、患者の脳を精度の高い脳磁気センサーによってコピーすることから始まる。トラウマが隠れている潜在的な記憶を含む、すべての脳内記憶が別の場所に保存されるのだ。そして特別な訓練を受けたヴァーチャル記憶療法士が登場する。彼らの身体もまたヴァーチャル化され、コピーされた患者のヴァーチャル記憶の中に入り込むのだ。そしてトラウマの原因を取り除いた記憶を、患者の脳に上書きするのである。

問題を起こしたハードディスクを、丸ごと別のハードディスクにコピーし複製を作り、その複製にシステム修正ソフトを走らせ問題を解決し、元のハードディスクにコピーして上書きをする、と考えればいいだろう。このシステム修正ソフトにあたるのがヴァーチャル記憶療法士である。

だが当然危険はつきものだ。療法士のリアルな身体と、仮想化された身体はリンクされている。仮想化世界からの緊急脱出装置は備えているが、もし敵との戦いに敗れたり、〝ブラックホール〟などの予測不能なアクシデントに直面した場合は、そのリンクが途切れ、療法士のリアルな身体に意識が戻ることなく、植物状態になってしまう。これがヴァーチャル療法士にとってもっとも恐ろしい〝回収不能〟という状態なのである。

予備知識はこのくらいで十分だ。本書で描かれる世界の細かな特殊ルールは、スピーディに展開していくストーリーに添いながら、適宜説明が加えられていく。SF的な設定が苦手という読者も、全く問題なく読み進めていくことができるので何ら心配はない。

それにしても興味深い世界である。ルチアの脳内では、現代の東京とフィレンツェ、そして中世のパリという時空を超えた世界が、自然かつシームレスに繋《つな》がっているのだ。三人のヴァーチャル療法士たちは、脳内においては矛盾なく構築された異様な世界の、どこかに潜んでいる歪みを見極め、その是正が症状の良化に繋がるように、対応を重ねていくのである。つまり精神分析による学術的なアプローチと、彼ら療法士の前に立ちふさがる敵——歪みの原因——との身体を張った戦いがセットになっているのだ。

そうしてモンスターを倒しつつマップの奥へと進んでいく、ファンタジーRPGのような戦いをくり広げながら、患者自身がひた隠すトラウマの元へと近づいていく。だがその過程は一本道では終わらない。最後に用意されているどんでん返しだけでなく、単なる活字化されたゲームとは一線を画す、小説ならではの感動が待ちかまえているのである。また主人公である高見健吾が〝回収不能〟経験者であり、この挫折から立ち直っていくプロセスの描写も、物語の厚みを増している。人生経験豊富な読者も、違和感なく主人公に自分自身を重ね合わせることができるのである。

ヴァーチャル記憶療法というSF的な設定、謎が謎を呼ぶプロット、中世フランスが中心世界となる時代設定、マップをクリアしていくRPG風の味付け、剣技と格闘技による戦い、己の弱点を克服しようとするヒーローという冒険小説でおなじみの設定。これらの条件を見れば、さまざまなジャンルをカクテルした極上ハイブリッド・エンターテインメントと冒頭に記したことが、大げさではないことが理解できるだろう。

この超絶技巧の物語が、あなたの脳内でどのように変換され、どれだけの快楽物質《ドーパミン》を発生させるのか、ヴァーチャル療法士となってのぞいてみたいものである。

二〇〇五年三月　光文社刊

光文社文庫

長編推理小説
ユグノーの呪《のろ》い
著者　新《あら》井《い》政《まさ》彦《ひこ》

2007年3月20日　初版1刷発行

発行者　篠原睦子
印刷　近代美術
製本　榎本製本

発行所　株式会社　光文社
〒112-8011　東京都文京区音羽1-16-6
電話　(03)5395-8149　編集部
8114　販売部
8125　業務部

ISBN978-4-334-74214-0 Printed in Japan

お願い　光文社文庫をお読みになって、いかがでございましたか。「読後の感想」を編集部あてに、ぜひお送りください。

このほか光文社文庫では、どんな本をお読みになりましたか。これから、どういう本をご希望ですか。

どの本も、誤植がないようつとめていますが、もしお気づきの点がございましたら、お教えください。ご職業、ご年齢などもお書きそえいただければ幸いです。当社の規定により本来の目的以外に使用せず、大切に扱わせていただきます。

光文社文庫編集部

光文社文庫　好評既刊

三毛猫ホームズの無人島　赤川次郎
三毛猫ホームズの四捨五入　赤川次郎
三毛猫ホームズの暗闇　赤川次郎
三毛猫ホームズの大改装　赤川次郎
三毛猫ホームズの恋占い　赤川次郎
三毛猫ホームズの最後の審判　赤川次郎
三毛猫ホームズの花嫁人形　赤川次郎
三毛猫ホームズの仮面劇場　赤川次郎
三毛猫ホームズの戦争と平和　赤川次郎
殺人はそよ風のように　赤川次郎
ひまつぶしの殺人　赤川次郎
やり過ごした殺人　赤川次郎
とりあえずの殺人　赤川次郎
顔のない十字架　赤川次郎
遅れて来た客　赤川次郎
模範怪盗一年B組　赤川次郎
白い雨　赤川次郎

寝過ごした女神　赤川次郎
行き止まりの殺意　赤川次郎
乙女に捧げる犯罪　赤川次郎
若草色のポシェット　赤川次郎
群青色のカンバス　赤川次郎
亜麻色のジャケット　赤川次郎
薄紫のウィークエンド　赤川次郎
琥珀色のダイアリー　赤川次郎
緋色のペンダント　赤川次郎
象牙色のクローゼット　赤川次郎
瑠璃色のステンドグラス　赤川次郎
暗黒のスタートライン　赤川次郎
小豆色のテーブル　赤川次郎
銀色のキーホルダー　赤川次郎
藤色のカクテルドレス　赤川次郎
うぐいす色の旅行鞄　赤川次郎
利休鼠のララバイ　赤川次郎